Milly Taiden est une auteure de best-sellers qui apparaissent régulièrement sur le classement du *New York Times* et *USA Today*. Elle compte plusieurs séries à son actif, encore inédites en français, des romances torrides entre héroïnes aux courbes généreuses et mâles alphas autoritaires. Milly vit en Floride avec son mari, ses enfants et Needy, Speedy et Stormy, leurs trois chiens, et adore échanger avec ses lecteurs sur son site web ou sa page Facebook.

Du même auteur, chez Milady :

A.L.F.A. :
1. *Parish*
2. *Frank*

CE LIVRE EST ÉGALEMENT DISPONIBLE
AU FORMAT NUMÉRIQUE

www.milady.fr

Milly Taiden

Parish

A.L.F.A. – 1

Traduit de l'anglais (États-Unis) par Jocelyne Bourbonnière

Milady

Milady est un label des éditions Bragelonne

Titre original : *Elemental Mating*

Suivi d'un extrait de : *Mating Needs*

ISBN : 978-2-8112-3820-9

Bragelonne – Milady
60-62, rue d'Hauteville – 75010 Paris

E-mail : info@milady.fr
Site Internet : www.milady.fr

Pour M. T, mon mari. Merci d'être toujours là pour moi, de prendre la relève quand il faut pour me permettre de continuer à écrire. Tu es mon meilleur ami et je n'aurais pas pu espérer un meilleur mari. Je t'aime !

Chapitre premier

Melinda demeura bouche bée devant le magnifique mâle debout dans l'embrasure de la porte. Elle était tellement impressionnée qu'elle risquait de recracher sa gorgée de thé par le nez.

Purée ! existait-il quelque part sur terre un type plus canon ? Même avec cet étui de plastique transparent dans la poche de sa blouse, ses lunettes de geek et son nœud papillon, elle n'hésiterait pas à se le taper à l'instant, devant tout le monde sur la table de conférence. Peut-être pas devant tout le monde, tout compte fait, ni sur la table. Mais bon, elle ne dirait pas non.

L'étranger prit une longue inspiration et son regard se posa sur elle. Étonnée, elle rougit quand les autres participants à la réunion se tournèrent vers elle.

— Quoi ? Je ne le connais pas.

M. Kintu, le directeur de la recherche, que tout le monde avait surnommé le « dirlo », esquissa un sourire.

— Évidemment, mademoiselle Caster. Entrez, je vous prie, docteur Hamel, dit-il en s'adressant au type debout à l'entrée de la salle.

Plutôt docteur J'aimerais-bien-me-le-faire, oui. Oh ouais ! elle se le ferait si l'occasion lui en était donnée ! Elle avait gardé la tête baissée pour que ses cheveux recouvrent ses joues empourprées. L'homme se déplaçait sans effort malgré sa haute taille. Melinda remarqua comme sa blouse était tendue sur ses épaules. Purée ! ce type avait beau avoir l'air d'un simple scientifique binoclard, elle était prête à parier qu'il était très différent à poil. Elle l'imagina dans une scène de striptease à la Magic Mike, glissant sa main le long de son torse jusque dans son pantalon, et elle en eut les neurones tout chamboulés.

Le docteur Hamel prit une autre longue inspiration et referma légèrement le poing avant de se détendre. Très intéressant. M. Kintu le salua d'une poignée de main puis se tourna vers l'assemblée.

— Bonjour tout le monde. Je vous présente le docteur Parish Hamel du Comité de surveillance du gouvernement.

Les sourires s'effacèrent immédiatement sur tous les visages. Un agent dont le titre comportait le terme « surveillance » ne serait jamais le bienvenu. Surtout pas pour Melinda. Si elle se trouvait au Laboratoire ougandais de recherche sur les virus, c'était à cause d'un autre agent de ce même comité. Un véritable trouduc celui-là.

Heureusement, Parish Hamel n'était pas là pour la surveiller. En effet, son projet actuel concernait un virus récemment découvert qui était vraisemblablement apparenté au Zika. Il n'y avait pas d'épidémie et il n'était par conséquent pas nécessaire de chercher un remède. Les travaux de Melinda ne risquaient donc pas d'intéresser le gouvernement.

M. Kintu rit de la réaction du personnel au titre du visiteur.

— Ne vous inquiétez pas. Le docteur Hamel est là uniquement pour Mlle Caster.

— Quoi ? lâcha la jeune femme en se redressant sur son siège. Qu'est-ce que j'ai fait ? Mon travail est sans intérêt.

— Ne m'avez-vous pas dit que vous étiez à la veille d'une avancée ? lança M. Kintu en arquant un sourcil.

Ouais, merde ! elle l'était. Mais c'était bien la dernière fois qu'elle ouvrait la bouche devant le dirlo.

— Euh... oui, en quelque sorte.

— Le docteur Hamel est venu vous aider à documenter vos recherches, précisa le directeur, tout sourires.

Ah bon ! d'accord.

— Super, dit-elle en esquissant un sourire artificiel. Je suis toujours contente de collaborer avec le Comité de survoltés… euh… de surveillance.

— La séance est levée, dit M. Kintu après avoir adressé un regard lourd de sens à Melinda. Je vous souhaite une bonne semaine.

Melinda ramassa rapidement ses notes pour s'esquiver le plus vite possible avant…

— Mademoiselle Caster, puis-je vous demander de rester un instant ?

La jeune femme reposa ses affaires sur la table.

— Au moins, il est beau garçon sous sa blouse, lui chuchota sa collègue et meilleure amie. Avec un peu de chance, tu réussiras peut-être à le pécho.

— Dis-moi que je t'ai mal entendue ! s'exclama Melinda en donnant une tape amicale à Dembe sur le bras.

— Oh que non ! affirma son amie dans un large sourire en s'éclipsant et en refermant la porte derrière elle.

C'était étrange, mais cet homme était le premier à susciter son intérêt depuis plusieurs années. Et pas seulement. Il chatouillait aussi sa libido, elle devait le reconnaître. Oh mon Dieu, pourvu qu'elle n'ait pas dit cela à voix haute ! Elle rougit rien que d'y penser.

Le sexe et tout ce qui allait avec étaient presque tabous pour elle. Elle avait grandi dans un environnement très religieux où le sexe était strictement réservé à la procréation et où les femmes ne devaient surtout pas éprouver de plaisir. Melinda n'avait donc jamais exploré cet aspect de la vie. Non qu'elle n'ait pas essayé.

Pendant sa dernière année de lycée, elle avait commencé à se rebeller contre toutes ces chaînes qui l'étouffaient. Un peu tard sans doute, mais c'était un véritable miracle tout de même que cela se soit produit.

Lors d'une soirée organisée sous surveillance par le lycée, elle s'était échappée avec un petit copain qu'elle voyait en cachette de ses parents. Assaillis tous les deux par une poussée d'hormones juvéniles, ils s'étaient réfugiés dans une voiture. Elle s'était retrouvée sur la banquette arrière, la tête coincée contre l'accoudoir, la ceinture de sécurité lui entaillant les reins.

Quand le garçon s'était allongé sur elle, elle avait essayé de se détendre mais en vain, trop inquiète que ses parents découvrent ce qu'elle avait osé faire. Ce serait une véritable catastrophe et elle serait sans doute privée de sortie pendant des années. Elle n'aurait pas eu d'autre choix ensuite que de s'évader comme Carrie dans la scène du bal de printemps. Oh oui ! ç'aurait été génial…

Le garçon s'installa sur elle et lui comprima encore davantage le cou contre la portière. Il soupira et se redressa. *C'est tout ?* avait-elle pensé. Elle avait bien senti qu'il lui faisait quelque chose un peu en bas, mais elle s'était attendue à une douleur effroyable, à une hémorragie similaire à celle d'un cochon qu'on égorge, à des odeurs de soufre et aux flammes de l'enfer. Mais tout ça pour ça ? Alors pourquoi est-ce que les gens continuaient à le faire ?

Peu après, elle avait obtenu une bourse d'une université dans un autre État que ses parents lui avaient interdit d'accepter. Elle était partie de chez elle par le car avec un sac à dos plein des affaires auxquelles elle tenait le plus et n'était jamais retournée chez ses parents. Elle s'était contentée de les appeler quelques fois au cours des douze dernières années pour qu'ils sachent qu'elle était encore en vie.

La dernière fois, elle avait même écouté pendant quelques minutes leur discours la vouant aux gémonies avant de raccrocher, contente de constater que certaines choses demeuraient immuables.

Son choix de carrière avait également été déterminé par ses chers parents. Alors qu'elle était en CE1, l'institutrice avait expliqué aux petits écoliers que des dinosaures avaient vécu sur terre plusieurs millions d'années auparavant. Quand elle avait raconté à sa maîtresse que son papa et sa maman lui avaient dit que la Terre n'existait que depuis quelques milliers d'années, cette dernière avait eu l'air un peu troublée.

— Désolée, Melinda, je t'avais oubliée. Tu es censée croire ce que ton père et ta mère te disent.

Le ton de voix sarcastique et dédaigneux de son institutrice était demeuré gravé dans sa mémoire à tout jamais. À partir de ce jour-là, Melinda avait décidé qu'elle ne croirait plus que ce que les livres d'écoles lui apprendraient. Or elle découvrit un peu plus tard que même les manuels scolaires ne disaient pas toujours la vérité. Elle avait donc décidé de faire ses propres recherches et d'en tirer ses conclusions personnelles.

Elle ne voulait que des faits, solides, avérés et non négociables. C'était l'unique manière pour elle de trouver la paix. Avec les faits, personne ne pouvait lui dire qu'elle se trompait. Deux plus deux faisaient quatre et personne ne pouvait le contester.

Alors, quand on lui avait proposé ce poste de chercheuse au Centre pour le contrôle et la prévention des maladies, le très célèbre CDC, elle avait sauté sur l'occasion de travailler au sein d'une organisation prestigieuse qui avait pour mission d'améliorer le monde en cherchant la vérité avec l'aide de la science. Puis elle avait découvert le monde de la politique et son impact sur tout.

La politique interne de l'organisation était aussi sensée que ses parents bigots. Elle devait absolument jouer le jeu si elle voulait obtenir des avantages et des financements. Or elle détestait cela. Elle désirait faire des découvertes pour faire avancer la science et en faire profiter l'humanité. Pour le reste, elle préférait que ce soit d'autres qui s'en occupent.

Deux ans plus tôt, quand un poste s'était libéré au Laboratoire ougandais de recherche sur les virus, de renommée internationale, elle n'avait pas résisté à la tentation de saisir cette occasion de s'éloigner d'une organisation obnubilée par l'argent. Il y avait certes des problèmes au LORV, comme partout ailleurs, mais Melinda doutait que ce soit pire que ce qu'elle avait connu. Au moins, en Ouganda, il faisait rarement plus de vingt-deux degrés ou moins de quinze. Et il n'y avait pas de violence routière parce qu'il n'y avait presque pas de routes. Après bientôt une année sur place, Melinda commençait à s'habituer au climat et aux coutumes locales.

— Mademoiselle Caster.

Melinda se tourna vers son dirlo et, ah oui ! vers le type hyper canon du Comité de surveillance.

— Oui, monsieur Kintu, répondit-elle avec un large sourire en inclinant un peu la tête comme une ado éblouie par une célébrité.

— Docteur Hamel, dit M. Kintu en levant les yeux au ciel, je pense vous avoir prévenu un peu plus tôt que Mlle Caster avait une forte… (il s'interrompit brièvement, et Melinda leva un sourcil, se demandant ce que le directeur avait bien pu raconter sur elle) une forte tendance à faire ce qu'elle croit juste.

Tout à fait.

— Oh ! merci monsieur Kintu. Je ne savais pas que vous l'aviez remarqué.

Mais il n'avait pas terminé.

— Même si cela peut parfois donner l'impression qu'elle est une… comme dit-on ? une petite chipie, oui.

Le visiteur s'esclaffa. Mais pas Melinda. M. Kintu lui adressa un clin d'œil. Si elle avait été à la recherche d'une figure paternelle, il aurait très bien rempli ce rôle.

— Docteur Hamel, asseyez-vous, je vous prie.

Parish s'installa à la table, en face d'elle. Ses lunettes étaient un peu bizarres. Comme s'il n'avait pas l'habitude de porter des verres aussi épais. Enfant, Melinda avait de très mauvais yeux. Elle avait économisé sou à sou et, dès qu'elle en avait eu les moyens, s'était fait faire une chirurgie oculaire au laser. Cette opération avait tellement changé sa perception d'elle-même que c'était difficile à décrire. Pour la première fois, elle avait pu se réveiller et regarder l'heure sans avoir d'abord à tâtonner pour trouver ses lunettes.

Le docteur Hamel retira ses culs-de-bouteille et les glissa dans sa poche. Intéressant. Peut-être n'en avait-il besoin que pour conduire.

— Mademoiselle Caster, vous n'avez rien fait de mal, précisa M. Kintu en se tournant vers elle.

J'espère ne pas avoir laissé entendre cela tout à l'heure. Le docteur Hamel est venu ici pour que vous lui enseigniez…

— Que je lui enseigne quoi ?

Mais qu'est-ce que cela voulait dire, merde !? Elle faisait de la recherche. Elle apprenait, elle n'enseignait pas.

— Elle a aussi tendance à interrompre, dit M. Kintu en se tournant vers le visiteur.

— C'est faux, protesta-t-elle, le rouge aux joues.

— Comme j'avais commencé à le dire, elle a tendance à interrompre, ce qui est le signe d'un esprit fort, rapide.

— Merci de m'avoir prévenu, monsieur Kintu, dit le docteur Hamel en hochant la tête.

— Bon, mademoiselle Caster, dit le directeur en se tournant vers elle, le docteur Hamel est venu vous aider. Il prendra les notes que vous lui dicterez sur l'avancement de vos travaux de recherche. Il est essentiel de consigner tout ce que vous découvrez sur ce virus. Il ne faut pas qu'on puisse nous reprocher encore une fois de ne pas avoir agi contre une nouvelle menace potentielle à la santé publique.

» Le virus Zika a été découvert en 1947 et, soixante-dix ans plus tard, tout le monde réagit comme s'il y avait eu une explosion nucléaire. Nous connaissons parfaitement toutes les maladies de la planète. Et nos notes sur nos travaux de recherche le confirmeront.

— Je suis entièrement d'accord avec vous, monsieur Kintu, déclara Melinda. Qui nous accuse de ne pas savoir ?

M. Kintu marmonna quelque chose dans sa barbe et regarda les papiers devant lui. Il avait peut-être un peu rougi mais c'était difficile à dire avec son teint mat.

— Aussi, mademoiselle Caster, je vais vous demander de montrer le laboratoire au docteur Hamel et de lui présenter vos collègues.

Puis il se leva, mettant ainsi fin à la réunion.

— Merci d'être venu, docteur, dit-il en se tournant vers le visiteur et en lui tendant la main. Nous vous sommes très reconnaissants pour votre visite. Mademoiselle Caster, ajouta-t-il en s'adressant à la jeune femme, ne l'amochez pas trop, s'il vous plaît. Je voudrais le rendre en une seule pièce au Comité.

Chapitre 2

Melinda posa son ordinateur portable et ses notes sur une table dans son labo. La pièce était plutôt grande pour une seule personne, aussi les autres scientifiques entreposaient-ils chez elle toutes sortes appareils divers et variés ainsi que des cartons.

Le docteur (J'aimerais-bien-me-le-faire) Hamel la suivit et prit une autre longue inspiration. Mais pourquoi faisait-il cela ? Avait-il perçu une odeur étrange ? Elle avait pourtant bien pris une douche ce matin-là. Elle avait l'électricité après tout dans sa petite maison.

Comme d'ailleurs la plupart des bâtiments à Entebbe, l'une des plus importantes villes de l'Ouganda, située sur les rives du lac Victoria, un peu comme Chicago sur le lac Michigan.

— Votre labo est très propre, mademoiselle Caster.

— Ouais. On ne peut pas laisser les microbes du déjeuner se déposer dans nos boîtes de Petri.

— Mais c'est comme ça que la pénicilline a été découverte.

— Bien sûr, c'est toujours comme ça que les hommes font leurs plus grandes découvertes, non ?

Elle le regarda du coin de l'œil pour voir sa réaction. Ils ne s'entendraient bien que s'il était capable de supporter sa manie de dénigrer les hommes. En revanche, elle n'accepterait jamais qu'il vilipende les femmes. Deux poids deux mesures, certes, et elle était prête à le reconnaître. Elle était chez elle dans ce labo après tout. S'il n'était pas content, il n'avait qu'à aller voir ailleurs

— D'accord, mademoiselle Caster. C'est vrai qu'on n'associe pas trop les hommes à la propreté.

Il était vraiment d'accord avec elle ? Purée ! elle venait peut-être de trouver la perle rare. Sauf qu'il était un agent du Comité de surveillance. Tant pis.

— Mademoiselle Caster…

— Melinda…, ne put-elle s'empêcher de l'interrompre. Appelez-moi Melinda.

— Je le ferai si vous m'appelez Parish, rétorqua le grand type en esquissant un sourire.

— Parish, dit-elle en grimaçant intérieurement. (Ce nom lui faisait un peu trop penser à ses parents.) Je ne voudrais pas vous vexer, docteur Hamel, mais est-ce que je pourrais vous appeler par votre nom de famille ? lui demanda-t-elle en s'attendant à une réponse indignée.

— Je préférerais en effet, dit-il.

Ça alors ! il était encore d'accord avec elle. Cela ne s'était pas produit depuis que les types du labo des vaccins avaient accepté de ne pas mettre leurs bières dans son frigo. Elle aurait été très malheureuse si l'un d'entre eux avait avalé un virus par mégarde. Il n'y avait pas vraiment de danger qu'ils confondent une éprouvette de virus et une canette de bière, mais il fallait se méfier. Elle demeurait convaincue de l'existence d'un réel risque.

— Va pour Hamel, dit-elle.

Elle balaya la pièce du regard tout en cherchant un autre sujet de conversation. Elle n'avait jamais été très douée pour la communication avec les humains. Une autre des raisons pour lesquelles elle appréciait son travail. Les scientifiques avaient la réputation de travailler tout le temps et ils étaient par conséquent dispensés d'interaction sociale.

— Et si on commençait par le début, intervint alors le docteur Hamel, lui évitant ainsi d'avoir à chercher un autre sujet, et que vous me racontiez comment vous avez trouvé ce nouveau virus ?

Melinda ouvrit son ordinateur, se connecta au réseau et se retourna vers son visiteur. Merde ! il était juste à côté d'elle. Elle ne l'avait pas remarqué tant elle était préoccupée par la nécessité de trouver un sujet de conversation. Son odeur était différente, mais agréable. Des notes boisées, fraîches, comme s'il venait de courir dans la forêt. Un parfum qu'elle adorait.

Encore une chose qu'elle aimait de cet endroit. Avant de venir en Afrique, elle avait pensé y trouver une jungle épaisse pleine de serpents mangeurs d'hommes et des déserts de sable à perte de vue où mourrait immanquablement tout promeneur égaré, inconscient du danger.

Mais, sur les rives du plus grand lac du continent africain, il y avait partout des arbres et des terrains dégagés dans les zones habitées. Des vaguelettes venaient s'échouer sur les plages publiques de la ville. Et la forêt commençait là où s'arrêtait l'étroite bande de sable, offrant une ombre bienvenue. Il y avait des trottoirs et des parcs à proximité du lac, et les touristes tout comme les résidents aimaient bien se baigner les pieds dans son eau tiède.

Le balcon de sa maison donnait sur l'eau et une douce brise y circulait tout le temps. Elle aimait beaucoup s'y asseoir le soir pour écouter le bruit des vagues. Elle entendait parfois au loin de la musique pop à la radio et les cris de joie des enfants qui jouaient à courir après les vagues quand elles se retiraient, avant de se faire rattraper quand elles venaient s'échouer.

Merde ! elle comprit pourquoi il se tenait si près d'elle. Ce n'était parce qu'il la trouvait attirante ou exotique. Non, il avait lu son mot de passe. Purée ! il lui faudrait le changer encore une fois. L'administration du labo ne serait pas contente, elle s'en doutait bien, de découvrir qu'elle utilisait « putaindemotdepasse1 ». Il répondait pourtant à tous les critères : il faisait plus de huit lettres, comprenait un chiffre, et elle ne l'oubliait pas. Parfait pour elle.

— Melinda, dit le binoclard en s'approchant davantage, la ramenant à la réalité.

Merde ! il sentait trop bon. Des frissons lui parcoururent les bras. Heureusement, il ne les voyait pas sous les manches de sa blouse. Elle entendit alors un grognement sourd terriblement excitant qui lui pénétra les sens. Son pouls s'accéléra. La sueur perla à sa lèvre supérieure.

Elle ouvrit les yeux pour chercher la source de ce grognement et des iris dorés rencontrèrent son regard à quelques centimètres à peine. Dieu du ciel ! Elle inspira et essaya de reculer d'un pas mais la table derrière elle l'en empêcha. Elle voulut repousser l'agent Hamel d'une main sur son torse mais elle eut peur de sa propre réaction si elle le touchait.

Il se racla la gorge et s'écarta sur le côté.

— Désolé, dit-il, je ne voulais pas empiéter sur votre espace personnel.

Puis il alla de l'autre côté du labo en passant la main sur ses cheveux coupés en brosse. Purée, se dit-elle, elle le laisserait bien pénétrer dans son espace personnel tant qu'il voulait.

Arrête de fantasmer. Il vient du Comité de surveillance, se rabroua-t-elle intérieurement.

Une fois encore, elle se retrouva sans voix, se rappelant qu'ils parlaient de quelque chose. Mais quoi au juste ?

Chapitre 3

Hamel prit quelques respirations superficielles pour éviter d'inhaler son odeur. Putain ! pourquoi maintenant ? Pourquoi avait-il trouvé son âme sœur au beau milieu d'une mission ? Il était fou de joie de l'avoir enfin rencontrée, mais il ne pourrait pas la toucher tant que durerait ladite mission, qui consistait à la protéger pendant quelques semaines. Du moins jusqu'à ce que les services du renseignement déclarent que la menace avait été écartée.

Que lui arriverait-il si ses supérieurs découvraient qu'il couchait avec la personne qu'il était censé protéger ? Il dut déployer des efforts surhumains pour ne pas l'allonger sur la table et s'enfouir profondément en elle. Merde ! il regrettait amèrement d'être obligé de lui cacher sa véritable identité pour veiller sur elle. Ce ne serait pas aussi facile qu'il l'avait d'abord pensé.

Elle était vraiment très intelligente. Il ne pouvait pas se permettre la moindre négligence dans le déroulement de sa mission. Il s'en enorgueillissait d'une certaine manière. Son âme sœur était une adversaire formidable. Il n'y aurait pas de mauviette dans sa famille.

Elle avait tout de suite soupçonné quelque chose dans la salle de réunion. Il l'avait senti. Il n'aurait jamais dû mettre ces maudites lunettes. Elle avait remarqué qu'il n'était pas à l'aise avec ces culs-de-bouteille. Il avait lu dans son dossier qu'elle avait porté de grosses lunettes toute sa vie. Seule une personne qui avait connu ça était capable de déceler les petites expressions susceptibles de dévoiler son secret.

Et là, debout à côté d'elle et assez proche pour lire son mot de passe (qu'il avait trouvé hilarant ! Aucun risque qu'il l'oublie, c'était sûr !), il ne pouvait faire autrement que trouver qu'elle sentait bon. Il avait envie d'envoyer balader le boulot. De l'emmener loin de ce continent, de partir avec elle sur une île déserte et de lui faire une ribambelle d'enfants.

Bordel de merde ! il en avait mal rien que d'y penser. Il lui tourna le dos et s'éloigna. Il ne supportait pas une trop grande proximité avec elle. Il resta donc de l'autre côté de la table.

— Vous m'expliquiez comment vous avez découvert ce virus ?

— Ah oui ! le virus, bien sûr.

Il voyait bien comment elle réagissait à sa présence : son pouls s'était accéléré et elle frissonnait. La pauvre, elle n'avait sûrement aucune idée de ce qui lui arrivait. Son jaguar intérieur désirait sa petite compagne et il finirait par l'avoir, quoi qu'il arrive. Parish avait juste besoin de rappeler à son animal qu'ils étaient en service et qu'ils devaient d'abord protéger leur âme sœur. Pas de sexe au boulot, c'était la consigne. Ils avaient juste le droit de se branler. Le reste devrait attendre.

— La réserve naturelle voisine nous a appelés pour nous prévenir que trois bébés singes étaient morts sans raison apparente. Les travailleurs ont remarqué des trucs étranges.

— Étranges dans quel sens ?

— Comme des objets qui avaient été déplacés. Ou de la nourriture qui avait disparu. Ils ont d'abord pensé à un esprit farceur. J'ai vu un sorcier la dernière fois que je suis allée là-bas. J'avais entendu parler de lui mais je ne l'avais jamais encore rencontré.

» Toujours est-il que ces trois petits cadavres allaient pouvoir être testés. Je leur ai fait des prélèvements de sang, de salive… les trucs habituels, quoi. Puis j'ai remarqué un peu de sang séché dans l'oreille d'un des singes. On l'a ramené au labo et on l'a passé au scanner pour voir s'il avait reçu un choc à la tête. Et voilà ce qu'on a découvert.

Melinda tourna alors son ordinateur pour lui montrer des images qui ressemblaient à des coupes de cerveau. La seule autre fois où Hamel avait vu ce genre de document, c'était dans des séries télévisées de criminalistique. Il grimaça. Qu'était-il censé dire, bordel !? Il était un simple soldat, pas un médecin, même s'il jouait ce rôle en tant qu'agent infiltré. Il se creusa les méninges pour trouver quelque chose à dire qui n'aurait pas l'air trop idiot.

— Vraiment ? Avez-vous fait un scan de contrôle pour vous assurer qu'il n'y avait pas d'erreur d'imagerie ?

— C'est la première chose qu'on a faite. Cette image est la troisième. Elles sont toutes identiques.

Hamel croisa les bras pour se donner une contenance. Sa mission était de protéger cette jeune femme contre les menaces qu'avait identifiées l'agence pour laquelle il travaillait, et non pas pour remettre en question ses capacités intellectuelles ou ses théories. Il aurait dû s'en tenir à sa première idée, qui était de l'aider pour la documentation de son projet. Sauf que, lorsqu'il avait découvert qu'elle était son âme sœur, il avait eu envie de se rapprocher d'elle. Et voilà qu'elle le croyait médecin. Bordel de merde ! et quoi encore ? Il fallait réfléchir, et vite ! Qu'elle n'y voit que du feu.

— C'est très bien tout ça, mais venons-en aux faits. Quelles sont vos conclusions ?

— J'en ai conclu que ces bébés avaient un système nerveux très développé, dit-elle après avoir levé un sourcil.

Melinda cessa de parler et observa son visiteur comme s'il avait compris ce qu'elle venait de lui expliquer. Ces bébés étaient très nerveux. Et alors ?

— Comme vous pouvez le constater ici, reprit-elle en lui désignant un point dans l'image, il y a beaucoup plus de connexions synaptiques que d'habitude.

— Bien sûr, dit-il en essayant de prendre un air blasé. Continuez.

— Donc, poursuivit Melinda après une courte pause, je pense que ces bébés ont connu un développement anormal dans le ventre de leur mère et qu'ils sont nés avec des capacités extrasensorielles.

— Extra quoi ? lâcha Hamel en grimaçant de nouveau.

— Cela peut paraître absurde, j'en conviens, dit-elle en s'éloignant rapidement de son ordinateur. Mais que peut-on penser d'autre quand on voit mille millions de connexions synaptiques de plus s'établir en même temps ?

Cela dépassait son entendement. *Quoi ?*

— C'est comme si un deuxième cerveau se greffait au vôtre et que vous puissiez faire deux fois plus de choses. Le cerveau est très fort. Et avec ces liens supplémentaires il peut traiter une somme incroyable d'informations, l'amener à un autre niveau.

— Un autre niveau ? Comme…

Comme de l'hyperactivité ?

À l'autre extrémité du labo, Melinda ouvrit une cage posée sur un comptoir et en sortit une petite souris blanche. Puis elle prit une poignée de croquettes et les mit dans la poche de sa blouse.

— Je vais dans la salle à côté et je vous appelle, dit-elle en lui désignant un téléphone mural. Vous n'aurez qu'à répondre et à suivre mes instructions.

Elle sortit ensuite de la pièce et referma la porte derrière elle.

Que se passait-il, bordel !? Qu'est-ce que tout cela avait à voir avec un virus ? Et enfin, qui irait jusqu'à tuer pour mettre la main sur une arme biologique non encore identifiée ?

Le téléphone sonna.

— Oui, répondit Hamel en décrochant.

— Très bien. Dès que j'aurai raccroché, comptez jusqu'à cinq et regardez les souris. Prêt ? Je raccroche.

Hamel laissa passer une poignée de secondes, puis il vit les souris qui s'énervaient dans leur cage.

— Vous avez vu ? lui demanda Melinda en le rappelant.

— Les souris ont fait du tapage, elles se sont énervées. Mais c'est tout.

— Comptez jusqu'à dix quand j'aurai raccroché.

Hamel reposa le combiné sur sa base et fit ce que la scientifique lui avait demandé. Les souris reproduisirent le même comportement que précédemment pendant quelques secondes.

Hamel s'attendit à ce que Melinda le rappelle mais il la vit revenir par la porte.

— Passionnant, non ?

— Oui, très. On peut savoir ce que vous voulez prouver ?

L'expression de la jeune femme se fit plus dure. Il serait peut-être obligé de cesser de jouer le rôle d'un scientifique rigoureux.

— Excusez mon scepticisme apparent, dit-il.

— Je comprends, rétorqua-t-elle, se radoucissant un peu. Je vais vous expliquer ce que j'ai fait.

Elle tourna le dos au fond de la pièce, où se trouvaient les cages des souris. Elle tendit une croquette à celle qu'elle tenait dans sa main pour la lui faire sentir. Les autres s'énervèrent aussitôt. Elle répéta l'expérience au bout de quelques secondes et obtint le même résultat.

Bordel de merde !

— Est-ce que j'ai bien compris ? Les souris dans la cage savent quand vous donnez une croquette à celle-ci et elles s'énervent parce qu'elles en veulent aussi ?

Chaleureux et engageant, le grand sourire de la scientifique le fascina littéralement. Le fait d'expliquer ses expériences à Hamel fit briller un grand éclat de bonheur dans ses yeux.

— C'est exactement cela. L'augmentation du nombre de connexions neuronales donne des capacités de prescience à ces souris.

— Un instant ! lança Hamel en levant les mains en signe de supplication. Revenons un peu en arrière, si vous le voulez bien. Est-ce que je peux tenir cette souris ? demanda-t-il en tendant la main.

La jeune femme approcha le petit animal de sa main, mais les souris à l'autre extrémité de la pièce se mirent à couiner et à se jeter contre les parois de leurs cages tandis que celle qu'elle tenait se tortillait comme pour l'éviter. Hamel baissa la main et les animaux se calmèrent aussitôt.

— Euh… elles ne m'aiment pas beaucoup, je pense.

Elles réagissaient sans doute à son odeur de grand méchant félin. Il aurait dû y penser.

— D'accord. Je n'ai pas vraiment besoin de la prendre dans mes mains. Je vois ce qui se passe. En revanche, je ne comprends pas le lien entre ces souris, les singes morts et la nature de ce virus.

— Attendez un instant, dit Melinda avant de se tourner vers l'autre bout de la pièce. Il y a plusieurs éléments à prendre en compte ici.

La scientifique remit la souris dans une cage et donna des croquettes à tous les petits animaux avant de retourner à son ordinateur sur la table. Elle afficha une nouvelle image sur l'écran, apparemment identique à la précédente, mais avec une zone sombre au milieu du cerveau plutôt que claire comme dans l'autre.

— Voici la même image du cerveau, dit-elle en pointant vers le centre de l'image, mais dans son état d'origine. On a été obligés de l'éclaircir pour bien voir toutes les synapses qui sont cachées dans celle-ci. On ne sait pas ce que c'est. C'est tout noir.

Tant mieux. Comme ça, Hamel se sentait moins bête de ne pas savoir de quoi il s'agissait non plus. Sa couverture n'allait pas tenir très longtemps si elle s'attendait à ce qu'il ait l'air intelligent. Il était vraiment mal.

Chapitre 4

Melinda adorait montrer les données qu'elle avait collectées et les hypothèses qu'elle avait échafaudées à partir de cette masse d'informations. C'était encore plus agréable de partager tout cela avec quelqu'un qui comprenait parfaitement ses explications.

Elle fit apparaître sur son ordinateur les échantillons de sang qu'elle avait prélevés. Elle tourna un peu l'écran pour que Hamel puisse le voir. Elle était si emballée qu'elle en avait oublié la réaction de son corps à celui de son visiteur. Elle devait à tout prix faire abstraction de cette attirance parce que, si elle s'éloignait de lui, il aurait tôt fait d'en deviner la raison. Et puis, bon, Melinda n'était pas vraiment attirée par ce type. C'était uniquement physique.

— Regardez l'échantillon de sang à gauche, dit-elle en tapotant l'écran avec son stylo. Vous voyez les érythrocytes et les leucocytes, n'est-ce pas ?

— Oui, tout est là, clair comme le jour.

Melinda cliqua sur la souris et une autre image apparut sur la droite de l'écran. Elle regarda Hamel pour voir sa réaction. Il fronça les sourcils.

— Et c'est quoi, ces petits machins tordus ?

— Ces petits machins tordus, comme vous dites, docteur, c'est le virus. C'est l'échantillon de sang infecté comparé à du sang normal, expliqua-t-elle en se tournant vers l'écran. Ce qu'il y a d'intéressant avec ce virus, comme dans plusieurs cas de Zika, c'est que le porteur ne semble pas présenter de symptômes physiques. Aucun signe de maladie, ni de fatigue ou de quoi que ce soit d'autre qui puisse être associé à la présence d'un virus.

» Les effets ne sont visibles que dans la descendance. L'hyperdéveloppement du cerveau procure des capacités sensorielles bien au-delà de la norme. J'ai donné le nom de PES à ce phénomène.

— Je vois. « PES » pour perception extrasensorielle, je présume, lança Hamel en levant les yeux vers elle.

— Non. Plutôt pour Paul, Emily et Steven, répondit-elle. Les trois bébés singes morts du virus. J'aurais pu l'appeler ESP, mais c'est trop proche d'« esprit » et PSE ne ressemblait à rien. J'ai fait au plus simple. Mais peu importe le nom que j'ai choisi parce que les autorités vont lui en trouver un autre quand on transmettra nos données à l'OMS.

— Ah ?

— Oui, dit-elle en retirant une clé USB de son portable et en la glissant dans sa poche. On fait tout le travail et l'OMS s'en attribue le mérite. Je ne m'en plains pas. Je ne cherche pas la gloire. Je demande juste un salaire correct. J'adore ce que je fais, du coup, je ne vois pas ça comme du travail.

Ils étaient tous deux légèrement plus détendus maintenant, car ils étaient ensemble depuis quelque temps désormais. N'ayant plus rien à ajouter, Melinda se tourna vers Hamel et lui adressa un regard timide, se rendant compte qu'elle s'était livrée un peu.

— Donc la mère était porteuse du virus, dit Hamel en se raclant la gorge et en mettant les mains dans les poches, sans présenter aucun symptôme, et les bébés avaient une connexion spéciale entre eux. Est-ce là l'explication des phénomènes étranges relevés par les instances médicales ?

— C'est possible, répondit Melinda en haussant les épaules. Mais j'ai comme l'impression qu'elles se sont un peu fait avoir. C'est Halloween ce week-end après tout. La période des tours pendables a peut-être démarré un peu tôt.

— On fête Halloween en Ouganda ? s'enquit Hamel en arquant les sourcils.

— La majorité des gens considère cette fête comme un prétexte pour se coucher tard et boire de la bière. Les bars organisent des concours de déguisement et d'autres jeux rigolos. Rien de très compliqué.

— Est-ce que vous aimez Halloween ?

Elle fronça les sourcils et réfléchit pendant un instant.

— J'adore les films d'horreur qui racontent des histoires paranormales effrayantes. J'ai du mal à y croire mais cela m'amuse beaucoup, vous comprenez ?

— Alors vous ne croyez pas aux fantômes, aux vampires, aux loups-garous ni à quoi que ce soit de paranormal ? demanda-t-il avec un large sourire.

— Allez, docteur Hamel ! s'exclama-t-elle en arquant un sourcil. Je passe ma vie à étudier des faits. Je crois ce que je vois, pas ce qu'on me dit. J'ai appris il y a très longtemps déjà que les gens avaient beaucoup d'imagination. Alors, non, je ne crois pas aux fantômes, aux vampires, aux loups-garous et aux bruits étranges qu'on entend tard dans la nuit. Je suis sûre qu'il y a une explication à tout.

— Cela signifie sans doute que vous n'avez pas l'intention de regarder *L'Exorciste* le soir d'Halloween, c'est ça ? dit-il en lui adressant un large sourire qui la fit cligner des yeux avant de comprendre qu'il la taquinait.

— Et pourquoi pas ? J'adore ce film. Il me fiche la frousse ! C'est un des premiers films que j'ai vus quand mes parents m'ont laissée aller à des soirées pyjama. Inutile de dire que, mes copines et moi, on a eu beaucoup de mal à dormir après ce film et qu'on a laissé les lumières allumées toute la nuit partout dans la maison !

Hamel gloussa en hochant la tête.

— Pour en revenir au virus, dit-il. Qu'est-ce que vous avez fait après avoir découvert ces petits machins tordus dans le prélèvement de sang ?

Les « machins tordus » ?

— J'ai isolé le virus pour créer un sérum pouvant être testé sur des souris. La découverte de leur faculté de prescience s'est faite accidentellement le jour où on a séparé les souris pour les faire courir dans un labyrinthe.

— Dans un labyrinthe ? répéta-t-il. Pour voir si elles étaient capables de trouver la sortie ? Ce genre de truc ?

— Docteur Hamel, je suis si heureuse de constater qu'ils vous apprennent des choses là-bas, déclara Melinda, la main sur la hanche. Même si ça n'a manifestement rien à voir avec l'hématologie.

Il plissa les yeux. Merde ! elle avait réussi à l'énerver. Il risquait de partir.

— Mon travail n'est pas de savoir..., commença-t-il avant de s'interrompre brutalement.

Melinda attendait visiblement qu'il termine sa pensée. Mais il se tut et elle décida de lui venir en aide.

— Votre travail n'est pas de… ? demanda-t-elle en le dévisageant, sans baisser les yeux.

Elle refusait de se laisser intimider par cet homme ou n'importe quel autre. Enfant, elle s'était toujours aplatie devant les plus forts qu'elle. Ils n'avaient qu'à hausser la voix. Mais, à l'université où elle avait obtenu sa licence de sciences, la présence d'un excès de testostérone dans cette filière l'avait obligée à apprendre à se défendre car ses collègues ne faisaient pas de quartier.

— Écoutez, Melinda, dit Hamel en soupirant et en s'appuyant contre un placard. Je ne présente aucune menace, ni pour vous, ni pour personne ici au laboratoire. Je veux juste me familiariser avec vos installations et vos recherches. Je ne suis pas venu vous mettre des bâtons dans les roues. Si vous voulez, je peux même vous préparer votre café le matin. Qu'en dites-vous ?

Un assistant personnel à ses ordres, un type avec un corps de rêve qui donnerait envie à n'importe quelle meuf de retirer sa culotte ? C'était trop beau pour être vrai ! Et elle était incapable de refuser son offre.

— D'accord. Mais je ne bois pas de café. Je vais vous apprendre à faire le thé.

Et à vous déshabiller aussi, pourquoi pas ? ajouta-t-elle mentalement.

Elle prit un bécher sur une étagère et l'emplit partiellement d'eau filtrée au robinet. Puis elle sortit de sa poche un sachet d'une dizaine de centimètres, en déchira l'extrémité, versa la poudre qu'il contenait sur l'eau, secoua et obtint un liquide marron.

— Voilà ! du thé. Il faut juste ajouter un peu de sucre, dit-elle en sortant de sa poche un tas de petits objets qu'elle regarda distraitement avant de les ranger.

— Melinda, puis-je vous demander pourquoi il est écrit « PES » sur le bécher dans lequel vous buvez votre thé ?

Ah oui ! elle avait oublié ce petit détail.

— C'est une longue histoire, répondit-elle.

— J'ai tout mon temps, déclara-t-il en esquissant un sourire.

— Ce n'est pas vraiment intéressant. Je suis la seule à avoir accès à cette pièce.

— Qu'est-ce qui n'est pas intéressant ? demanda-t-il, l'air amusé.

Bon, d'accord. Il allait lui faire avouer son ineptie.

— La semaine dernière, j'ai tout préparé pour faire le sérum, y compris cette étiquette avec le nom du virus, que j'ai collée sur ce bécher. Quand j'en ai eu besoin, je l'ai cherché mais je ne l'ai pas trouvé. Je ne savais pas si quelqu'un l'avait pris ou quoi. Comme le bécher était trop grand de toute manière pour mes besoins, j'ai utilisé une éprouvette.

» Le lendemain, alors que je m'apprêtais à préparer mon thé pour la journée, j'ai retrouvé ce bécher à côté de l'évier et je l'ai utilisé. J'ai essayé d'enlever l'étiquette mais, comme vous pouvez le constater, elle se déchirait. Alors je l'ai laissée.

C'était vrai, l'étiquette avait été en partie soulevée aux deux extrémités. Melinda sortit ensuite quelques petits sachets de sucre d'une de ses poches latérales et les montra à Hamel.

— Je préfère le vrai sucre, expliqua-t-elle quand deux ou trois sachets lui filèrent entre les doigts.

Elle entendit un léger « plouf » et aperçut une petite vague se former au milieu de son thé. Elle baissa les yeux pour voir ce qu'elle avait laissé tomber dans sa boisson et sentit son cœur cesser de battre.

— Merde ! s'exclama-t-elle en renversant le bécher sur la paillasse.

Le thé se répandit et la jeune femme récupéra une clé USB, qu'elle secoua vigoureusement en balayant les alentours du regard à la recherche de quelque chose pour la sécher. Elle l'essuya sur sa blouse et se précipita aux toilettes des femmes.

— Pourvu que ça marche, pourvu que ça marche, marmonna-t-elle en appuyant sur le bouton du sèche-mains.

Toutes ses données concernant le virus se trouvaient sur cette clé. Elle en avait stocké beaucoup aussi sur son portable, mais la description précise et détaillée de la solution pour le sérum se trouvait sur cette clé USB. Heureusement, ce n'était pas un désastre irrémédiable susceptible de mettre fin à sa carrière. En effet, Melinda jouissait d'une mémoire absolue et elle saurait recréer le sérum au besoin. Malheureusement, une partie de la documentation nécessaire pour prouver sa découverte dont avait parlé M. Kintu était irrécupérable.

La jeune femme entendit frapper à la porte.

— Ça va, Melinda ? lança une voix grave,

— Ouais, Hamel, désolée. J'ai laissé tomber ma clé USB dans mon thé, expliqua-t-elle à son visiteur en sortant de la pièce tandis qu'il lui tenait la porte. Ce n'est pas très grave. Je vais la brancher sur mon ordi pour voir si elle fonctionne encore.

Même s'il y avait peu de chances que ce soit le cas, elle s'en doutait bien.

L'ordinateur reconnut bien la clé USB mais le répertoire de fichiers était vide. Melinda la retira et la rangea dans sa poche. Peut-être un des geeks de l'informatique pourrait-il récupérer ses données.

Elle regarda sa montre. Il était l'heure d'aller déjeuner. Heureusement.

— Avez-vous quelque chose de prévu pour midi ? Pour ma part, j'apporte mon repas et je mange dans la salle du personnel avec mes collègues. Vous pouvez vous joindre à nous si vous le désirez.

— Merci, mais j'ai rendez-vous avec M. Kintu, répondit-il, l'air soudainement songeur. Je ne vous reverrai peut-être pas avant demain.

La jeune femme fut très déçue de à cette idée et s'en étonna. Purée ! elle était vraiment pathétique. Peut-être pas tant que ça finalement. Surtout très intéressée par un type qui titillait ses zones féminines. Ouais, bon, d'accord, elle était pathétique. Elle n'était pas née de la dernière pluie. Le docteur Hamel était là pour le travail. Pas pour lui proposer de réaliser tous ses fantasmes sexuels. La scientifique consacra le reste de sa journée à travailler avec les techniciens informatiques pour tenter de récupérer un maximum de données de sa clé USB.

En fin d'après-midi, elle avait la migraine et était prête à jeter sa putain de clé USB et son ordinateur portable du toit du bâtiment. Elle y trouverait sans doute un certain soulagement mais cela n'améliorerait pas pour autant sa situation.

Comme elle n'avait pas fini son deuxième bécher de thé, elle le rangea dans le frigo parmi d'autres contenants semblables avant de refermer la porte et de la verrouiller. Elle prit son ordinateur et sa clé USB désormais inutilisable, les rangea dans un placard avec tout un tas de menus objets et le ferma à clé. Il n'y avait pas de souci de vols au labo mais elle ne voulait pas non plus tenter le diable.

À peine était-elle sortie du bâtiment qu'elle se sentit épiée. Elle regarda autour d'elle mais tout lui sembla normal. Elle se hâta vers sa voiture et prit la route de chez elle.

Chapitre 5

Melinda avait retiré ses vêtements de travail et ses chaussures, et se prélassait dans sa chaise-hamac sur son balcon qui donnait sur le lac Victoria, presque aussi immense qu'un des Grands Lacs nord-américains. L'étendue d'eau était si vaste en effet qu'on n'en voyait pas l'autre rive, ce qui donnait l'impression d'être en bord de mer. Une zone boisée relativement touffue séparait sa maison de sa plage personnelle, une étroite bande de sable plutôt vaseuse.

Un verre de muscat à la main, elle laissa échapper un long soupir. Ce n'était pas facile de trouver du bon vin en Ouganda. Quand il était disponible, Melinda n'hésitait pas à payer le prix. Ce soir-là, elle avait bien besoin d'en boire un verre pour se détendre après une journée de fous. Le plus étrange avait sans aucun doute été l'arrivée inattendue de ce docteur Hamel.

Elle avait du mal à ne pas penser à lui. Cela faisait un bon moment qu'elle n'avait pas vu d'Américain. Elle avait passé les deux dernières années entourée uniquement d'Africains, aussi trouvait-elle un peu étrange de se retrouver avec un compatriote.

Elle ne lui en tiendrait pas rigueur, à condition qu'il lui laisse mater un tout petit peu ce corps qu'il cachait sous ses vêtements. Il avait l'air très musclé, cela se devinait. Melinda sentait ses hormones qui s'excitaient rien que d'y penser. Il remplissait bien sa chemise et sa blouse, et sa démarche était tellement fluide qu'il donnait l'impression de glisser sur le parquet. Comme un chat, comme un prédateur à l'affût de sa proie.

Elle ressentit quelques picotements de plaisir et fut parcourue d'un grand frisson. Un grognement s'éleva du fourré. Sourd, lointain. Heureusement. Elle n'aimait pas l'idée de servir de dîner à un grand prédateur. Ses collègues lui avaient raconté tout un tas d'histoires au sujet des animaux monstrueux qui peuplaient le continent, tous plus énormes les uns que les autres : des serpents, des insectes, des félins, des reptiles, des poissons… Comme au Texas où tout était toujours plus grand !

Le ciel était rouge ce soir-là. L'horizon empourpré par les rayons du soleil couchant se reflétait dans les eaux du lac, tellement qu'on aurait dit une mare de sang perturbée par les vagues. L'image de Hamel lui revint à l'esprit, bien sûr, comment l'oublier ? Parce que… Et pourquoi pas après tout ? Ce type était canon et elle n'avait pas baisé depuis si longtemps que c'était à peine si elle se rappelait à quand remontait la dernière fois que cela lui était arrivé.

En revanche, il avait bien besoin de revoir les bases de la biologie. Elle avait l'impression qu'il n'avait aucune idée de ce dont elle parlait au labo. C'était assez typique du gouvernement américain : les moins qualifiés bourrés de thune dirigeaient ceux qui se décarcassaient pour gagner leur vie. C'était exactement cela qu'elle avait fui. Plus ou moins.

Elle ressentit alors un léger pincement au cœur. Elle ne voulait pas penser à lui. Ni ce soir-là, ni aucun autre soir d'ailleurs. Deux années s'étaient écoulées mais ni son cœur ni son orgueil ne s'en était encore remis. C'était encore un sujet très sensible pour elle.

Kenneth était apparu soudainement un beau matin sans prévenir, exactement de la même manière que Hamel. Il la suivait comme son ombre. Elle débutait au CDC. Sa vie avait été toute chamboulée. Elle cherchait un appartement, elle devait déménager ses affaires et vendre sa maison. En outre, elle commençait dans un nouveau poste et elle avait beaucoup d'attentes. Alors, quand il s'était rapproché d'elle pour l'aider à s'installer, elle n'avait pas posé trop de questions.

Comme elle, Kenneth venait de terminer ses études et il travaillait dans le même domaine qu'elle. Et, quand il lui avait proposé de collaborer à un projet, elle ne s'était pas méfiée. Avec lui, elle se sentait belle, elle avait l'impression de mériter qu'on l'aime, ce qui n'était pas le cas avec sa famille. Il la faisait rire, il regardait des films de filles avec elle et puis il était assez mignon. Trop pour une fille comme elle. Mais elle avait eu confiance en lui. Jusqu'à ce qu'il soit trop tard.

Elle avait travaillé avec lui pour mettre au point un vaccin méningococcique conjugué pour enrayer les épidémies de méningite qui sévissaient en Afrique, et plus particulièrement dans la région subsaharienne. Melinda avait très tôt découvert un moyen de guérir cette maladie. Quand enfin les deux scientifiques s'estimèrent prêts à communiquer leurs résultats à leur chef, Kenneth s'en était arrogé tout le crédit, la laissant complètement à l'écart.

Elle avait plaidé sa cause, expliqué ce qu'il en était réellement. Mais elle n'avait aucune preuve et c'était sa parole contre la sienne. Elle n'avait pas gagné. Elle avait tiré une leçon importante de cette expérience : les gens ne font jamais rien sans raison. Et plus souvent qu'à leur tour ils étaient motivés par l'envie de gagner et de voir les autres perdre. Personne ne faisait jamais passer les intérêts des autres avant les siens, sauf peut-être les parents avec leurs enfants. Mais bon, Melinda avait compris qu'elle ne devait accorder sa confiance à personne pour quoi que ce soit. Qu'elle ne devait se fier qu'à elle-même.

Les coups de poignard dans le dos étaient moins courants en Ouganda. Les gens étaient assez honnêtes et désireux de s'entraider. Elle connaissait ses voisins, qui étaient tous des gens bien.

Elle se balança lentement dans sa chaise-hamac, son verre de vin à la main. Elle n'entendait que les bruissements des vagues qui venaient s'écraser sur la plage et les pépiements des oiseaux. Ses paupières s'alourdissaient peu à peu.

Elle s'était assoupie depuis une vingtaine de minutes quand son téléphone claironna : « Attention ! Attention ! » Une voix grave lui ordonnait d'évacuer immédiatement les lieux. Un avertisseur sonore au timbre désagréable s'était ajouté au hurlement de sirène des pompiers.

Melinda eut très peur.

Elle se précipita hors de sa chaise-hamac. Mais dans sa hâte, et avec l'adrénaline qui circulait dans ses veines, elle se pencha un peu trop de côté et elle fut littéralement éjectée de son siège instable. Tenant toujours son verre, elle ne put se stabiliser que d'une seule façon…

En tendant sa main libre, qui heurta la petite table à côté d'elle, et, plus particulièrement, le plateau posé dessus qui contenait des biscottes, des fruits coupés en morceaux, la bouteille de muscat et, bien entendu, son téléphone. Elle ne put que regarder le contenu du plateau effectuer un vol plané au-dessus de la rambarde.

Elle se retrouva sur le dos à admirer les premières étoiles dans le ciel. Putain de merde de bordel de connerie de merde ! pourquoi est-ce que ce genre de mésaventure lui arrivait tout le temps ? Il y avait eu la clé USB dans son gobelet de thé le matin et voilà qu'une bouteille de vin assez chère se retrouvait quelque part dans le fourré. Heureusement elle l'avait rebouchée. Au moins, son téléphone s'était tu. Malheureusement, elle n'aurait que plus de mal à le retrouver. Quelqu'un là-haut devait vraiment l'avoir dans le collimateur.

Elle poussa un grognement et se redressa. Puis elle constata qu'elle tenait toujours son verre de vin et qu'il n'était pas vide ! Ah ! peut-être qu'on veillait sur elle de là-haut tout compte fait. Elle renversa la tête pour vider son verre et se dirigea vers la cuisine.

Dès le premier pas, elle se cogna le petit orteil sur un pied de la table qu'elle avait déplacée en la heurtant. Elle fut traversée par une douleur intense. Instinctivement, elle souleva le genou pour se frotter le pied et atténuer la souffrance. Elle déplaça son poids et sautilla sur l'autre jambe tout en essayant de garder son équilibre. Merde ! comment est-ce qu'un aussi petit choc pouvait faire aussi mal ?

Mais son verre était toujours intact. Elle se sentit victorieuse. Elle ne laisserait rien la décourager.

Vive moi!

Elle claudiqua jusqu'à la cuisine pour sortir du four le plat qu'elle y avait mis pour dîner, la cause de ce fiasco. Elle s'était endormie en omettant de régler la minuterie et s'était réveillée dans une maison enfumée par un poulet cramé. Elle le laisserait refroidir le temps d'aller récupérer son téléphone et sa bouteille de vin. Elle se rendit à la porte arrière, enfila des tongs et descendit les quelques marches qui menaient au fourré. Elle leva les yeux vers son balcon et estima l'endroit où avait dû atterrir le contenu de son plateau.

Elle se mit à quatre pattes et repoussa les feuilles mortes et les brindilles qui jonchaient le sol. C'était chiant. Si elle ne retrouvait pas son téléphone, il ne lui resterait plus qu'à en emprunter un et à appeler son propre numéro. Mais bon, ses voisins n'avaient pas de téléphone. Ouais, les dieux devaient lui en vouloir. Elle entendit des craquements devant elle dans le noir.

Incroyable comme les bruits qu'elle percevait depuis son balcon étaient différents. Elle discerna des bruissements sur le côté, comme un animal qui marchait sur des feuilles mortes. Elle s'immobilisa. Non, non, non, merde! ce devait être un gros animal ou même un humain pour faire autant de bruit. Elle se releva prestement, aperçut sa bouteille de vin et se hâta de la récupérer.

Des mouvements au ras du sol attirèrent son attention. Elle crut voir une pile de vêtements. Elle s'approcha et les toucha de la pointe du pied. Une étiquette blanche sur un tee-shirt noir bougea dans le vent. C'était ce qui avait attiré son attention. Elle s'approcha du tee-shirt et découvrit une tenue complète, et même des chaussures, le tout noir. Eh ben dis donc!

Merde! il devait y avoir un mec à poil qui rôdait dans les bois. Cela s'était déjà produit, une année auparavant vers la même époque. Des gamins avaient eu la bonne idée d'aller prendre un bain de minuit. Ils étaient tellement soûls qu'ils avaient oublié où ils s'étaient déshabillés et avaient rôdé dans les bois nus comme des vers jusqu'à ce que quelqu'un appelle les flics. Mais, là, elle était assez loin de la plage.

Melinda entendit un nouveau bruissement de feuilles à côté d'elle. Elle resserra son étreinte sur le goulot de la bouteille.

— Hé! qui que vous soyez… rhabillez-vous et barrez-vous. Vous êtes sur une propriété privée.

Enfin, plus ou moins.

— Vous m'entendez? hurla-t-elle, n'obtenant aucune réponse.

Elle pourrait toujours essayer d'effrayer l'intrus. Mais… euh… ce n'était pas une très bonne idée. Elle n'était pas une superhéroïne! Elle n'avait aucune chance de mettre la main sur l'exhibitionniste et de lui botter le cul. Elle se retourna et revint sur ses pas.

Un ululement de sirènes et des appels sonores la guidèrent jusqu'à son téléphone, qu'elle retrouva sous un tas de feuilles qu'elle déplaça sans difficulté. Elle éteignit l'alarme et son appli dont elle n'avait plus besoin. Elle remonta l'escalier et s'arrêta pour regarder derrière elle.

Elle aperçut un énorme félin noir assis sur le muret en béton du voisin. Il devait être aussi gros qu'un lion d'après ce qu'elle pouvait constater. Elle ne voyait pas bien sa fourrure dans les pâles rayons de la lune. Elle n'apercevait que sa silhouette. La majesté de l'animal, son assurance, sa force lui coupèrent le souffle.

Elle avait l'impression qu'il la scrutait, que son regard la pénétrait profondément comme pour sonder son âme et déterminer si elle était digne d'attention. Mais elle ne l'était pas, elle en était persuadée. Le grand félin sauta alors de l'autre côté du muret. Melinda espéra de toutes ses forces qu'il ne boufferait pas le type à poil. Beurk ! quelle horreur !

Elle se hâta d'entrer dans la maison et verrouilla derrière elle.

Chapitre 6

Putain ! c'était moins une ! Sous sa forme animale, Hamel profita de l'obscurité grandissante pour s'approcher furtivement du fourré derrière la maison de Melinda.

Il devait absolument cesser de la dévisager, de rêvasser à elle et commencer à faire un peu plus attention. Mais merde ! elle était son âme sœur. Il lui fallut faire preuve d'un immense self-control pour résister à la tentation d'entrer chez elle et de la revendiquer sur-le-champ. Son jaguar en avait très envie.

— *Allez, prends cet escalier*, lui souffla le félin.

— *Pas question, boule de poils. Un peu de respect.*

Il s'introduisit dans le jardin de Melinda par un trou dans la haute clôture d'aluminium en évitant soigneusement de se couper sur les bords acérés.

Il ne repéra pas son odeur à proximité et il put donc se retransformer en toute sécurité et se rhabiller. Il se demanda s'il devait aller se planquer ailleurs. Mais non, l'endroit qu'il avait choisi était idéal pour surveiller sa maison. Pour son âme sœur, il n'exigerait rien de moins que la perfection.

Ah là là ! son âme sœur… Sa mère lui avait toujours dit qu'il était impossible de savoir à l'avance où et quand il la rencontrerait. Il n'avait plus besoin de se faire du souci à ce sujet. L'idée de s'unir à une femme et de fonder une famille déclencha un grand frisson en lui. C'était le rêve de tous les métamorphes. Malheureusement, un grand nombre d'entre eux ne trouvaient jamais leur âme sœur et finissaient seuls ou avec un conjoint ordinaire.

Il se demanda si son chef savait que son âme sœur était là et si c'était la raison pour laquelle il l'avait envoyé à Entebbe. Mais comment l'aurait-il su ? Deux autres membres de l'équipe ALFA étaient en mission sous couverture et le troisième se remettait d'un combat contre une meute de loups qui s'était retournée contre lui. Un vrai dur à cuire ce type pourtant, putain ! Un métamorphe pur et dur. Le plus fort de l'équipe !

Hamel était donc le seul agent disponible pour cette mission. Ce devait être le destin, il n'y avait pas d'autre explication. Le croyait-il ? Toute sa vie, il avait eu du mal à accepter ce qu'il était incapable de voir de ses propres yeux : la notion du destin, les fantômes, les dieux, les démons, la magie. Tout cela, c'était du pareil au même, il n'y avait aucune preuve concrète de leur réalité. Il ne croirait sans doute même pas en l'existence des métamorphes s'il n'en était pas lui-même un.

Atteignant l'arbre qu'il avait repéré pour se cacher, il leva les yeux vers la cime. Ouais, son sac à dos s'y trouvait toujours, suspendu à une branche haute. Il n'avait pas eu d'autre choix que de le hisser hors de portée de vue de Melinda. Il avait aperçu un peu plus tôt une bouteille passer par-dessus la rambarde et il s'était demandé à quoi elle jouait. Il avait eu une drôle de frousse quand il l'avait vue sortir par la porte arrière.

La meilleure solution avait été pour lui de se déshabiller et de se transformer. Elle aurait probablement paniqué si elle l'avait vu sous sa forme humaine et serait sans doute devenue très suspicieuse.

Après tout ce qu'il avait vu et appris ce jour-là, il était assez perplexe quant au virus qu'elle étudiait. Il comprenait les dangers que pouvait présenter le virus de la peste bubonique s'il était largué dans la nature. Mais celui sur lequel travaillait Melinda ne donnait aucun symptôme à ses porteurs. Il faisait simplement évoluer le cerveau de leurs enfants vers un autre niveau. Qui donc pouvait trouver avantageuse l'existence d'une multitude d'enfants capables de prédire l'avenir ?

Hamel voyait plusieurs mérites à un tel don, surtout pour les militaires. Comme pour repérer des bunkers, ou trouver des cachettes de munitions ou encore des planques de bandits. Mais peut-être que cela ne marcherait pas dans ces cas. Il ne comprenait pas trop, il ne voyait pas vraiment…

Comment allait-il lui expliquer ce qu'était un métamorphe ? Son cerveau devait être encore plus cartésien que le sien. Il lui faudrait peut-être prendre le temps de construire une relation avec elle s'il voulait qu'elle fasse un peu plus que le tolérer. Il n'aimait pas l'idée de la prendre simplement avec lui quand viendrait le temps de partir. Elle aurait sans doute son mot à dire.

Il avait appris des erreurs des autres ; de son oncle, par exemple. Et le moins qu'il pouvait dire dans le cas de ce dernier était qu'il avait eu tort de se comporter en homme des cavernes le jour où il avait rencontré son âme sœur. Bordel de merde ! il n'avait jamais rien vu d'aussi effarant, mais drôle aussi en même temps.

Il l'avait trouvée à l'épicerie, l'endroit le plus improbable pour une telle rencontre. Elle achetait du poisson, et Hamel et son oncle prenaient des steaks au rayon boucherie juste à côté. Dès l'instant où son oncle avait perçu l'odeur de son âme sœur, personne n'aurait pu l'éloigner d'elle, même pas avec un pied-de-biche. Hamel les avait suivis de loin, pensant que la situation ne pourrait que s'envenimer. Et ce qui devait arriver arriva : son oncle était le genre de mec à attirer les ennuis. Avec lui, tout finissait toujours par merder.

Alors, ce jour-là à l'épicerie, Hamel s'était juré de ne jamais présumer que son âme sœur l'accueillerait à bras ouverts. Qu'elle ne serait pas capable de lui botter le cul et de le repousser sur des présentoirs de gâteaux et de tartes grâce à sa ceinture noire en arts martiaux. Et de ne jamais, jamais essayer de lui dicter sa loi. C'était la meilleure façon de se retrouver avec les testicules au fond de la gorge.

Les choses s'étaient tassées depuis. L'oncle et son âme sœur étaient vraiment faits l'un pour l'autre, comme en avait décidé le destin. Après s'être retrouvé plusieurs fois le nez dans la poussière parce qu'il avait essayé de lui donner des ordres, son oncle était arrivé à la conclusion qu'il était sans doute préférable de proposer plusieurs possibilités à sa compagne et de la laisser décider, une bonne façon pour lui de demeurer entier.

Hamel avait besoin de préparer des réponses aux arguments que Melinda ne manquerait pas de lui servir pour l'empêcher de l'aimer, tout en surveillant l'ennemi, en protégeant sa couverture, en n'ayant pas l'air trop idiot au laboratoire et en obligeant son jaguar intérieur à attendre qu'elle dise oui. Il lui faudrait faire plusieurs choses en même temps et les hommes n'étaient pas connus pour leur habileté à cela. En revanche, il suffisait de leur donner une lance pour qu'ils rapportent le dîner.

Aucune chance que cette histoire connaisse un happy end.

Chapitre 7

Melinda sut immédiatement qu'elle rêvait. C'était la seule explication possible. Elle avait déjà connu ça : elle était dans un rêve, elle le savait mais ne pouvait pas intervenir. Comment savait-elle qu'il s'agissait d'un rêve ? Parce que, indice très révélateur, elle portait le maillot qui apparaissait sur la couverture du numéro très spécial du magazine Sports Illustrated. *Ce qui n'avait aucune chance d'arriver dans la vraie vie. En effet, avec son physique, le maillot idéal pour elle était le tankini avec une jupette pour couvrir son cul bien rond.*

Deuxièmement, elle se trouvait sur une plage de sable blanc extrêmement fin non loin de chez elle au bord du lac. Sauf que, la dernière fois qu'elle était allée à cet endroit, les rochers étaient couverts de mousse verte et les vagues charriaient des cadavres de poissons morts.

Troisièmement, elle voyait sur cette même plage un lit à baldaquin, recouvert de voilage fin qui flottait autour des colonnes et garni d'une multitude d'oreillers. Une douce brise lui caressait la peau. Les odeurs qui lui parvenaient lui donnaient l'impression d'être dans la réalité. Sauf qu'elle n'avait jamais, jamais vu de lit sur cette plage. Non, jamais.

Et, quatrièmement, un homme venait vers elle et elle n'en avait jamais vu de plus beau. Son torse était très musclé et, en marchant, il balançait ses larges épaules puissantes. Ses tablettes de chocolat avaient dû être revues et corrigées par Photoshop : il n'en existait pas d'aussi bien définies dans la vraie vie.

Elle prit une longue inspiration quand elle remarqua qu'il ne portait qu'un maillot noir moulant qui ne cachait pas vraiment les attributs dont la nature l'avait doté. Ayant grandi dans un milieu où tout ce qui concernait le sexe était considéré comme un péché, elle en fut gênée et détourna le regard. Quand elle se retourna de nouveau vers lui, il portait un caleçon de bain plus ample, et elle se sentit moins mal à l'aise. Tout en sachant que rien de tout cela n'était vrai.

Elle voyait bouger les superbes muscles des cuisses du type à chacun de ses pas, comme s'il avait été une machine bien huilée, et elle le trouvait de plus en plus beau à mesure qu'elle s'en approchait. Mais… ?

— Hamel, qu'est-ce que tu fais dans mon rêve ? Pourquoi es-tu aussi beau ? Je ne me souviens pas de t'avoir invité.

Le beau scientifique sourit de toutes ses dents blanches parfaites. Ses yeux étincelaient de bonheur. Parce qu'elle était là ? Il s'arrêta à quelques centimètres d'elle, posa une main de chaque côté de son visage et l'embrassa tellement passionnément qu'elle faillit jouir sur place. Il s'écarta d'elle, tout en gardant les mains sur ses joues et le corps plaqué contre elle.

— Tu es mienne, ma chérie.

Elle cligna des yeux. Merde ! même dans son rêve, elle en avait les jambes qui flageolaient.

— Hamel, tu es vraiment canon, mais, là, on est dans mon rêve.

Il l'embrassa de nouveau en poussant un grognement sourd. Ce bruit était si… animal qu'elle se sentit toute mouillée. Ses jambes heurtèrent le lit et elle tomba sur le dos sur un immense matelas moelleux avec Hamel allongé sur elle. Son corps puissant, musclé, était chaud sous ses mains. Leur baiser se prolongea et elle en profita pour lui caresser le torse. Pitié, mon Dieu !

Geignant contre sa bouche, elle haleta, la libido en surrégime. Elle sentait ses superbes biceps bouger sous ses mains. Il lui suçait la langue et le grognement sourd qui monta dans son torse déclencha un long frisson dans tout son corps.

Le haut de son tankini disparut. Ouais, c'était bien un rêve. Elle aspira une goulée d'air et vit une lueur de désir dans le regard de braise de Hamel.

— Tu es mienne.

— Là tout de suite, je peux être tout ce que tu veux, dit-elle en se passant la langue sur les lèvres pour mieux goûter la délicieuse saveur qui y persistait.

C'était un rêve. Autant en profiter. Il lui empoigna les seins et lui caressa les tétons des pouces.

— Tu aimes ça ?

Si elle aimait ça ? Elle était incapable de bouger. Comme si tous ses os avaient fondu.

— Oh oui ! gémit-elle.

— C'est bien, bébé. Dis-moi tout ce que tu aimes. Dis-moi ce que tu veux.

Elle se mordit l'intérieur des joues. Elle n'était pas le genre de femme à dire des cochonneries au lit. Mais Hamel la regardait avec un tel air dominateur, vorace, qu'elle était prête à tout pour qu'il n'arrête pas. Pour lui faire perdre le contrôle.

— Plus fort, réclama-t-elle.

C'était ce qu'elle désirait. Son érection contre le bas de son maillot la rendait folle. Il baissa la tête, aspira un de ses seins dans sa bouche, et lui lécha et mordilla le téton avant de le sucer fortement.

— Oh… mon… Dieu ! gémit-elle en détachant chaque syllabe.

Son ventre se contractait de désir et sa culotte était trempée.

Il massa son autre sein, lui caressa le téton du pouce avant de tirer légèrement dessus. La petite douleur qu'il lui avait occasionnée envoya des décharges électriques jusqu'à son clitoris. Elle n'avait jamais auparavant remarqué à quel point ses tétons étaient sensibles. Merde ! elle était trempée après toutes ces caresses.

Il n'aurait qu'à la lécher ou l'effleurer une fois encore et elle jouirait là tout de suite. Et puis il y avait tous ses grognements. Elle n'avait jamais couché avec un homme dont le côté animal était aussi développé. Elle trouvait cela terriblement sexy et aurait dû s'en inquiéter mais elle était trop excitée pour s'en soucier.

Il s'écarta un peu d'elle et elle fut hypnotisée par l'éclat de son regard.

— Ton corps est magnifique. J'ai hâte de m'enfouir dedans, de te faire mienne.

Elle cligna des yeux et déglutit tant elle avait la gorge sèche. Son cerveau lui dictait de lui dire quelque chose mais elle avait oublié comment parler. Et puis, qu'aurait-elle pu dire ? Merci ?

Il glissa une main le long de son corps et repoussa le tissu de sa culotte pour l'insinuer entre les replis de sa féminité.

— Ah ! ma chérie, tu es mouillée. Trempée, même, grogna-t-il en traçant une ligne humide de son téton à son ventre.

Elle se laissa retomber sur le lit, mit deux oreillers sous sa nuque et y posa la tête. Quelle vue !

Elle geignit à chaque caresse de ses doigts en elle. Dieu que c'était bon ! Il défit les nœuds qui retenaient sa culotte, ôta le petit bout de tissu qui la recouvrait et dégagea entièrement son intimité.

— Hamel, le supplia Melinda en haletant.

— Chhh…, fit-il en esquissant un sourire coquin. Tu vas crier mon nom dans un instant, tu vas voir, ma belle, déclara-t-il avec une rudesse qu'elle ne lui avait pas encore entendue jusque-là. Tu ne l'as peut-être pas encore compris, mais tu es mienne, continua-t-il en écartant les doux replis de sa féminité. Purée ! tu me donnes envie d'enfouir mon visage entre tes jambes. Ton intimité ne demande qu'à recevoir mon sexe.

Elle geignit et sentit ses muscles se contracter tandis qu'il caressait de nouveau son clitoris.

— Oh mon Dieu ! s'écria-t-elle encore une fois.

Une vague de désir l'emporta. Elle n'avait jamais été baisée par un homme qui savait si bien lui donner… une telle envie. Elle éprouvait un besoin terrible, un véritable désespoir, et elle avait perdu tout contrôle. Elle voulait tout ce qu'il pouvait lui donner et tant pis si ce n'était qu'un rêve.

— Tu veux que je te lèche ? demanda-t-il d'une voix encore plus rauque qu'avant, au point qu'elle eut du mal à le comprendre. Tu en as envie, je l'ai vu dans tes yeux dès que nos regards se sont croisés. Tu veux que je t'emplisse avec mon sexe, c'est ça ?

Elle hocha la tête, sa poitrine se soulevant et s'abaissant au rythme de sa respiration haletante. Il inséra deux doigts en elle, les humecta de sa douceur soyeuse et les ramena à ses lèvres. Les yeux écarquillés, elle le regarda les porter à sa bouche et les sucer en grognant de plaisir.

Bordel de merde ! c'était presque obscène, et trop sexy ! Et pourquoi était-ce la première fois qu'elle voyait un type faire cela ? Comme si Hamel était une star de film X jouant le rôle d'un scientifique. En effet, aucun autre homme ne l'avait jamais regardée comme cela en léchant sa douceur sur ses doigts.

— Putain, Hamel ! j'étais loin d'imaginer que tu étais aussi sensuel.

Les narines dilatées, il leva la tête qu'il avait encore enfouie entre ses jambes et la regarda tout en caressant son clitoris. Elle se tortilla de plaisir. Elle avait tellement besoin de jouir que tout son corps se raidit.

— Mais ce n'est pas encore assez sensuel à mon goût, ma belle. Je ne veux pas te goûter que sur mes doigts. Je veux insérer la langue dans ta féminité, goûter ta saveur à la source.

Melinda écarquilla les yeux. Oh mon Dieu non ! les mecs ne faisaient pas… ça. Pas à elle. Elle était trop timide pour ça. Mais elle vit Hamel baisser la tête entre ses jambes, le regard braqué sur elle, et elle était incapable de faire quoi que ce soit d'autre que rester bouche bée.

Il effleura les contours de sa féminité de la langue et continua jusqu'à sa zone sensible.

— H-Hamel, gémit-elle en bégayant.

— C'est ça ! Vas-y ! Gémis pour moi, grogna-t-il. Je vais te faire jouir très fort, mon amour.

Dieu du ciel ! il l'avait appelée « mon amour » ! En temps normal, cela aurait suffi à l'effrayer mais, comme il s'agissait d'un rêve, elle adora cela. Elle pouvait se laisser aller à croire, le temps du rêve, que tout allait très bien, putain !

— Tu as une si jolie chatte, dit-il avant de lécher le centre de son plaisir et d'y exercer une légère pression du bout de la langue. Si rose, si gonflé, poursuivit-il avant de donner un grand coup de langue sur ses doux replis qui la fit s'arquer tellement qu'elle décolla du matelas et que la brise qui la caressait fit durcir ses tétons. Et tu es trempée, dit-il en la léchant de l'anus au clitoris. Tu es mienne. Je veux ton odeur sur mon visage. Sur mon sexe, continua-t-il en se frottant contre elle, tout en continuant à lui caresser le clito de sa langue incroyablement agile.

Sainte Mère des hommes à langue motorisée ! Il était vraiment très doué de la bouche. Tandis que sa langue s'acharnait sur sa zone sensible dans une danse effrénée, il massait son anus d'un doigt. Oh là là ! c'était un peu trop osé ! Elle avait vu ça dans les romances qu'elle lisait parfois pour se détendre, ces histoires d'hommes qui faisaient des choses osées aux filles, qui savaient les satisfaire, nourrissaient leurs rêves.

Hamel glissa son doigt dans son anus en même temps qu'il insérait la langue dans son intimité. Melinda poussa un fort grognement. Il enfonçait son doigt plus profondément dans son anus à chaque coup de langue.

— Oh mon Dieu ! s'exclama-t-elle, son intimité se resserrant sur… rien.

— C'est ça, bébé. Jouis dans ma bouche. Laisse-moi goûter ta saveur.

Ses muscles se raidirent et ses jambes se mirent à trembler. Son vagin se contracta et elle poussa un long cri en explosant, assaillie par une succession de vagues de plaisir fulgurant. Bordel de merde ! c'était extraordinaire. Elle n'avait jamais connu cela avant. Elle dégoulinait sur les draps et Hamel léchait sa douceur soyeuse à grandes lampées. Elle entendait ses grognements sourds remonter d'entre ses jambes.

Elle fut parcourue de grands frissons. Sa respiration était saccadée. Elle se sentait vide. Elle le désirait et il n'avait fait qu'exacerber son besoin puissance dix. Elle s'assit, préférant ne pas se relever, doutant que ses jambes puissent la porter. Il croisa son regard, la bouche encore luisante de son explosion.

Elle avait l'impression que son sang bouillait. Elle avait du mal à réfléchir de façon logique. Il inséra lentement un doigt entre les replis de sa féminité, puis en elle. Il poussa un grognement sourd quand il sentit ses muscles aspirer son doigt.

— Maintenant que je t'ai fait jouir et que je t'ai vue essayer de retrouver ton souffle, tu veux que je te baise, non ? déclara-t-il en se léchant les lèvres et en regardant sa poitrine luisante de transpiration. Tu veux que je

me répande en toi, que je t'emplisse de semence. Ne le nie pas. Je sais ce que tu veux.

Cela ne lui ressemblait pas du tout. Elle n'était pas du genre à tenir des propos aussi érotiques ou à écouter des hommes lui promettre une expérience sexuelle d'une telle violence. Aucun homme ne lui avait jamais dit qu'il se répandrait en elle en insinuant qu'il lui ferait un bébé. Mais, au lieu de se sentir gênée ou honteuse à cause de son éducation bigote, elle était émoustillée. Il avait raison. Elle désirait tout ce qu'il avait décrit. Et puis merde ! c'était son rêve après tout ! Elle pouvait être aussi sensuelle qu'elle voulait.

Elle regarda Hamel se jeter sur le lit. Ce mouvement la surprit et elle se retrouva bouche bée.

— Comment est-ce que tu…, commença-t-elle.

Mais Hamel l'interrompit en poussant un grognement sourd. Elle se demanda pourquoi il était aussi bestial dans son rêve. Et pourquoi est-ce que cela l'excitait autant ? Il lui écarta les jambes d'un geste des hanches. Son sexe s'enfouit en elle presque tout de suite. Elle se raidit et voulut arquer le dos pour aller à sa rencontre. Dieu du ciel ! ce type allait l'achever à force de la titiller.

— Il faut que tu…

— Non. N'y pense même pas. Je ne vais pas bouger, grogna-t-il.

Il aspira sa lèvre supérieure entre ses dents et lui mordilla la bouche. C'était trop bon.

— Je reste là où je suis. Je veux t'exciter, sentir ta féminité aspirer mon gland jusqu'à ce que tu finisses par reconnaître que tu es mienne.

Puis il lui donna un petit coup de reins, suffisant pour qu'elle ait un aperçu de ce qui l'attendait, avant de se retirer.

— Oh ! gémit-elle.

— Et ce sera encore meilleur après, quand tu m'auras déclaré que tu es mienne, grogna-t-il en plaquant sa bouche sur la sienne dans un baiser passionné avant de croiser son regard. Quand tu auras reconnu que cette petite chatte chaude et étroite est mienne. Je vais m'enfouir en toi, te prendre, te baiser, te marquer si profondément que tu n'oublieras jamais à qui tu appartiens, poursuivit-il en lui emprisonnant la tête des deux mains.

Que désirait-elle secrètement pour faire ce genre de rêve ? Et puis merde ! elle s'en fichait complètement. C'était trop agréable.

Les traits de Hamel s'étaient transformés. De bel homme au départ, il était devenu sauvage et extrêmement sensuel.

— Dis-le, ma belle, exigea-t-il. Et je te prendrai, je te baiserai et je t'emplirai de ma semence. Et tu porteras mes bébés.

Melinda n'était plus capable de penser. Ses neurones s'étaient figés dès l'instant où elle l'avait imaginé se répandant en elle. Elle ne voulait plus que le sentir en elle, se faire posséder par lui, devenir sienne. Elle rêvait, alors il pouvait tout à fait réaliser ses fantasmes et elle les siens.

— Oui, geignit-elle doucement. Je suis tienne. Totalement.

Il posa sa bouche sur la sienne dans un baiser passionné, l'implorant de le laisser insérer la langue entre ses lèvres pour la goûter, en même temps qu'il enfouissait son sexe en elle. Elle ne s'attendait pas à ce que son corps réagisse aussi vite. Elle sentit la tension se déployer comme une fleur qui s'ouvre aux premiers signes du printemps. Comment était-ce possible ? Comment pouvait-il la faire jouir d'un seul coup de reins ?

Il avala son cri avec sa bouche, la baisa sauvagement sans lui donner de répit, même pas quand elle explosa dans un orgasme d'une fulgurance telle qu'elle eut l'impression qu'il lui anéantissait le cerveau. Ni quand elle continua à être secouée par une série de soubresauts qui la laissa les jambes flageolantes. Il continua à lui donner de véritables coups de boutoir dans une cadence effrénée, animale. Son corps lui appartenait et il le prit tout en se donnant à elle avec la même ardeur. Il accéléra encore davantage le rythme de ses va-et-vient, l'excitant de plus en plus. Elle allait bientôt exploser de nouveau.

Incapable de parler, elle avait même du mal à respirer. La transpiration qui enduisait son corps lui permettait de la pénétrer encore plus profondément.

Même s'ils étaient sur une plage où soufflait une petite brise, son corps brûlait de l'intérieur. Elle mit fin à leur baiser étouffant pour respirer un grand coup. Ils poussèrent tous les deux des grognements et des gémissements sauvages. D'habitude, le sexe n'était jamais aussi passionné, aussi intense. Ils vivaient là quelque chose de très différent. Hamel la marquait et elle adorait cela. Elle planta les doigts dans son dos pour le prendre encore plus profondément en elle. Dieu du ciel! oui. Encore. Encore. Encore. Il la marquait avec son sexe comme avec un fer chaud. Sa féminité se contractait tant elle avait besoin de lui.

Il attrapa une de ses cuisses et la remonta jusqu'à sa taille pour lui relever les hanches. Purée! ça y était! elle allait jouir. Elle le savait. Cette position lui permit de frotter son bassin contre le clitoris de la jeune femme. Le premier contact lui coupa le souffle. Au deuxième, elle perdit le contrôle.

Elle s'arqua et décolla du matelas. Un long cri rauque jaillit de sa gorge et sa féminité se resserra sur son sexe. Elle explosa en un long feu d'artifice de plaisir. Son sang jubila et ses muscles se détendirent complètement. Hamel se raidit et goûta chaque vague de son orgasme. Son intimité l'aspirait en elle. Ses terminaisons nerveuses étaient mille fois plus sensibles jusqu'à ce qu'il ralentisse la cadence et plonge moins profondément en elle. Il se tendit et s'apprêta à jouir à son tour. Il fut pris de spasmes et son sexe s'épaissit en même temps que Melinda jouissait une fois de plus.

Puis il poussa un véritable hurlement. Un cri fort, sauvage, qui contenait le mot « mienne ». Il inclina ensuite la tête et racla la peau de l'épaule de son âme sœur avec ses crocs en même temps qu'il plantait ses griffes dans sa cuisse, l'entaillant profondément. Elle explosa encore une fois en sentant sa morsure. Tellement qu'elle vit des points blancs danser sous ses paupières fermées. Mais ce n'était pas tout.

Hamel se laissa aller en elle et l'emplit de grands jets de semence. Elle adora cela. Ce rêve, simplement érotique au départ, entrait maintenant dans la catégorie de ceux qui font dire : « Mon Dieu ! pourvu que je refasse le même rêve toutes les nuits qu'il me reste à vivre ! » Elle se fichait complètement que ce ne soit qu'un rêve. Elle voulait être sienne, qu'il la féconde et qu'il la fasse jouir le plus souvent possible.

Malheureusement, elle n'eut pas vraiment l'occasion de profiter davantage de Hamel et de ses talents au plumard. En effet, à peine eut-elle levé les yeux pour admirer ses prunelles dorées et se demander pourquoi elles étaient de cette couleur qu'il l'embrassait délicatement sur la bouche en lui chuchotant : « Je dois m'en aller. »

— Attends ! s'écria-t-elle.

Elle se racla la gorge, se rassit dans le lit et le regarda se lever. Non mais dis donc ! c'était son rêve après tout. Elle aurait dû pouvoir changer la fin.

— Où vas-tu ? On est dans mon rêve là ! Cela fait une éternité que je n'ai pas baisé dans la vraie vie. J'ai envie de continuer à goûter ce moment avec toi.

Le soleil avait commencé à décliner sur l'horizon. Elle n'arrivait pas à penser à autre chose qu'aux heures qu'ils venaient de passer à baiser. Si seulement ce n'était pas qu'un rêve ! Il s'éloigna. Elle se leva et s'apprêta à le suivre. Elle voulait comprendre pourquoi son rêve ne se déroulait pas comme elle le souhaitait.

— Hamel, attends ! cria-t-elle.

Il était à une dizaine de mètres d'elle et elle le voyait continuer à s'éloigner.

— Hamel ?

Il se retourna pour la regarder et elle lut sur ses traits qu'il la considérait comme sienne.

— Tu es mienne, Melinda. Tu es à moi.

Elle ouvrit la bouche mais aucun son n'en émergea. Désirait-elle vraiment contredire son rêve ? Non, pas vraiment, et elle s'apprêtait à lui demander de revenir au lit quand quelque chose d'irréel se produisit. Hamel se transforma. Le type canon, baraqué et sexy à la langue douée et au sexe qui la faisait fantasmer se métamorphosa en un grand félin noir. Bordel de merde !

Melinda chancela, ne sachant que dire ou faire. De la même couleur que les yeux de Hamel dans son rêve, les yeux de l'animal étincelaient. Puis le grand félin s'éloigna, se faufilant rapidement entre les troncs d'arbres, et elle se sentit perdue. Hamel venait de se transformer en chat. Fallait-il qu'elle soit complètement dingue !

Chapitre 8

Melinda se réveilla en sueur, entortillée dans ses draps. Bordel de merde ! son rêve était… avait été tout simplement fabuleux ! La première fois depuis des lustres qu'elle baisait. Les choses ne se passaient pas habituellement comme cela pour elle, mais purée ! son corps ne voyait pas la différence. Pour son cerveau, c'était comme si elle avait vraiment baisé mais sans courbatures ni draps souillés en se réveillant le matin. Le genre de truc qu'il faudrait breveter. Puis elle se fit la réflexion que son rêve érotique devait être semblable à ceux de tous les adolescents. Dommage. Cette pensée gâchait un peu son élan romantique.

Son téléphone joua alors les premières notes de *Sweet Home Alabama* : il était temps de se lever. Elle se remit sur le dos, s'étira langoureusement pour faire disparaître les raideurs de la nuit. Ouais, elle s'était bien occupée des raideurs de Hamel. Elle s'esclaffa en repensant à son rêve. C'était pathétique, non, de se satisfaire ainsi d'un rêve érotique ? Même s'il était chaud bouillant et qu'elle avait eu de multiples orgasmes. Mais bon.

Elle passa vite à la douche et prit un bon petit déjeuner avant de monter dans sa voiture pour se rendre au travail. Sa vie reprenait rapidement son cours normal et ennuyeux.

— Hé, Melinda, attendez-moi !

Ses joues s'empourprèrent en s'entendant interpeller par l'homme qui avait dévoré son corps dans son rêve comme si c'était son dernier repas. Il était là, juste à côté d'elle. Heureusement qu'il ne pouvait pas lire dans ses pensées.

— Il y a quelque chose qui ne va pas ce matin ? demanda-t-il après avoir pris une longue inspiration.

— Non, non, répondit-elle en gardant les yeux braqués sur la porte d'entrée de son bâtiment. Je me suis réveillée en pleine forme. Et vous ?

— J'étais tout raide. Mon lit à l'hôtel n'est pas très confortable.

Elle était prête à parier qu'il était plus que raide, oui. Elle était prête à l'aider à détendre ses muscles après avoir préalablement verrouillé la porte de son labo. En route pour l'enfer. Il n'y avait pas d'autre issue possible à cette histoire.

— J'aimerais bien vous aider, Hamel, dit-elle après s'être esclaffée intérieurement et avoir soupiré, mais je ne connais pas grand-chose d'autre que le sommeil paradoxal…

Hamel la regarda, avec l'air de la trouver complètement débile.

— Désolée, dit-elle, c'est une blague d'initiés. Mais, à part cette raideur, vous avez bien dormi ?

— J'ai l'impression d'avoir été chevauché toute la nuit et laissé en nage !

Melinda éclata de rire, à tel point qu'elle eut peur de tomber.

— Désolée encore une fois, Hamel, dit-elle en essayant de reprendre son souffle et en posant une main sur sa poitrine. C'est la façon dont vous avez dit cela qui était juste trop drôle, ajouta-t-elle avant de sortir sa clé et d'ouvrir la porte de son labo.

Elle poussa le battant et se figea, le souffle coupé, sans voix.

— Putain ! s'exclama Hamel en s'approchant tout près d'elle.

Le labo avait été mis à sac. Les appareils et les meubles avaient été renversés et gisaient au sol en morceaux. Les armoires avaient été fracassées, les portes pendaient de travers, et leur contenu était éparpillé par terre comme si quelqu'un avait tout fouillé.

La première pensée de Melinda fut pour ses pauvres petites souris blanches sans défense. Étaient-elles encore en vie ? Elle se précipita à l'intérieur de la pièce après s'être libérée de la poigne de Hamel. Il lui parlait, mais elle était incapable de comprendre ce qu'il lui racontait. Ce qu'il avait à lui dire pouvait bien attendre quelques minutes.

Elle vit tout de suite que les cages posées sur un meuble de rangement au fond de la pièce n'avaient pas été touchées. Son cœur put se remettre à battre. Concentrée sur ses petits animaux chéris, elle ne vit pas qu'elle posait le pied sur une pile de papiers et elle dérapa sur le sol lisse. Eh merde ! elle allait tomber.

Elle se prépara à une chute douloureuse qui ne se produisit pas. Elle ouvrit un de ses yeux à demi fermés pour comprendre pourquoi. De grandes mains douces la retenaient par la taille et un bras très fort l'entourait et l'aidait à se relever avant de la plaquer contre un corps musclé.

Son cœur battit la chamade à cause de la décharge d'adrénaline, de son inquiétude pour ses souris et de sa précipitation à aller les voir, et elle ne put rien faire d'autre que s'appuyer contre cette sublime masse de muscles et écouter les paroles réconfortantes qu'il lui murmura à l'oreille. Des propos pour la calmer. Lui dire que ses souris allaient bien et que tout le reste était remplaçable. Qu'elle était en sécurité à condition qu'elle ne se sauve pas et fasse des bêtises. Bon, ça, c'était nettement moins réconfortant.

Cela l'aida à émerger de l'état semi-comateux dans lequel la peur l'avait plongée. Elle était très en colère. Jamais elle ne serait enfuie et fait des bêtises. Non mais ! Elle lutta contre les bras qui la retenaient fermement mais ne parvint pas à se libérer. Soit. Elle se retourna pour le regarder et mieux le repousser et elle se retrouva face à face avec Hamel. Dans ses bras.

Son cœur rata un battement. Elle n'avait pas imaginé un seul instant que c'était lui qui l'étreignait. Le Hamel de son rêve, pas le type du Comité de surveillance avec son étui en plastique dans la poche de sa blouse.

Il fixait sur elle un regard à l'expression terriblement intense, des lueurs de peur et d'inquiétude au fond des yeux. Elle ressentit la même chose. Qui avait pu faire cela ? Hamel passa ensuite une main sur l'arrière de sa tête et lui caressa la joue de l'autre pouce. Melinda fut traversée par une sensation électrique de chaleur. C'était leur premier contact physique.

Le bouton du haut de sa chemise était défait et ses sens s'emplirent de son odeur rustique. Elle ressentit comme un incendie dans son ventre, une nouvelle sensation pour elle. Elle déglutit bruyamment. Ses genoux la lâchèrent. Il la rattrapa et l'assit sur la paillasse. Elle avait du mal à se concentrer tant elle avait la tête qui tournait. Il ne leur restait plus qu'à trouver une plage de sable fin et se déshabiller, non ?

Une légère vibration lui chatouilla le bras et elle entendit un grognement sourd contre son oreille. Qu'est-ce que c'était ? Les mains de Hamel sur ses épaules tressautèrent, la faisant sortir de sa torpeur érotique. Son regard croisa celui de l'homme.

Elle vit ses yeux noisette cerclés d'or, si exotiques, si fascinants. Elle aurait voulu les scruter plus longuement pour découvrir tous les secrets qu'ils recélaient. Qui était Parish Hamel ? Et comment était-il possible que ses yeux aient eu cette même couleur dans son rêve ?

Chapitre 9

Hamel était extrêmement anxieux. Comme si la nuit n'avait pas été assez compliquée comme ça. Son jaguar intérieur avait reconnu son âme sœur et leur lien d'union se mettait en place. Il s'était donc attendu à éprouver des émotions encore plus fortes mais il n'avait pas pensé à sa capacité de pénétrer dans le monde onirique de Melinda.

Après la nuit qu'il avait passée avec elle, même si ce n'était qu'en rêve, il s'était réveillé avec l'érection la plus dure qu'il ait eue de toute sa vie. Il avait éprouvé le besoin de se soulager en se remémorant tout ce qu'ils avaient fait. Merde ! ce ne fut qu'au prix de vaillants efforts qu'il résista à la tentation de la prendre dès l'instant où ils s'étaient retrouvés. Ses pommettes rouges et l'odeur de son désir faisaient perdre la tête à son animal intérieur. Dès que leurs regards s'étaient croisés, il avait tout de suite su à quoi elle pensait. À son rêve. Tout comme lui d'ailleurs, putain !

Il avait réussi à se contrôler à grand-peine. Mais il risquait de ne pas être capable de tenir bien longtemps.

Elle était assise sur la paillasse et il se tenait debout entre ses jambes écartées. Elle haletait, son cœur battait la chamade et l'adrénaline se précipitait dans ses veines. Ces signes ne trompaient pas, elle était comme une proie devant un grand prédateur. Sa proie à lui. Et son odeur dégageait périodiquement des notes de sexe et de baise. Il allait craquer, merde !

Un grognement sourd lui échappa mais il ne s'en rendit compte que lorsque ses grands yeux se posèrent sur lui. Son jaguar intérieur s'était manifesté dans ses iris cerclés d'or. Elle ne montra néanmoins aucune crainte. Au contraire, son odeur révélait que son désir s'était exacerbé. Comme dans le rêve. Non, non, ce n'était pas encore le moment de se laisser aller.

— Désolée, Melinda, dit-il en s'écartant brusquement. Je ne voulais pas vous effrayer. Pardonnez-moi cette nouvelle intrusion dans votre espace personnel. On dirait que j'en prends l'habitude, ajouta-t-il en esquissant un petit sourire timide.

Melinda le dévisagea en silence. D'accord. Ce n'était pas gênant, non.

— Il faut aller voir Kintu, dit-il en passant une main sur sa chevelure coupée en brosse. Le service de sécurité doit être informé.

— Oui, bien sûr, répondit la scientifique en sautant de la paillasse. Je vais ranger mon sac.

Elle tourna les yeux vers le fond de la pièce et Hamel suivit son regard. Il aperçut un placard mural dont les portes avaient été arrachées. Melinda courut voir ce qui manquait et Hamel lui emboîta le pas.

— Qu'est-ce que vous gardez là habituellement ?

— Mon ordinateur portable et d'autres bricoles de valeur. Les cambrioleurs n'ont emporté que l'ordinateur. Oh merde ! ce n'est pas bon du tout, ça, dit-elle en tendant la main, mais Hamel arrêta son geste.

— Ne touchez à rien ! On va faire venir la police scientifique pour chercher des empreintes digitales et d'éventuelles traces d'ADN. Je vais leur demander de s'occuper d'abord des souris pour que vous puissiez assez rapidement les installer ailleurs. Et on va regarder les vidéos de surveillance pour voir ce qui s'est passé.

C'était bien la première fois depuis le début de cette mission qu'il se sentait maître de la situation. C'était une sensation vraiment très agréable. Il détestait se sentir incompétent.

— Est-ce qu'il manque autre chose ? Regardez bien.

Melinda balaya méthodiquement le laboratoire du regard, sans oublier le sol. Elle sursauta en posant les yeux sur le frigo, dont le verrou avait été forcé.

— Il faut que je l'ouvre, dit-elle.

Hamel prit un stylo, l'inséra sous le bas de la porte et l'ouvrit délicatement.

— C'est étrange, dit-elle au bout d'un moment. Il ne manque que mon bécher de thé.

— Votre thé ?

— Ouais, il m'en restait beaucoup alors je l'ai rangé là pour aujourd'hui, expliqua-t-elle. Ils n'ont touché à aucune de mes expériences ou de mes éprouvettes de sérum.

— On parle bien du thé que vous avez fait dans le bécher marqué « PES » avec l'étiquette à moitié arrachée ?

— Et alors ? Il y a d'autres contenants étiquetés dans le frigo. D'ailleurs, le sérum se trouve dans l'unique éprouvette sans étiquette. C'est le virus qu'ils cherchaient, vous croyez ? demanda-t-elle.

Hamel vit dans son regard qu'elle comprenait là où il voulait en venir.

— C'est ce que je pense. Pour l'instant, du moins. On doit parler à Kintu.

Le docteur Hamel prit la scientifique par la main et la guida à travers la pièce dévastée vers l'entrée arrière du bâtiment. Ils croisèrent le dirlo, qui sortait d'un autre laboratoire.

— Monsieur Kintu, lui dit Hamel. Le laboratoire de Mlle Caster a été cambriolé.

— Un cambrioleur a pénétré dans mon laboratoire par effraction, expliqua la scientifique devant l'air perplexe du directeur. Il a emporté mon ordinateur portable et un bécher de ce qu'il croit être le sérum du virus inconnu.

L'air inquiet qu'arbora Kintu au départ fut vite remplacé par une expression de grande détermination.

— Venez dans mon bureau, dit-il.

Hamel et Melinda le suivirent à travers le labyrinthe de couloirs jusqu'à son bureau dans un des angles du bâtiment. Hamel remarqua que Melinda lui tenait encore la main. Peut-être que ce ne serait pas trop compliqué d'avoir une femme dans sa vie, tout compte fait, pensa-t-il. Mais il s'empêcha de continuer dans cette veine qui faisait remonter le souvenir de son oncle allongé dans le présentoir de gâteaux de l'épicerie, le visage barbouillé de crème.

Ils s'assirent tous deux devant le bureau de Kintu et attendirent patiemment, le temps qu'il passe plusieurs appels. Au bout de quelques minutes, il mit le téléphone sur haut-parleur et tourna son écran de vingt-quatre pouces vers eux.

— Voici la vidéo de la caméra numéro quatre, sur le côté sud du bâtiment, expliqua une voix d'homme.

Ils regardèrent le film en accéléré, passant du jour à la nuit. Ils virent plusieurs voitures entrer et sortir du parking.

— Arrêtez. Revenez un peu en arrière, demanda Hamel après un long moment passé à regarder sans voir quoi que ce soit d'intéressant.

Le technicien obtempéra et repassa la vidéo à la vitesse normale cette fois. Ils virent une ombre descendre du toit en se laissant glisser le long du mur extérieur du bâtiment dans l'angle mort de la guérite.

— Je vais essayer de zoomer un peu, dit le technicien.

Ils l'entendirent donner des ordres. Puis la vidéo s'arrêta et le système fut reconfiguré. Ils purent alors voir très nettement sur l'écran une personne suspendue à un câble tendu le long du bâtiment, un type manifestement rompu à ce genre d'exercice. La scène suivante le montra posant des ventouses à poignées sur la vitre et la découpant en son centre. Il la repoussa et pénétra aisément dans le laboratoire. Ils le virent ressortir avec un sac à dos quelques minutes plus tard.

— Mon ordinateur portable et mon bécher de thé sont probablement là-dedans. Crétin.

— Votre thé ? répéta Kintu en se tournant vers Melinda.

— C'est une longue histoire, soupira-t-elle. Mais bon, mon gobelet de thé portait une étiquette avec le nom du virus.

— À quelle heure cela s'est-il produit ? s'enquit Hamel.

L'homme au bout du fil pointa avec le curseur les nombres qui défilaient au bas de l'écran. Les premiers chiffres donnaient l'heure : 22 h 30, soit cinq heures après le départ de tous les employés la veille.

Comment cela avait-il pu se produire ? Il y avait des vigiles au portail à l'entrée. Des caméras de surveillance sur tout le périmètre. Et Hamel avait mémorisé les rondes qu'effectuaient les agents de sécurité toutes les heures. De plus il y avait des gardiens dans tous les bâtiments en dehors des heures d'ouverture.

Frustré, Hamel se frotta le crâne des deux mains. Que se serait-il passé si son âme sœur avait été dans son labo au moment du cambriolage ? Aurait-elle été tuée ? Il fut traversé d'une douleur comme il n'en avait jamais connu auparavant. Pire que de se prendre une balle, qu'une estafilade avec un couteau de chasse à la lame de quinze centimètres, et pire encore que la fois où il s'était massacré le petit doigt de pied en se cognant contre le pied d'une chaise. Et Dieu sait qu'il avait eu mal !

Non. L'idée de perdre son âme sœur lui était insupportable. Il la porterait jusqu'à l'aéroport s'il le fallait.

— Et la caméra du laboratoire numéro deux ? s'enquit-il en s'approchant du téléphone. On peut voir la vidéo ?

— On y travaille, répondit le technicien. Mais il semble que les caméras de ce bâtiment étaient inopérantes au moment des faits. Il n'y a pas d'enregistrement pour cette période.

Oh putain de bordel de merde ! cela signifiait que leurs ennemis étaient très bien organisés.

— Monsieur Kintu, intervint une autre voix sur la ligne, manifestement quelqu'un de plus haut placé dans la hiérarchie d'après sa manière de parler, souhaitez-vous qu'on fasse un rapport aux autorités locales ?

— Oh mon Dieu ! non, capitaine. Ils mettraient la pagaille ici. Ordonnez à vos hommes de rester discrets sur ces événements. Si le monde extérieur en a vent, des hordes prédatrices de journalistes de tous les médias débarqueront au labo.

— Oui, monsieur, répondit le capitaine.

— Vous n'avez pas d'équipe scientifique interne, j'imagine ?

— On a tout l'équipement qu'il faut, s'esclaffa Kintu, mais pas d'équipe, non.

— C'est ironique, n'est-ce pas ? dit le docteur Hamel en souriant.

Puis il remarqua l'air abasourdi de Melinda. La pauvre devait être dépassée par les événements. S'il ne faisait pas attention, il lui dévoilerait la véritable raison de sa présence au labo. Heureusement, seul le directeur savait qui il était vraiment.

— Monsieur Kintu, dit-il, je doute que Melinda soit très intéressée par ce que nous allons faire ensuite. Elle doit avoir envie de retourner au travail dans un autre laboratoire, affirma-t-il en adressant un regard au directeur, l'air de l'implorer d'entrer dans son jeu.

— Je suis vraiment désolé, Melinda, dit Kintu en pivotant sur son siège pour regarder la jeune femme, vous pouvez retourner au travail, bien sûr. Ne nous laissez pas vous ralentir dans vos travaux.

— Donnez-moi quelques minutes, dit Hamel en reprenant la main de la scientifique, je reviens tout de suite après l'avoir aidée à s'installer ailleurs. On réglera alors tous les détails ennuyeux, poursuivit-il avant de lui adresser un grand sourire dans l'espoir de dissiper tous les soupçons de la jeune femme.

Elle lui rendit son sourire et il espéra que cela signifiait qu'il avait réussi.

Chapitre 10

Il la raccompagna jusqu'à la porte arrière de son laboratoire. Il voulait s'assurer qu'elle ne touche à rien jusqu'à ce que la police scientifique ait eu le temps de tout passer au peigne fin. Il lui suffirait de donner quelques coups de fil et tout serait réglé rapidement. Il avait la situation bien en main jusque-là.

— Vous allez jouer avec vos souris aujourd'hui ?

Melinda retira vivement sa main. Ouais, bon, pour ce qui était d'avoir la situation bien en main, ce n'était peut-être pas encore tout à fait ça.

— Qu'entendez-vous au juste par « jouer » ? demanda-t-elle en croisant les bras.

Oh putain ! sa tante réagissait toujours comme cela quand son oncle disait des âneries. Il leva les mains dans un geste de supplication. Mais trop tard.

— Laissez-moi vous dire que mes « jeux » comme vous dites ont sauvé des millions de vies humaines. Peut-être même celle d'une personne qui vous est chère. Si cela existe, je veux dire.

— Comment ça ? lança-t-il en arquant un sourcil. Me croyez-vous dénué de sentiments ?

— Je ne sais pas, grogna-t-elle. Est-ce le cas, docteur Surveillance ? Tous les gens de votre espèce que j'ai rencontrés jusque-là sont exactement comme vous, dit-elle avant de s'interrompre, se rendant compte de ce qu'elle venait d'affirmer. Vous savez ce que je veux dire.

Hamel constata que son âme sœur était encore plus sexy quand elle était en colère. Cela pourrait être amusant. Mais ce n'était pas le moment de penser à cela. Il devait rester concentré. Melinda était peut-être en danger et il devait veiller sur elle.

— D'accord, je m'excuse d'avoir insinué que votre travail n'était pas important. Il l'est, j'en suis très conscient. Allons juste chercher les cages et tout ce dont vous aurez besoin. Je vais vous aider à vous installer dans un autre labo.

— Ça me va, lâcha-t-elle en passant devant lui.

Hamel prit une longue inspiration. Il ne trouva aucune odeur révélatrice qui lui aurait permis d'identifier le cambrioleur ou le groupe auquel il appartenait. Surtout, les rebelles locaux n'étaient sans doute pas formés à la descente en rappel d'un toit ni à l'art de couper les caméras de surveillance.

Il trouva la vitre découpée et renifla une nouvelle fois. Intéressant comment le cambrioleur avait scotché la vitre avant de repartir. Il devait avoir une raison de le faire. Cela aurait suffi à empêcher que l'effraction soit découverte jusqu'à ce quelqu'un entre dans le labo. Mais pourquoi le cambrioleur avait-il pris ce risque ? Cette manœuvre lui avait pris un moment. Combien de temps lui avait-il fallu pour repartir ?

Il voulut vérifier le placard verrouillé où Melinda rangeait ses affaires. Il prit encore une longue inspiration en traversant la pièce. Il se demanda comment il se faisait qu'il ne sente pas d'autre odeur que celle de son âme sœur dans ce labo. Parvenu à l'armoire, il renifla partout. L'odeur âcre de la poudre à canon le fit reculer. L'explosion avait été minuscule mais avait suffi pour ouvrir le placard. Le cambrioleur était un vrai professionnel.

En revanche, il ne décelait l'odeur d'aucun être vivant. C'était tout à fait insensé. Il serra les poings. Il avait horreur de cela quand les gens masquaient leur odeur. Oh merde ! le ou les cambrioleurs l'avaient fait exprès. Quelqu'un devait être au courant de la présence d'un métamorphe. Ils n'étaient pas nombreux à le savoir pourtant. Merde ! il devait contacter le QG.

— Y a-t-il un endroit en particulier où vous voudriez vous installer ? demanda-t-il à Melinda sans se retourner.

Sa question demeurant sans réponse, il tourna la tête pour la regarder. Appuyée contre la paillasse, la scientifique le scrutait, l'air perplexe.

— Il y a une petite pièce au bout du couloir avec des labyrinthes où je pourrai « jouer » avec mes souris, dit-elle en plissant les yeux.

Hamel ne put s'empêcher de s'esclaffer. Elle était si mignonne.

Il attrapa les deux cages et Melinda emplit ses poches de croquettes. Elle le guida jusqu'à une porte qui n'était pas fermée à clé et la lui ouvrit.

— Mettez les cages sur le comptoir. Je m'en occuperai, dit-elle. Parish, reprit-elle quand il se fut exécuté et qu'il s'apprêtait à partir, Hamel, je veux dire, merci pour votre aide ce matin. (Hamel s'était immobilisé et remarqua ses pommettes rouges et ses yeux fixés sur le sol.) Je n'ai jamais été confrontée à ce genre de situation avant et j'étais perdue, en état de choc. Mais vous, vous avez tout de suite su quoi faire et j'apprécie beaucoup votre aide.

Elle leva la tête et croisa son regard. Ses beaux yeux brillants lui coupèrent le souffle. Ouais, son âme sœur l'avait vite amadoué.

— De rien, madame, dit-il en lui faisant la révérence. Docteur Surveillance à votre service.

Il lui adressa alors un clin d'œil et referma la porte derrière lui en sortant. Il prit le temps de respirer un bon coup avant d'extraire son téléphone de sa poche. Il appuya sur une touche pour appeler un de ses numéros abrégés en se dirigeant vers le bureau de Kintu.

— Il était grand temps, putain, Jag ! entendit-il hurler avant même d'avoir mis le téléphone contre son oreille. Je commençais à me demander si tu n'avais pas déserté ton poste.

Ouais, comme s'il y avait un risque que cela se produise.

— Fais pas l'idiot, mec. Tu ne croiras pas toutes les merdes qui m'arrivent depuis une trentaine d'heures.

— Ouais, bon, tu peux commencer par m'expliquer ce qui se passe.

D'accord. Peut-être que son chef le croirait, tout compte fait. Ce type, depuis le temps, devait en avoir vu pas mal de vertes et de pas mûres.

— D'accord, je retire ce que j'ai dit. Mais tu ne devineras jamais qui j'ai rencontré.

— Putain, Jag, qu'est-ce que tu fais !? Tu veux jouer au jeu des vingt questions, c'est ça ?

— Tu es vraiment chiant, tu sais, depuis le combat contre les loups. Est-ce qu'ils ont réussi à te faire perdre ton sens de l'humour en plus de t'avoir botté le cul ?

— Dans tes rêves, andouille !

— Enfin, je retrouve notre connard préféré, déclara Hamel en esquissant un sourire.

— Qu'est-ce que tu as découvert, Jag ?

L'heure de la convivialité était passée. C'était une des choses qu'il appréciait chez son chef.

Il s'intéressait vraiment à ses agents. La plupart du temps.

— Rien de bien. Ce n'était pas des menaces en l'air, apparemment. Hier soir, ils ont fait un beau coup après avoir coupé les caméras de surveillance d'un bâtiment aussi bien gardé que Fort Knox.

— Ce n'est peut-être pas une bonne comparaison, dit le chef.

De quoi parlait-il ? Quel était le problème avec Fort Knox ?

— Pourquoi dis-tu cela ?

— Parce qu'il n'y a plus d'argent là-bas, tu sais. Cela fait au moins quarante ans.

— Tu rigoles, putain ? s'exclama Hamel. Et comment le sais-tu ?

— J'étais un des troufions recrutés pour transporter le trésor ailleurs.

— Où ?

— Si je te le dis, je devrai te tuer après.

Hamel n'ajouta rien. Son chef était peut-être sérieux ou alors il blaguait. Mais Hamel préféra ne pas le savoir.

— D'accord. Revenons à nos moutons, Jag. Qu'as-tu appris d'autre ?

— La cible que tu m'as donné pour mission de protéger est mon âme sœur. Est-ce que tu le savais quand tu m'as choisi pour ce boulot ? (Il commença à craindre que la communication ait été coupée tant le silence qui avait accueilli sa question se prolongeait.) Tu es là ?

— Ouais, ouais, je suis là, dit-il.

Sa voix avait changé, elle était pleine… d'incertitude, ce qui n'était pas pour plaire à Hamel.

— À quoi penses-tu alors, chef?

— Ça ne va pas te plaire, dit-il dans un soupir résigné, mais il vaudrait mieux que je t'envoie sur autre chose.

— N'importe quoi ! s'écria-t-il.

Plusieurs personnes au loin l'entendirent et le dévisagèrent.

— N'envisage même pas de me charger d'une autre mission, lança-t-il en empruntant un autre couloir. Je ne partirai pas. Je refuse de bouger d'ici. Cette femme est mon âme sœur et je ferai tout ce qu'il faut pour la protéger.

— C'est justement ce que je craignais, Jag. Une âme sœur hyper protectrice peut devenir très violente et aller jusqu'à tuer sans prendre le temps de réfléchir ni de communiquer avec les autorités. Je ne voudrais pas te voir tirer d'abord et poser les questions ensuite. Tu comprends ?

Hamel avait envie de donner un grand coup de poing dans le mur.

— Ouais, je comprends, putain ! et je n'en ai rien à cirer. Tu peux envoyer un autre agent, mais je ne bouge pas d'ici quoi qu'il arrive.

— Tu sais très bien que je n'ai personne d'autre de disponible.

— Oui, je sais, confirma Hamel en s'esclaffant.

— Tu peux rester pour le moment, Jag. Protège-la et trouve tout ce que tu peux pour nous aider à découvrir qui veut s'emparer de ce sérum à tout prix et pourquoi.

— Pas de souci. Je m'en charge.

— Et, Jag, ne reste pas trop longtemps sans donner de tes nouvelles. Crois-le ou non, j'aime bien entendre ta voix. La plupart du temps.

Le téléphone de Hamel émit alors un petit bip pour signaler que son interlocuteur avait raccroché. Il sourit et ouvrit la porte du bureau de Kintu. Le moment était venu de retourner au travail.

Chapitre 11

Melinda débarrassa la table des vieux appareils et des cartons qui l'encombraient et y installa un ancien labyrinthe qui ne servait plus beaucoup. Le LORV avait apparemment l'habitude de tout conserver, ce qui arrangeait la jeune femme dans ces circonstances. Elle avait besoin de s'occuper l'esprit pendant que Hamel gérait la situation dans son laboratoire.

C'était un peu étrange tout de même. Soi-disant détenteur d'un doctorat, Hamel semblait cependant beaucoup plus compétent dans les affaires de police plutôt que dans la recherche scientifique. Mais que savait-elle réellement des qualifications requises pour un agent du Comité de surveillance, à part l'obligation d'être un trouduc ? Rien du tout.

Et pourquoi est-ce qu'il reniflait tout le temps ? S'il était enrhumé, il n'avait qu'à demander des mouchoirs et on lui en donnerait. Elle était même tentée de lui en offrir une boîte. Mais bon, il était tellement concentré sur son travail qu'elle hésitait à l'interrompre. Enrhumé ou pas.

Bref, tout le monde avait ses petites manies après tout. Elle, par exemple, était très ordonnée et extrêmement prévisible, ce dont se plaignait parfois son ex. Ces traits de caractère énervaient ses proches, elle s'en doutait, mais c'était plutôt des qualités pour une scientifique. Surtout quand des virus traînaient ici et là.

Melinda plaça une croquette au bout du labyrinthe et tourna autour de la table pour mettre la petite souris dans un espace clos à l'entrée du parcours. Elle regarda l'horloge murale au-dessus de la porte pour noter l'heure du début de l'expérience avant de se rappeler qu'elle n'avait plus d'ordinateur.

Elle poussa un long soupir et fouilla la pièce à la recherche de papier. Elle regarda dans vingt tiroirs au moins et sur trois étagères avant de trouver un vieux bloc de Post-it dont elle serait bien obligée de se contenter. D'autant plus qu'elle doutait qu'il se passe quoi que ce soit de remarquable lors de cette première sortie de la souris. Il lui faudrait commencer par déterminer si les odeurs des autres bestioles dont ce labyrinthe était sûrement imprégné affecteraient la capacité du petit animal à trouver la sortie.

Elle retourna à la table et remarqua que la croquette avait disparu. Elle en avait pourtant bien mis une au bout du labyrinthe, non ? Elle en plaça donc une autre, se retourna pour regarder l'heure, puis constata qu'elle n'avait pas de stylo. Elle se frappa le front de la main pour essayer de contenir un cri de frustration. Elle devait vraiment récupérer son ordinateur au plus vite.

Sachant qu'il n'y avait aucun stylo ni crayon dans la pièce, elle alla fouiller dans un bureau voisin où elle trouva un stylo rose décoré de pompons jaunes et verts. Pas étonnant qu'il ait été laissé là ! Personne n'en voulait.

Fatiguée et résignée, elle s'en empara et retourna à son labo temporaire. Elle se dirigea vers la fin du parcours et remarqua la disparition de la seconde croquette. Que se passait-il, putain !? Elle regarda la souris au début du circuit et elle n'avait pas bougé de sa place derrière la barrière fermée.

Elle balaya ensuite la pièce des yeux pour s'assurer que personne ne s'y cachait, quelqu'un qui aurait pu vouloir lui jouer un tour. Ce n'était certes pas le moment. Le cambriolage de son laboratoire l'avait vraiment énervée. Ne trouvant aucune explication à ce mystère, elle mit encore une croquette à la fin du parcours et alla s'appuyer contre une armoire.

Elle commençait à penser qu'elle devrait peut-être rentrer chez elle, aller se reposer sur son balcon pour se détendre en écoutant les vagues et revenir plus tard au laboratoire. Il restait bien un verre de vin dans la bouteille et, même si le muscat avait une très faible teneur en alcool, il l'aiderait à…

La petite souris couina et commença à gigoter dans son coin, attirant l'attention de la scientifique. La croquette à l'autre bout du labyrinthe se mit à rouler sur elle-même. Melinda resta immobile. Elle regarda la croquette se déplacer tout le long du parcours sans avoir jamais besoin de faire marche arrière et finalement arriver jusqu'à la petite souris, qui s'en empara à travers le grillage de la barrière et la mangea.

Putain de bordel de merde de télétransportation ! Elle sentit son cœur battre la chamade. Cela la rassurait au moins quant au fait qu'elle avait effectivement mis des croquettes plus tôt. Mais merde ! Elle s'empara du téléphone pour appeler Dembe, sa collègue.

— Hé ! cria-t-elle presque quand cette dernière décrocha. As-tu le temps de me passer un chapeau de Mickey là tout de suite ?

Ayant obtenu une réponse affirmative, Melinda attrapa la petite souris, sortit précipitamment de la pièce et courut dans le couloir jusqu'au labo de Dembe.

— Oh mon Dieu ! s'exclama-t-elle en entrant. Tu ne vas pas croire ça, purée !

Dembe se tenait à côté du scanner, tenant à la main une sorte de petit chapeau métallique duquel émergeaient des fils.

— Merde ! Melinda, tu me fais peur. Que s'est-il passé ce matin ?

« Ce matin » ?

— Ah ouais ! C'est autre chose, là. Quelqu'un est entré dans mon labo par effraction.

— C'est effectivement la rumeur qui circule. Est-ce que tu vas bien ? Je crois savoir que tu es allée voir M. Kintu dans son bureau.

— Oui, oui, tout va bien, répondit Melinda en balayant les préoccupations de son amie d'un geste de la main. Hamel s'occupe de tout. Mais il m'arrive quelque chose d'encore plus extraordinaire.

Elle approcha la main de la poche de sa blouse, et vit les petites pattes et la tête de la souris qui en dépassaient, comme si elle semblait examiner son environnement. Elle était vraiment trop mignonne !

— Allez, ma petite, on va te mettre ces jolies oreilles de Mickey et regarder un peu ce que tu as dans le cerveau.

— Mets-la là-dedans et apporte-la ici, dit Dembe en lui indiquant une cage en grillage métallique. Qu'est-ce que tu as découvert ?

Melinda obtempéra puis serra la boîte dans ses bras.

— Attends un peu…

Puis elle souleva la cage, mais pas assez pour éviter une canette de soda sur le comptoir. Dembe avait toujours au moins un Coca Light quelque part dans son labo.

— Oups ! dit-elle. Désolée. Je vais t'en acheter un autre.

— T'inquiète, dit son amie en haussant les épaules. Après que tu m'as appelée, j'ai mis une autre canette au frais dans le frigo.

Melinda s'esclaffa. Dembe la connaissait bien. Elle lui apporta la cage tandis que Dembe appelait le service de nettoyage pour leur demander d'envoyer quelqu'un nettoyer le plancher du labo.

— D'accord, dit la laborantine au teint couleur de cacao, installons les fils sur cette jolie petite tête.

Il fallut bien cinq minutes aux deux collègues pour poser le détecteur d'ondes cérébrales miniature sur la minuscule tête de la souris.

— Tu sais, dit Dembe, si on pouvait dire à ces petites bêtes de se tenir tranquilles, ce serait beaucoup moins long.

Melinda esquissa un sourire. Dembe aimait bien la taquiner au sujet de son affection pour ces petits animaux qu'elle-même considérait comme des nuisibles.

— Mais oui, Dembe, je vais m'inscrire au cours de langue des souris pour débutants au prochain semestre.

Un coup frappé à la porte vint les interrompre dans leur tâche. Un homme que Melinda n'avait jamais vu auparavant avança la tête dans l'embrasure de la porte. Il expliqua en ougandais qu'on l'avait envoyé passer la serpillière. Dembe lui indiqua la flaque de soda. L'homme ouvrit entièrement la porte et poussa devant lui un seau jaune sur roulettes équipé d'une raclette.

Les oreilles de Mickey bien fixées au crâne de la souris, Melinda la remit dans la cage et Dembe démarra le scanner.

— Super, Melinda. On va regarder ce que tu as trouvé.

Chapitre 12

Melinda s'apprêtait à prouver au-delà de tout doute et avec preuves à l'appui l'existence de quelque chose qui n'avait été défendu jusque-là que par des charlatans et des magiciens. Elle se remémora rapidement des histoires ou des films décrivant des capacités extrasensorielles.

Elle se demanda s'il s'agissait là d'une première étape vers une évolution positive ou négative du monde. De toute manière, rien n'empêcherait jamais la science et la vérité d'avancer. Et puis rien n'arrivait jamais par hasard et Melinda était partante pour le voyage.

La scientifique prit une croquette dans sa poche et la tint près de la cage pour attirer l'attention de la souris. Elle la lui fit renifler puis la posa sur la table à quelques mètres de la cage.

L'image du cerveau de la souris explosa littérairement de vie sur l'écran avec un reflet orange vif venu depuis les profondeurs, suivi d'éclats jaunes qui filèrent d'une voie neuronale à l'autre comme des comètes dans le ciel.

— Là ! dit Dembe en désignant son écran du doigt. Ces éclats et ces flashs sont produits par les neurones supplémentaires qui s'activent. Regarde comme il y en a ! C'est incroyable ! Je n'ai jamais rien vu de semblable, ajouta-t-elle en se penchant vers l'écran.

Des éclats verts et rouges apparurent dans d'autres régions du cerveau de la souris, comme des éclairs sur des nuages pendant un orage lors d'une chaude soirée d'été.

— Le rouge représente les zones les plus actives, puis on passe au jaune, au vert et au bleu. Tu vois comme ça change vite ? C'est comme une symphonie dirigée par un chef d'orchestre invisible.

Elles assistaient à une sorte de feu d'artifice 2.0. Melinda sentait monter en elle un nouveau respect pour le cerveau et ses capacités inhérentes.

— Purée ! s'exclama-t-elle, et Dembe dit sans doute la même chose dans sa propre langue.

Le spectacle se termina aussi vite qu'il avait démarré. Les deux collègues se retournèrent et virent la souris grignoter la croquette qui avait été laissée hors de sa portée. Elles en demeurèrent bouche bée. Derrière elle, un homme s'exprima d'une voix grave, l'air abasourdi. Il dit que la télé montrait de belles images en couleur. Comme le ciel parfois quand les dieux s'activaient et faisaient des leurs.

Quand Dembe lui expliqua que ces images montraient le cerveau de la souris, le concierge regarda le petit animal, puis l'écran, puis de nouveau le petit animal. Puis il sourit, découvrant ses mâchoires où il manquait quelques dents et dit quelque chose comme :

— Vous rigolez, n'est-ce pas ?

Dembe secoua la tête. L'homme lança un regard noir à la petite bête, se signa et poussa son seau à roulettes vers la sortie. Melinda s'inquiéta. Cet homme ne ferait pas de mal à sa souris, si ?

— Dembe, je ne me souviens pas de cet homme.

— C'est Walog. Il travaille ici depuis un moment, répondit la laborantine en haussant les épaules. Il habite dans une cabane avec sa femme et ses enfants. Comme beaucoup de gens dans les périphéries de la ville, ils n'ont pas grand-chose et ont du mal à joindre les deux bouts. Quand M. Kintu nous a demandé si on connaissait quelqu'un en qui nous avions confiance pour un travail de concierge, j'ai tout de suite pensé à lui.

— Alors tu le connais bien ? s'enquit Melinda.

— Assez bien, je suppose. Je connais sa femme, qui travaille au marché du samedi. Ils vendent des légumes et tout ce qu'ils trouvent. Ce sont des gens bien, très croyants. Walog ferait n'importe quoi pour donner un meilleur avenir à leurs enfants.

— Je ne me souviens pas de l'avoir vu ici avant, reprit Melinda après avoir passé en revue les mois précédents.

— La dernière fois que j'ai parlé à sa femme, elle m'a raconté qu'il avait eu une promotion et qu'il était passé d'un travail de nuit à un poste de jour. Il est là de midi à 22 heures, il me semble. Il est encore là quand je pars le soir. Sa femme m'a remercié chaleureusement et m'a donné assez de *nakati* et de *borr* pour trois ans au moins !

— Je me demandais aussi pourquoi tu mangeais autant de ces légumes en ce moment ! lança Melinda en riant.

— C'est à peine si je parviens à entrer dans ma cuisine, grommela Dembe, tant j'en ai en réserve. Je dois en manger énormément si je veux atteindre quoi que ce soit d'autre ! (Les amies rirent toutes les deux et Dembe tapa quelque chose sur son clavier avant d'appuyer sur la touche « Entrée ».) Super. J'ai mis ce scan dans le réseau. Tu pourras le télécharger quand tu voudras.

— On m'a volé mon ordinateur, gémit Melinda. Ça devra attendre.

— Mais tes recherches ? demanda Dembe en écarquillant les yeux. Tous tes résultats étaient sur ton ordi ?

— Oui, tout s'y trouvait à l'exception des informations sur le sérum, que j'avais mises sur une clé USB pour travailler dessus à la maison le soir.

— Tu savais que c'était interdit de sortir des données du labo ? s'enquit Dembe en lui lançant un regard inquisiteur.

— Oui, dit Melinda en levant les yeux au ciel. C'est pour cela que je les gardais sur une clé USB. Comme ça, personne ne pouvait le savoir. Mais c'est sans importance maintenant de toute manière. Je l'ai laissée tomber dans mon gobelet de thé et j'ai perdu toutes mes données.

— Ce genre de chose n'arrive qu'à toi, Melinda ! s'écria Dembe en riant.

— Bon, on arrête de faire comme si on n'était pas excitées toutes les deux comme des puces d'avoir une souris télékinétique, d'accord ? lança Melinda en jetant un regard en biais à son amie.

— J'essaie de demeurer professionnelle, répondit Dembe, qui avait l'air de chercher à contenir un sourire sans trop réussir. N'oublie pas qu'il y a des caméras partout. (Melinda se rappelait en effet que tous les labos en étaient équipés.) Autrement, je ne me tiendrais plus, lança-t-elle en criant presque la fin de sa phrase tant elle était excitée. Mais on doit refaire l'expérience pour confirmer les résultats, tu sais.

— Ouais, dit Melinda avec un grand sourire. Mais tu sais ce que cela signifie, non ? Ce putain de virus qu'on a découvert donne de vrais pouvoirs extrasensoriels.

— Pas étonnant alors qu'on t'ait volé les résultats de tes recherches.

— Sauf qu'il y a un bémol dans tout ça qu'il ne faudrait pas oublier. Rappelle-toi les trois bébés singes morts très jeunes, le cerveau complètement cramé, ajouta-t-elle en regardant la petite souris qui grignotait sa croquette. Je me demande quelle sera l'espérance de vie de cette petite bête.

— La troisième souris a-t-elle des capacités inusitées ? s'enquit Dembe.

— Je n'ai pas encore travaillé avec elle. Hier, on a vu celle qui est capable de prédire l'avenir, et aujourd'hui on a une souris télékinésique. Heureusement que le cambrioleur ne les a pas emportées. Mais bon, il pense avoir le sérum.

— À ta place, j'échangerais ces souris avec d'autres pour les garder en sécurité. M. Kintu ne te laissera pas les sortir du bâtiment. Tu pourrais toujours les cacher dans tes vêtements pour les emmener.

— J'adore ces petites choses, rétorqua Melinda, mais pas à ce point, dit-elle en frissonnant de tout son corps. Les seules pattes que j'aurais envie de sentir sous mes vêtements seraient celles d'un type canon désireux de me rejoindre dans mon lit.

— C'est très osé de ta part, mademoiselle Je-n'ai-pas-baisé-depuis-un-bail.

— Je n'arrive pas à croire que tu aies le culot de dire ça ! lança Melinda en donnant un coup de hanche à son amie.

— Mais c'est vrai, non ?

— Peut-être, dit-elle en souriant.

Elles parlaient souvent d'amour ensemble. Elles se taquinaient l'une l'autre, essayant de déterminer laquelle des deux avait la pire vie amoureuse. Elles n'avaient pas trouvé mieux que l'humour pour les aider à survivre.

— Il y a un homme en particulier que tu verrais bien dans ce rôle ? s'enquit Dembe en esquissant un sourire espiègle. Un certain docteur, peut-être ?

— Non, non ! protesta Melinda avec véhémence.

— Madame proteste un peu trop pour être honnête, m'est avis, gloussa Dembe en voyant sa très vive réaction.

— Mais enfin, grogna Melinda, depuis quand lis-tu les classiques ? Allez, appuie sur ce putain de bouton et regardons le spectacle encore une fois. Il faut que je rédige mes notes avant de parler à M. Kintu demain matin.

Même si elle essayait de le cacher, elle ne pouvait nier les sentiments que son rêve et le temps qu'elle avait passé avec Hamel dans le labo avaient déclenchés en elle. Elle avait été bien naïve autrefois. Elle s'était vraiment fait avoir mais cela ne se reproduirait pas.

Les deux scientifiques firent un nouveau scan du cerveau de la souris et Melinda ramena ensuite la petite bête à son labo temporaire. Un ruban jaune délimitait la scène de crime et l'empêchait d'entrer dans son laboratoire habituel. Mais elle avait besoin de récupérer son sac qui s'y trouvait avant de rentrer chez elle. Elle espérait que le vigile à la porte la laisserait entrer pour le prendre. Hamel pourrait toujours s'en charger, du moins le supposa-t-elle. Mais elle ne l'avait pas revu depuis le matin.

Elle se demanda ce qu'il avait fait toute la journée. Ce type était censé l'aider mais il n'avait pas été très présent. D'accord, il lui avait donné un coup de main pour déménager ses affaires et s'installer dans le petit laboratoire. Mais après ça, plus rien. Non pas qu'elle s'en plaigne, non.

Il y avait quelque chose qui clochait chez lui.

De retour dans le petit labo, elle mit la souris dans une cage avec les autres et appela sa bonne amie au QG du CDC aux États-Unis. Avec le décalage horaire, il était sept heures plus tôt à Atlanta. C'était donc encore le matin là-bas. Elle tomba sur la boîte vocale du service des ressources humaines et laissa un message demandant de la rappeler au sujet des qualifications du docteur Parish Hamel.

Elle s'appuya à une paillasse et se frotta les yeux, trop secs. Cela faisait longtemps qu'elle n'avait pas eu une journée aussi chargée en résultats intéressants.

C'était agréable de constater qu'il était encore possible de faire des découvertes importantes.

Le vigile à la porte de son labo habituel eut l'amabilité de la laisser aller récupérer son sac à condition qu'elle accepte qu'il l'escorte et de ne toucher à rien d'autre que ce qu'elle allait chercher. La pièce n'avait pas été entièrement vérifiée pour y détecter des empreintes digitales ou d'autres indices, et aucune photo n'avait encore été prise. Melinda prit son sac et un chiffon qui servait à essuyer les paillasses.

Elle se dirigea vers le frigo d'un pas assuré. Elle en ouvrit la porte, ce qui empêcha le vigile de voir ce qu'elle faisait. Elle prit l'éprouvette du virus, l'emballa dans le chiffon et rangea le tout dans son sac. Elle déplaça des béchers et des éprouvettes pour donner l'apparence de faire quelque chose d'important avant de refermer la porte.

— Je n'ai plus besoin de faire attention à mettre mon ordinateur portable sous clé avant de partir maintenant, dit-elle au vigile.

Elle resta un moment debout devant le placard défoncé et poussa un long soupir. C'était l'heure de rentrer à la maison. Il était encore tôt, mais la journée avait été assez longue.

Et puis elle se demanda si le grand félin noir qu'elle avait vu la veille était encore dans les parages.

Chapitre 13

Sous sa forme animale, Hamel était allongé dans le fourré derrière la maison de Melinda. Les événements de la journée l'avaient marqué. D'habitude, il ne s'inquiétait pas des choses en dehors de son contrôle, mais, avec son âme sœur au cœur du problème, il était incapable de s'empêcher de réfléchir à toutes les éventualités.

Il avait passé la journée à parcourir les bâtiments du LORV à la recherche d'odeurs, d'indices ou de toute information susceptible de le mener au coupable. Il était assez rapidement arrivé à la conclusion que l'intrus avait utilisé un inhibiteur d'odeur destiné aux chasseurs pour masquer son identité. Donc, de deux choses l'une : soit Hamel le connaissait, soit il était susceptible de le croiser dans la journée.

Il aurait peut-être intérêt à fouiller un peu plus les antécédents des vigiles du LORV. Le capitaine de la sécurité avec qui il avait parlé au téléphone dans le bureau de M. Kintu était un ancien militaire de l'armée ougandaise et semblait très compétent. Sympa aussi à première vue. Il dirigeait ses hommes avec rigueur et il ne semblait pas y av Il était donc difficile de penser qu'une per l'extérieur ait pu entrer sans être détectée. Il ne pas négliger la possibilité que ce cambriolage ait é commis par quelqu'un de la boîte.

Une grande question demeurait pour Hamel : pourquoi ? Pourquoi l'intrus désirait-il s'emparer d'un virus que personne n'avait encore étudié à fond ? Il se demanda à quand remontait la découverte de Melinda au sujet de la charge neuronale supplémentaire dans le cerveau des singes. Cela faisait maintenant une semaine que son agence avait été informée de l'existence d'un virus capable de détruire le monde.

Est-ce que cela signifiait que quelqu'un avait compris les éventuelles conséquences d'une masse neuronale supplémentaire ? que quelqu'un était déjà au courant des capacités extrasensorielles des souris ?

Il obtiendrait probablement des réponses à certaines de ses questions quand la police scientifique aurait terminé son analyse. Du moins, il l'espérait. Les techniciens avaient sans doute terminé leur travail à l'heure qu'il était. Le LORV était tout à fait capable d'examiner les indices découverts sur place, mais Hamel avait demandé l'intervention d'un labo extérieur pour garantir la neutralité des résultats. Il voulait à tout prix éviter la possibilité d'une contamination croisée.

Le jaguar chassa de la queue les mouches qui voletaient autour de sa tête. Hamel avait choisi de venir là sous sa forme animale pour éviter d'être surpris à poil, comme cela avait failli lui arriver la veille. Cela aurait pu compliquer grandement les choses. Il n'avait jamais encore bâclé de mission et n'avait pas l'intention de commencer par celle-ci.

Sa belle âme sœur était rentrée depuis une heure environ. Fidèle à son habitude, elle avait ouvert les portes du balcon, mais elle ne s'était pas encore installée dans sa chaise-hamac. La nuit précédente, elle n'avait pas couru de danger puisque le malfaiteur était occupé au labo. Il n'était pas sûr qu'elle soit en sécurité cette nuit-là cependant, même si le cambrioleur lui avait volé tous ses rapports de recherche. Il y avait la possibilité qu'il cherche autre chose. Mais bon, Hamel avait bien l'intention de veiller sur elle jusqu'à ce que ce soit l'heure de rentrer à l'hôtel.

Depuis qu'il avait signé un contrat pour travailler pour le gouvernement américain, il formait une bonne équipe avec son jaguar intérieur. Au début, il n'avait pas voulu participer au rapprochement entre métamorphes et humains. Mais depuis la découverte de son espèce, cinquante ans plus tôt, Hamel et ses congénères n'avaient pas eu d'autre choix que de collaborer avec le gouvernement. En échange de la participation des métamorphes de niveau alpha, les militaires et le président américain s'étaient engagés à faire tout en leur pouvoir pour cacher leur existence aux humains.

En réalité, les autorités ne souhaitaient pas que les humains découvrent l'existence des métamorphes parce que cela présentait un trop grand potentiel de chaos et de violence. Les humains n'étaient certes pas connus pour leur générosité ou leur tolérance même s'ils prétendaient le contraire.

Le grand-père de Hamel avait été un des membres originels de l'équipe ALFA. Les agents s'engageaient à respecter la loi des États-Unis d'Amérique et à protéger ses ressortissants où qu'ils soient. C'était dans leur ordre de mission. C'était encore le cas aujourd'hui, mais les agents étaient surtout recrutés pour faire des boulots exigeant une souplesse et une résilience que ne possédaient pas les humains.

Hamel fut surpris de voir s'ouvrir la porte arrière de Melinda. Il n'avait pas vu de bouteille de vin voler au-dessus de la rambarde comme la dernière fois et il se demanda donc ce qu'elle allait faire. Il se dirigea en rasant le sol vers un arbre derrière lequel il se mit à l'abri pour l'observer.

Elle descendit lentement les quelques marches en examinant attentivement le fourré. Que cherchait-elle ? Elle passa devant plusieurs arbres, s'arrêta et balaya les alentours des yeux.

— Minou, gentil minou, viens là, susurra-t-elle.

Elle n'était pas sérieuse ! « Minou, gentil minou » ? Il serait capable de la faire tomber d'un seul coup de patte et de la manger toute crue. Il s'en lécha même les babines. Il salivait en fantasmant de lui dévorer la chatte. Oh merde !

Il posa une de ses pattes arrière sur des feuilles sèches et le bruit suffit à alerter la scientifique de sa présence. Ouais, son jaguar aurait pu être un peu plus doué pour la furtivité. *Heureusement qu'on n'est pas une proie.* Vexé, son animal poussa un grognement.

Melinda s'avança alors directement vers lui. Il ferait mieux de garder ses distances. Mais comment ferait-il pour la surveiller s'il restait loin d'elle ? Pourquoi est-ce que les choses étaient toujours tellement compliquées avec les femmes ? Il se dirigea vers le muret de béton. Il avait réussi à s'enfuir par là la dernière fois.

Son âme sœur avait sans doute eu la même idée parce qu'elle cessa de se diriger vers lui, adoptant un itinéraire parallèle au sien. Bordel de merde !

Il aurait dû se réjouir que son âme sœur cherche à le voir. C'était d'ailleurs ce qu'il souhaitait, à long terme. Mais pas tout de suite, pas dans ces circonstances. Pas sous sa forme animale. Il accéléra pour atteindre le mur le premier et sauter par-dessus avant qu'elle ne le voie de trop près.

Il entendit un cri bref derrière lui dans le fourré, comme si Melinda était tombée et s'était écorché les genoux. Puis elle poussa un hurlement de terreur et il s'immobilisa. Il perçut de légers effluves de son sang avec un soupçon d'adrénaline. Il fit demi-tour, courut vers elle et comprit immédiatement le danger auquel elle faisait face.

Des serpents ! Il sentit l'odeur d'une mère cobra, furieuse parce que son nid avait été envahi par une humaine. Putain ! il n'avait que quelques secondes pour intervenir avant que le cobra n'attaque. Il se faufila entre les arbres et arriva suffisamment près pour voir le serpent qui balançait de gauche à droite sa tête redressée au capuchon dilaté. Et Melinda, qui n'était pas nyctalope et ne voyait pas où elle allait, se dirigeait droit vers le nid. Que surveillait la mère.

Le cobra pencha la tête vers l'arrière, prêt à frapper. Hamel arrivait trop tard. Melinda mourrait avant d'arriver à l'hôpital. Il poussa un feulement sourd dans l'espoir de distraire le serpent. En vain. Il se repoussa alors de toutes ses forces sur ses pattes et s'élança dans les airs entre le serpent et son âme sœur.

Melinda hurla juste au moment où des crocs pointus se plantaient dans l'épaule du grand félin. Dans son élan, le jaguar emporta le serpent avec lui et ses chairs se déchirèrent, laissant encore plus de venin pénétrer dans son corps. Il n'avait jamais auparavant été mordu par un cobra. Ni par aucun autre serpent d'ailleurs.

À bonne distance de Melinda, le jaguar roula sur lui-même et écrasa la tête du cobra, dont les crocs se fichèrent encore plus profondément dans sa peau, jusqu'à l'os. Il donna un coup de patte pour se débarrasser de l'horrible bête et se retourna vers son âme sœur pour s'assurer qu'elle allait bien.

Comme c'était étrange : il voyait deux Melinda assises là où il n'y en avait qu'une juste avant. Puis la terre bougea. Ou bien c'était lui qui chutait au sol. Une douleur au nez lui fit comprendre qu'il venait de tomber la tête la première. Devant sa compagne. Merde ! Mais, comme il ne pouvait plus bouger, il décida de se préoccuper de son orgueil plus tard. Il lui faudrait d'abord…

Chapitre 14

Melinda descendit les marches à l'arrière de sa maison en espérant revoir le magnifique félin noir aperçu la veille dans le fourré. Elle se demanda quelle espèce d'animal c'était. Il y avait plusieurs races de grands félins en Ouganda et celui qu'elle avait vu était beaucoup trop loin pour lui permettre de l'identifier.

Elle avait pu cependant admirer la grâce et la puissance qu'il dégageait comme aucun autre animal. Elle le trouvait terriblement attirant sans qu'elle puisse se l'expliquer. Sa nature sauvage, sa liberté l'enchantaient. Elle avait envie de le suivre. Comme s'il était de sa famille.

Elle détecta une ombre à travers les arbres. Elle vit un animal s'enfuir et sut que c'était lui. Il était aussi sombre que la nuit. Il avait pris la même direction que la veille. Il se dirigeait sans doute de nouveau vers le muret. S'assurant de garder une distance respectueuse, elle vérifia son appli photo sur son téléphone, prête à appuyer sur le bouton dès qu'elle aurait émergé du fourré.

Melinda se rendit rapidement compte que les tongs n'étaient pas les chaussures les mieux adaptées à la course à travers bois. Elle aurait dû réfléchir un peu plus avant de se lancer. Levant bien haut les pieds à chaque pas, elle se hâta vers le muret dans l'espoir de retrouver enfin son visiteur de la nuit.

Comme elle ne voyait pas très bien dans l'obscurité grandissante, elle prit un mauvais appui et tomba la tête la première. Quand elle réussit à stopper sa chute, elle vit un cobra la tête redressée à moins d'un mètre de son visage. Instinctivement, elle poussa un cri et tenta de s'éloigner. Le serpent la suivit comme s'il la pourchassait. Ce que les cobras ne faisaient pas habituellement. Ils avaient en effet plutôt tendance à s'enfuir, à moins de se sentir acculés ou que leur nid soit menacé.

Melinda s'immobilisa, les yeux écarquillés. Le souffle coupé, elle avait du mal à respirer. Est-ce qu'elle s'approchait du nid du cobra ? Elle s'appuya sur sa cheville pour se lever et sentit un éclair de douleur remonter le long de sa jambe. Elle décida de rester plutôt au sol et de ne plus bouger. Peut-être que le cobra s'éloignerait si elle n'avait pas l'air menaçante.

Le serpent commença à déployer son capuchon comme le faisaient les cobras avant de frapper. Ce n'était pas bon du tout ça. Elle devait s'éloigner, mais dans quelle direction ? Elle ne voulait surtout pas marcher ou ramper vers le nid du serpent et se retrouver sur une couvée de serpenteaux, ou dans un paquet d'œufs ou Dieu seul savait quoi.

Comme si elle avait lu dans ses pensées, la mère cobra pencha la tête vers l'arrière, s'apprêtant à attaquer. Melinda poussa un hurlement et son corps se déplaça instinctivement, sans qu'elle ait une idée de là où elle se dirigeait. Une ombre noire passa entre elle et le serpent, et les deux disparurent de sa vue.

Elle entendit un choc sourd sur le côté mais il faisait trop nuit pour qu'elle distingue quoi que ce soit. Elle vit juste quelque chose d'assez gros rouler dans les feuilles mortes au sol. Elle fixa les yeux sur l'endroit et finit par distinguer le magnifique grand félin noir, son ange gardien, qui s'approchait d'elle en vacillant.

Qu'est-ce qu'il avait ? Avait-il été mordu ? Elle le vit alors tomber, inanimé. Elle se hâta de le rejoindre et s'agenouilla à son côté. L'animal haletait, elle voyait ses flancs monter et descendre à chaque respiration. Melinda posa une main sur son épaule et sentit ses chairs brûlantes et son sang là où sa fourrure avait été arrachée. Dieu du ciel ! il avait été plus que mordu. Le cobra avait dû lui injecter tout son venin.

Merde ! Merde ! Merde ! que faire ? Elle commença à paniquer. Elle passa les mains sur son visage et s'ordonna de se ressaisir. Sinon, ce magnifique animal allait mourir parce qu'il l'avait sauvée de la morsure du cobra.

Melinda retira son long pull, le posa au sol et enroula l'animal dedans. Merde ! il était plus lourd qu'il en avait l'air. Elle serait obligée de retirer ses tongs pour le traîner. Elle n'avait presque plus mal à la cheville en raison de l'adrénaline qui pulsait dans ses veines. Elle n'allait pas s'attarder non plus à imaginer sur quoi elle risquait de poser les pieds. D'éventuelles petites blessures n'étaient rien en échange d'une vie sauve.

Elle tira l'animal dans son pull jusque dans son jardin. Là, elle vit les garçons des voisins qui jouaient au basket-ball à la lumière d'un projecteur. Elle leur cria de venir l'aider. Quand ils arrivèrent près d'elle, ils écarquillèrent les yeux, ahuris, devant le spectacle de ce jaguar inanimé. Elle entendit plusieurs fois ce mot dans leurs bouches. Ce grand félin était donc un jaguar ? Vraiment ?

Dans son ougandais limité, elle dit aux garçons qu'elle aurait besoin de leur aide pour mettre l'animal sur la banquette arrière de sa voiture. Elle courut jusqu'à sa maison, attrapa son sac et ses clés, et ressortit avant même que la porte n'ait eu le temps de se refermer.

Un des garçons lui demanda où elle allait emmener le jaguar. Elle lui répondit qu'elle irait au Refuge de la vie sauvage et des reptiles. Elle trouverait là, elle en était persuadée, un antivenin pour tous les serpents de la région. Elle aida les garçons à installer le félin dans sa voiture. Le même garçon lui dit que le Refuge risquait d'être fermé à l'heure qu'il était. Melinda démarra en espérant qu'il se trompait.

Elle prit la route à toute vitesse en évitant un maximum de nids-de-poule, les plus gros surtout. Tant pis pour les autres. Elle avait une mission à exécuter et ne s'inquiétait pas pour sa voiture. Les pneus crissèrent dans le virage quand elle tourna pour entrer dans le parking du Refuge.

Deux hommes discutaient à la porte des urgences. Le plus jeune portait une blouse stérile et se tenait à l'extérieur. L'autre, beaucoup plus âgé, avait les bras croisés, une expression stoïque sur le visage, comme s'il faisait valoir un argument. Melinda n'aurait pas su dire de quoi il était vêtu, mais ce n'était certes pas une blouse stérile.

En la voyant arriver en trombe devant la porte des urgences telle une créature surgie des enfers, les deux hommes la dévisagèrent.

— J'ai dans ma voiture un jaguar qui a été mordu par un cobra, expliqua-t-elle en s'arrêtant à leur niveau. Il a besoin d'un antivenin tout de suite.

Le plus jeune des deux regarda le vieillard, qui prit un air satisfait, puis se tourner de nouveau vers elle.

— Madame, dit-il, c'est sans doute un gros chat domestique que vous avez dans votre voiture. Les jaguars sont rarissimes dans cette région. On n'en a pas vu depuis des années.

— Votre théorie est fascinante, répliqua-t-elle sèchement avant d'émerger de sa voiture et d'aller ouvrir la portière arrière. Mais cet animal a besoin de médicaments tout de suite sinon il mourra, ajouta-t-elle en leur montrant le grand jaguar très mal en point.

L'homme écarquilla les yeux et il gronda quelques mots qu'elle ne connaissait pas. Melinda se tourna pour regarder le vieil homme, mais il avait disparu. Le technicien alla chercher une civière qu'il approcha de la voiture. Puis, avec l'aide de la jeune femme, il y installa le jaguar, qu'ils poussèrent à l'intérieur du Refuge.

Melinda se retrouva alors dans une sorte d'aire d'évaluation. Le technicien tira un rideau et immobilisa la civière. Avec rapidité et efficacité, il posa au jaguar une perfusion avec une seringue. Puis il se hâta vers une rangée de grands placards, en ouvrit un et en sortit deux poignées d'ampoules qu'il se dépêcha de poser à côté du patient. Au cours des minutes qui suivirent, il injecta six ampoules au félin au moyen de la perfusion.

Puis il surveilla attentivement la gueule de son patient.

— Pourquoi le regardez-vous comme ça ? demanda Melinda.

— C'est pour repérer d'éventuels signes de réaction allergique. Je veux juste m'assurer qu'il n'aura pas également besoin d'une dose d'adrénaline.

— Oh ! fut tout ce que la scientifique trouva à dire.

Tout cela était tellement différent de l'usage qu'elle faisait des ampoules, des seringues et des perfusions dans son labo. En règle générale, son travail ne servait pas à déterminer si son patient allait vivre ou mourir dans les prochaines minutes. Sentant ses jambes flageoler, elle se laissa choir sur une chaise près du rideau.

L'homme continua à s'activer autour de la civière. Il écouta le cœur et les poumons du félin.

— Qu'est-ce qui s'est passé ? s'enquit-il. Comment vous êtes-vous retrouvée avec un jaguar sur la banquette arrière de votre voiture ?

— C'est vrai que, dit comme ça, cette histoire semble complètement loufoque, gloussa Melinda.

— Même racontée autrement, cette histoire serait complètement folle, rétorqua-t-il en souriant.

La scientifique sentit qu'elle commençait à se calmer un peu. Cet homme avait un côté très rassurant et il semblait doué pour rendre banale une situation d'extrême urgence.

— Je m'appelle Melinda. Je travaille au Laboratoire de recherche sur les virus.

— Et moi je m'appelle Nsubuga. Mes amis m'appellent Buga.

— Ravie de faire votre connaissance, Buga. En ce qui concerne ce jaguar, il n'y a pas grand-chose à raconter. J'ai vu ce magnifique grand félin hier soir dans le fourré entre ma maison et le lac. J'ai eu envie de le prendre en photo avec mon téléphone. Je suis donc partie à sa recherche et je suis tombée dans un nid de cobras. Juste comme la mère allait m'attaquer, ce jaguar a sauté devant moi et s'est fait mordre à ma place avant de dézinguer le cobra. C'était incroyable. Je n'imaginais pas qu'un jaguar pouvait faire ça.

— Ils ne font jamais ça, grogna Buga.

Drôle de réponse. Buga avait presque l'air fâché.

— Après, poursuivit Melinda, des garçons m'ont aidée à le mettre dans ma voiture et je l'ai amené ici. Heureusement que le Refuge était encore ouvert.

— Vous pouvez remercier mon grand-père. Il ne voulait pas partir. Il n'arrêtait pas de dire que ce n'était pas encore l'heure de fermer.

— C'est le monsieur âgé avec qui vous parliez ?

— Ce n'est pas un monsieur, protesta-t-il en riant. C'est un sorcier.

Melinda ouvrit grand les yeux mais garda la bouche fermée. Pour elle, les sorciers faisaient partie de la même catégorie que les fantômes et les magiciens, et elle aurait dit la même chose au sujet de la télékinésie quelques jours plus tôt.

— Que faisait-il ici ?

— En fait, il est propriétaire du terrain sur lequel est construit ce refuge. Mais je pense qu'il vient surtout me voir dans le but d'essayer de m'énerver.

— Ha ! s'esclaffa en les rejoignant le vieil homme qu'elle avait vu dans l'entrée. Ce n'est pas parce que je passe du temps avec toi, mon petit-fils, que tu dois avoir une haute opinion de toi-même. Mon temps est très précieux. Il ne m'en reste plus beaucoup et j'ai encore plein de choses à faire.

— Ne dis pas cela. Tu vivras aussi longtemps que moi juste pour continuer à me tourmenter, affirma Buga en adressant un clin d'œil à Melinda.

Maintenant qu'elle le voyait de plus près et dans la lumière, Melinda put examiner le vieil homme. Il avait le teint très sombre et sa peau était très marquée par les ans. De grandes rides sillonnaient son front et le tour de sa bouche. Il portait une chemise blanche à col américain, boutonnée jusqu'au cou, et un long manteau sur un pantalon kaki. Melinda n'aurait jamais deviné qu'elle se trouvait en présence d'un sorcier, même s'il avait l'air de bien connaître les vieilles méthodes.

— Ah ! mon petit-fils, tu as l'humour triste. (Puis le vieil homme posa une main sur le félin inconscient.) Ton compagnon va se remettre, dit-il à Melinda. Les change-forme sont très résistants. Rentre chez toi. Va dormir. Tu dois bien te reposer pour te préparer à ce qui va suivre.

Chapitre 15

Les notes de *Sweet Home Alabama* résonnèrent dans les oreilles de Melinda jusqu'à ce qu'elle se réveille. Son rêve s'évanouit comme du sable fin qui lui aurait filé entre les doigts. Elle se souvenait rarement de ses rêves, mais les jours derniers avaient été particulièrement stressants. Peut-être était-ce la raison pour laquelle elle se les rappelait tous à présent et qu'ils lui semblaient très réels.

Se souvenant que c'était jeudi, elle gémit et se réfugia bien au chaud sous ses couvertures. Cette semaine lui paraissait interminable. Elle vivait un enfer et commençait à se demander si elle en verrait un jour la fin. Elle devrait peut-être aller acheter tout le chocolat du marché local et s'en goinfrer le samedi, dans deux jours, Halloween et jour de congé.

Officiellement, la semaine de travail en Ouganda était de six jours. Mais son contrat avec le labo lui accordait deux journées de repos le week-end. Elle les prenait rarement cependant. Elle n'avait pas beaucoup à faire à la maison. Et puis elle adorait la recherche. Elle n'avait donc pas l'impression de travailler. La plupart du temps. Cette semaine-là était simplement une anomalie.

Elle se demanda comment allait le jaguar. Elle téléphonerait au Refuge de la vie sauvage un peu plus tard. Le vieil homme l'avait bien rassurée en lui disant qu'il se remettrait. Il lui avait parlé de son « compagnon » et mentionné qu'il était « change-forme ». Qu'entendait-il par là ? Il ne maîtrisait manifestement pas parfaitement l'anglais, mais elle lui était reconnaissante d'avoir fait l'effort de s'adresser à elle dans cette langue pour qu'elle le comprenne.

En utilisant le terme « compagnon », il avait sans doute voulu parler de quelqu'un qui se tenait à son côté, comme un garde du corps. Elle imaginait bien le grand félin noir dans ce rôle, tel un ange gardien. Peut-être dégageait-elle une odeur de souris puisqu'elle en manipulait toute la journée. Ses vêtements et ses mains en étaient probablement imprégnés. Elle gloussa à l'idée qu'un terrible jaguar cherche sa compagnie parce qu'elle sentait la souris.

En revanche, elle ne s'expliquait pas trop l'usage du mot « change-forme ». Elle préféra laisser tomber. Il était encore trop tôt pour réfléchir à des questions aussi complexes. Elle avait besoin de prendre une douche et de boire un thé avant.

Une fois arrivée au travail, elle constata que le ruban jaune interdisant l'entrée de son laboratoire avait été retiré et qu'il n'y avait plus de vigile à la porte. Elle poussa un soupir de soulagement. Les choses allaient revenir à la normale. Elle avait beaucoup de rapports à rédiger et d'expériences à refaire pour recréer le dossier volé. Heureusement, c'était plus une question de temps de travail que d'expériences à reproduire. Elle avait en tête toutes les pages manquantes et il lui suffirait de les rédiger de nouveau.

Elle devrait également récupérer ses souris pour travailler. Elle réfléchirait plus tard au meilleur endroit pour les garder en sécurité. Elle espérait que la nuit passée dans une pièce qu'elles ne connaissaient pas ne les avait pas trop perturbées. C'était comme une soirée pyjama chez une copine, en quelque sorte !

Cette idée l'énerva. Ses parents étaient tellement stricts que sa vie avait été très différente de celle des autres enfants. Elle était passée à côté de beaucoup de choses. Si elle avait un jour une famille, elle veillerait à ce que ses enfants découvrent et explorent tout ce que le monde avait à offrir. Elle ne les freinerait pas et ne les empêcherait jamais de faire ceci ou cela à cause de leur sexe ou des limites de leurs capacités intellectuelles.

Elle n'avait jamais auparavant rêvé d'avoir une famille. Mais, merde ! elle avait trente ans.

Combien de temps devait-elle encore attendre ? En réalité, elle n'était pas impatiente. Elle avait plutôt l'impression que le moment d'avoir une famille n'était pas encore arrivé. Au fond d'elle-même, elle avait confiance qu'elle en aurait une un jour. Elle n'éprouvait aucune anxiété à cet égard. Bon, un peu peut-être quand même, mais seulement parce que l'homme dans ses rêves avait parlé de bébés. Et, Dieu du ciel ! cela avait réveillé ses hormones, qui s'étaient rappelé tout d'un coup leur fonction naturelle. Depuis cette nuit-là, son horloge biologique s'était mise à tourner.

Peut-être souhaitait-elle uniquement un ami-et-plus-si-affinités ? Malheureusement, il s'agissait d'un ami imaginaire. Elle aurait encore besoin de son vibromasseur. Ses joues s'empourprèrent à l'idée de l'homme de ses rêves et de son vibromasseur. Elle était vraiment pathétique, merde !

Elle déverrouilla la porte du labo et alluma. Elle fut soulagée de constater que tout semblait en ordre. Les tables avaient été redressées, le sol était dégagé de tous les appareils qui l'avaient jonché et les papiers avaient été ramassés. Elle serait obligée de faire l'inventaire pour voir tout ce qui était irrécupérable.

Elle sortit de son sac l'échantillon de virus emmailloté dans un chiffon qu'elle avait emporté subrepticement la veille pour le remettre au frais.

Puis elle constata que le frigo situé à l'autre extrémité de la pièce avait été entièrement démoli.

Le cambrioleur avait sans doute remarqué que son thé n'était pas un bon sérum de conservation des virus. Toutes les éprouvettes rangées dans le frigo avaient disparu ou gisaient au sol, en mille miettes. Et la porte avait été fracassée.

Elle éprouva une horrible sensation. Comment avait fait le cambrioleur pour pénétrer deux fois de suite dans son labo ? Il y avait des vigiles à l'entrée et ils y étaient restés assez longtemps tout de même. Elle se demanda à quelle heure ils étaient partis. Elle n'aurait jamais imaginé qu'un second cambriolage puisse se produire à peine vingt-quatre heures plus tard ! C'était justement pour cela qu'elle n'était pas une voleuse. Elle n'avait pas suffisamment d'imagination pour penser en dehors des schémas établis. Elle était très prévisible en fait.

Elle remit l'ampoule dans la poche de sa blouse et se dirigea vers le bureau de M. Kintu.

Chapitre 16

Accroupie devant le frigo endommagé, Melinda tenait la pelle à poussière dans laquelle Walog poussait les éclats de verre avec son balai.

M. Kintu avait failli balancer son fauteuil par la fenêtre de son bureau quand elle l'avait informé des dégâts dans son labo et de ses théories sur ce que cherchaient les cambrioleurs après cette deuxième effraction. Il s'était longuement excusé pour l'incapacité de l'établissement à protéger son laboratoire et lui avait demandé si elle se sentait menacée. Elle devait reconnaître qu'elle se sentait beaucoup plus en sécurité quand Hamel était là, mais elle préférait ne pas le dire à voix haute. Il n'était pas son garde du corps, après tout.

Elle ne l'avait pas encore croisé ce matin-là et elle demanda au directeur s'il devait repasser par là. Kintu lui donna le numéro de portable de Hamel et l'invita à l'appeler pendant qu'il se rendait au service de sécurité. Il n'y allait sans doute pas pour une simple visite de courtoisie.

Melinda alla dans un autre labo demander si elle pouvait garder son sérum dans leur frigo en attendant que le sien soit réparé. Les laborantins promirent de ne pas y toucher, surtout s'il n'avait pas un goût de bière. Melinda esquissa un sourire pour la première fois de la journée.

— Non, rétorqua-t-elle. C'est du pipi de souris mélangé avec des bouts d'insectes mâles.

— Miam ! fit l'un de ses collègues. Je parie que c'est encore meilleur que la bière !

De retour dans son labo, elle vit un des concierges avec une grosse poubelle grise sur roulettes. Il ramassait tous les débris inutilisables.

— Mademoiselle Caster, dit-il, pourquoi est-ce que votre labo a été démoli comme ça ? Quelqu'un vous en veut ?

— Vous pouvez m'appeler Melinda, vous savez. C'est sans doute que quelqu'un a très envie de mettre la main sur mes résultats de recherche.

— Les *panya* vont bien ? Je ne les ai pas vues.

Ah oui ! les souris... Elle devait encore les ramener.

— Je pense. Je les ai déménagées hier soir et je ne suis pas encore allée les voir.

— Je vais vous aider, dit-il en appuyant son balai contre une table. La cage est trop lourde pour une femme.

Puis il se dirigea vers la porte. Melinda était vexée, elle qui se targuait d'être une féministe capable de se passer d'homme. Mais bon, ce type voulait simplement l'aider, elle le voyait bien. Il la suivit donc et porta la cage, qu'il installa sur la table dans son labo.

— Hem…, dit-il en mettant un doigt au travers du grillage. Celle-ci ne va pas bien, ajouta-t-il en tapotant un des bébés, anormalement immobile.

Melinda s'approcha et vit qu'un deuxième souriceau ne bougeait plus non plus. Elle poussa un soupir de tristesse. La souris capable de prédire l'avenir et la souris télékinésique étaient mortes. Les bébés singes avaient vécu plusieurs mois. Elle avait espéré que les souriceaux survivraient un peu plus longtemps. Avaient-ils d'autres capacités à part celles qu'elle avait vues ? Auraient-ils pu en développer d'autres ? Leurs aptitudes auraient-elles pu évoluer davantage ? Leurs descendants auraient-ils été plus forts ? plus faibles ?

Tellement de questions qui demeureraient sans réponse. Elle regarda le souriceau survivant qui courait dans sa cage sans se douter qu'il avait perdu tous ses frères et sœurs. Plus ou moins. Parce que, en théorie, il avait encore au moins une douzaine de frères et sœurs ailleurs dans l'établissement de recherche.

— Mademoiselle Melinda, je vais emporter les bébés morts. Ils vont vous rendre malade.

— Merci, mais pas tout de suite. Je dois d'abord les examiner pour comprendre pourquoi ils sont morts. Je pense que leur cerveau a cramé.

L'air inquisiteur, le concierge leva les yeux vers elle comme s'il n'avait pas compris son explication. Ou bien si, il l'avait comprise et il trouvait la scientifique vraiment barje.

— D'accord, dit-il enfin. Appelez-moi quand vous voudrez vous en débarrasser.

Il récupéra son balai et sa pelle, et poussa sa poubelle à roulettes vers la porte qui menait au couloir du fond.

Melinda s'appuya contre la table et soupira. Elle appela Dembe pour lui demander quand elle pourrait faire un scan. Un autre des laborantins finissait d'utiliser l'équipement mais il aurait bientôt terminé. Dembe pourrait la recevoir dans quelques instants. Melinda aurait pu en profiter pour préparer d'autres analyses ou expériences, mais elle serait obligée d'arrêter dès que son amie serait disponible.

Alors que faire ? Il était trop tôt pour aller déjeuner. Et, comme Hamel ne s'était pas encore pointé, elle composa son numéro de téléphone.

— Fichez-moi la paix ! cria-t-il quand enfin il décrocha après plusieurs sonneries.

— Tout doux, docteur, rétorqua Melinda en riant. On dirait que vous avez la gueule de bois, je me trompe ? Vous avez un peu trop bu hier soir ?

— Ouais, on peut dire ça. Un peu plus et je me faisais injecter de l'alcool directement dans les veines par perfusion.

— Vous fêtiez quelque chose ? ou peut-être exécutiez-vous simplement les ordres du Comité de surveillance ?

— Ma description de poste comprend bien un peu de travail sur le terrain, mais elle ne fait absolument pas mention de la faune ou de la flore locales.

— Il vaut mieux rester loin des bars et boîtes de nuit, docteur. Ils auront votre peau.

— Sans blague !

— Vous allez venir au labo ?

— Bien sûr, je dois vous protéger.

Y avait-il vraiment une note espiègle dans sa voix ? Et pourquoi plaisantait-elle ainsi avec lui ? Cela ne lui ressemblait pas du tout. Elle n'aimait pas bavarder au téléphone sans raison sérieuse.

— Trop tard, déclara-t-elle.

Elle lui décrivit sa matinée jusque-là. Il n'eut pas l'air très heureux. Et plus elle lui donnait d'explications, plus il avait l'air en colère. Elle entendit une porte claquer à l'autre bout du fil.

— J'arrive, dit-il. Ne bougez pas de là. Restez dans votre labo. Et ne laissez entrer personne.

Était-il sérieux ? La prenait-il pour une enfant, incapable de prendre soin d'elle-même ? C'était sûrement parce qu'il était un homme, se dit-elle.

Elle n'apprécia pas son attitude condescendante ni son ton dictatorial.

— Écoutez-moi bien, docteur, personne ne m'a jamais dicté ma conduite depuis que je suis partie de chez mes parents. Et ça ne va pas commencer maintenant. Je dois passer des cerveaux de souris au scanner et vous ne m'en empêcherez pas.

Dieu du ciel ! elle parlait comme une enfant de quatre ans qui faisait une colère !

— Je vous verrai quand vous arriverez, ajouta-t-elle avant de raccrocher.

Ah, les hommes ! pensa-t-elle en se croisant les bras.

Un dernier coup de fil et elle pourrait reprendre ses activités normales. Elle composa le numéro qu'elle trouva sur la carte de visite du Refuge de la vie sauvage où elle avait conduit le jaguar la veille et demanda à parler à Buga. Il prit l'appel et lui dit qu'il était content de l'avoir au téléphone.

Il lui raconta que son grand-père était passé le voir un peu plus tôt et avait marmonné que l'animal allait bien avant de repartir.

— Le jaguar va bien, gloussa Buga, mais il va avoir une de ces gueules de bois ! Je lui ai injecté assez d'antidote pour contrer l'effet de trois litres de venin. J'aurais voulu prendre ce magnifique animal en photo, mais malheureusement mon grand-père l'a relâché dans la nature, dit-il en riant de nouveau.

— A-t-il dit autre chose ? Et pourquoi riez-vous comme ça ?

— Il m'a dit qu'il avait libéré le félin et qu'il l'avait grondé de s'être ainsi laissé mordre par un serpent. Il lui a dit de ne pas recommencer.

— Comme si l'animal pouvait le comprendre, sourit Melinda. C'est mignon. Il aime vraiment les animaux, on dirait.

— Oui, presque trop, répondit Buga. Il souffre terriblement chaque fois qu'on tombe sur des braconniers qui viennent, se servent et repartent en laissant pourrir des carcasses d'animaux. Il ressort son vaudou dans ce genre de situation.

— Son vaudou ? Parce que c'est un sorcier, c'est ça ?

Melinda repensa au vieil homme. Elle ne s'était certes pas attendue à découvrir qu'il était un sorcier. Et puis, lui et ses congénères ne croyaient pas normalement en la médecine moderne. Mais ce n'était manifestement pas le cas de celui-ci.

— Seulement si vous y croyez ! gloussa Buga encore une fois. Grand-père sort parfois ses herbes et ses hochets, et utilise du sang de poulet pour jeter un sort aux méchants pour qu'ils ne parviennent pas à écouler sur les marchés leurs prélèvements d'animaux exotiques. Et, surtout, qu'ils ne gagnent pas d'argent avec cette activité.

— Ce n'est peut-être pas une bonne idée. Parce qu'ils auront envie de recommencer à braconner sur vos terres.

— Je ne vous dis pas tout, expliqua Buga après s'être raclé la gorge. Je pense que ça marche, ajouta-t-il après une courte hésitation. Parce que je ne revois jamais deux fois les mêmes braconniers.

Melinda ne savait plus que penser, sauf que cette conversation devenait un peu trop étrange.

— Alors le jaguar est en sécurité et est retourné là où il voulait aller, c'est ça ?

— Oui, tout devrait bien se passer pour lui. Si vous le revoyez, prévenez-moi. J'aimerais savoir comment il va. C'est tellement rare de voir un jaguar ici. Dommage qu'ils ne soient pas originaires de cette région. Ils sont tellement beaux !

— Je suis d'accord. Je vais le chercher pour voir comment il va. Mais bon, il ne reviendra peut-être pas chez moi puisqu'il a été relâché chez vous. Il se trouvera peut-être un autre territoire, dit Melinda, étonnée que cette idée l'attriste autant. Au moins, il sera en sécurité dans votre réserve naturelle. Plus que dans le fourré chez moi.

— Mais il ne pourra rien contre les serpents.

— C'est vrai, convint Melinda en souriant. Restons en contact, dit-elle avant de raccrocher et de ranger son téléphone dans sa poche, de prendre la cage des souris et de se diriger vers le labo de Dembe.

Chapitre 17

— Regarde là, dit Dembe en tapotant l'écran avec la pointe de son stylo. C'est exactement comme pour les singes. Toutes les zones centrales avec des synapses supplémentaires sont noires.

Melinda se carra dans son fauteuil et fixa les yeux sur l'écran.

— Et si toutes ces connexions avaient cramé à cause d'un usage excessif? Comme un disjoncteur qui saute en raison d'une surcharge pour éviter d'endommager l'appareil ? Une sorte de surchauffe du peu d'ADN disponible.

— Ceci expliquerait bien cela, répondit son amie. Il faut étudier ces fibres pour déterminer si elles sont identiques aux originales. Peut-être que leur structure est moins solide, ou alors elles sont pareilles mais leur usage psychique provoque une surcharge comme tu viens de le dire.

— De toute manière, en ne prenant pas d'autres facteurs en compte, cette surchauffe du cerveau est vraisemblablement responsable du décès des souris et des bébés singes.

— J'ai tendance à être d'accord. As-tu rédigé un rapport hier pour M. Kintu ?

— Non, j'ai eu une urgence. Et puis, sans les souris, on ne peut pas trop faire de démonstration. Je vais recommencer l'expérience bientôt. Je vais avoir besoin d'un nouvel ordinateur portable aussi.

— Tu as l'air fatiguée. Tu ne dors pas bien ?

— Non, pas très. Je rêve beaucoup depuis quelques jours. Je me souviens de quelques-uns de mes rêves mais pas tous. Et puis avec le stress des cambriolages et le docteur Surveillance et son comportement trop bizarre…

— Bizarre ? Que fait-il au juste ?

— Je ne sais pas, soupira Melinda. Je suis épuisée. Et on n'est que jeudi.

— Prends des jours de congé. Bon Dieu de bon sang ! je parie que tu pourrais prendre un mois de vacances !

— Qu'est-ce que je donnerais, gémit Melinda, pour passer toute une journée au lit, à dormir. Le rêve !

Elle pourrait fantasmer sur le type de la plage. Son téléphone dans sa poche sonna alors, venant interrompre ses rêveries.

— Il faut que je prenne cet appel, dit-elle en regardant l'identité de l'appelant. Je te retrouve après déjeuner.

Elle attrapa la cage tout en appuyant sur le bouton pour prendre la communication.

— Allô ! dit-elle en calant le téléphone entre son oreille et son épaule pour ouvrir la porte et rejoindre le couloir.

— Bonjour, Melinda. Ici Sheri des ressources humaines à Atlanta. Comment vas-tu, tout là-bas en Afrique ?

— Je vais bien, merci. C'est très beau ici. Le labo est fantastique. Je ne pourrais pas demander mieux.

Le type de la plage lui revint à l'esprit, mais bon…

— J'ai fait des recherches sur ce docteur Hamel. Le CDC n'a aucun employé du nom de Parish Hamel. Il y a bien un Nevel, mais pas de Parish. Est-ce que ça pourrait être son deuxième prénom ?

— Peut-être. Je ne lui ai pas posé la question. À choisir, je préfère Parish à Nevel, dit-elle.

Puis elle sortit du labo et alla poser la cage sur le meuble sous les fenêtres avant de s'appuyer contre la paillasse.

— Je suis bien d'accord, répondit Sheri. Désolée de ne pas pouvoir t'aider plus.

— Non, non, tu m'as bien aidée. Merci de m'avoir rappelée aussi rapidement.

— Tu peux tout me demander, tu le sais bien, ma belle. Fais-nous signe quand tu reviendras aux États-Unis. On ira au restaurant mexicain. Je parie qu'il n'y en pas beaucoup à Entebbe !

Melinda remarqua alors que la petite souris s'excitait, courant de-ci de-là dans sa cage comme si elle voulait s'évader.

Melinda gloussa en entendant l'observation de sa copine au sujet du restaurant.

— C'est tellement vrai ! J'aimerais bien pouvoir bavarder plus longuement, mais j'ai une souris qui panique. Je vais devoir m'en occuper. Salue tout le monde de ma part.

La souris couinait, criait même aurait parié Melinda.

— Calme-toi, lança la scientifique.

Elle glissa son téléphone dans sa poche, alla chercher la cage et se dirigea vers la table. Elle n'y était pas encore que la vitre qui avait été découpée et scotchée la nuit précédente se détacha et explosa littéralement sur la paillasse contre laquelle elle s'appuyait quelques secondes auparavant.

Melinda se rendit à la table d'un pas hésitant et eut à peine le temps d'y poser la cage avant de s'écrouler. Elle tomba à genoux, mais ne ressentit aucune douleur tant elle avait le cerveau obnubilé par les éclats de verre sur le meuble et sur le sol.

Elle aurait pu se couper, très gravement même, et il n'y aurait eu personne pour l'aider. Dieu du ciel ! elle aurait pu se vider de son sang et mourir. Si la souris ne s'était pas énervée… Merde ! ce n'était pas possible ! Comment la souris avait-elle pu prévoir ce qui allait se passer ? Melinda sentit un grand frisson glacial lui parcourir l'échine et ses jambes se couvrirent de chair de poule.

S'éloignant un peu du pied de la table, la scientifique jeta un œil à la souris. Parfaitement calme, celle-ci sauta dans sa roue d'exercice et se mit à courir comme si rien ne s'était passé.

Melinda se releva et la souris se précipita vers le coin le plus éloigné de la porte de sa cage. Melinda mit la main dans la cage et saisit l'animal.

— Désolée, ma belle. Mais si tu connais l'avenir je vais devoir t'examiner. On va faire un ou deux trucs qui ne devraient pas te cramer les neurones. Qu'en penses-tu ?

Puis elle mit la petite bête au milieu d'un enclos plus large et plaça une croquette dans le coin supérieur droit. La souris s'y précipita aussitôt et reçut sa récompense. Melinda s'arrêta, le temps de réfléchir un peu. Après tout, la souris pouvait très bien avoir vu la vitre se détacher et s'apprêter à tomber. En revanche, elle n'aurait pas pu anticiper les conséquences de cet incident. Elle regarda le souriceau explorer son enclos et en renifler les parois. Il avait peut-être lu dans ses pensées et deviné où elle allait poser la croquette. Sauf que cela n'expliquait pas l'histoire de la vitre puisqu'elle n'était pas elle-même au courant. Quelle autre explication pouvait-il y avoir ?

Une dernière expérience et elle s'arrêterait, histoire d'éviter la surchauffe. Le souriceau ne pouvait pas prédire l'avenir, c'était impossible. Comment pouvait-il savoir ce qui ne s'était pas encore passé ? Melinda détestait les paradoxes temporels, ainsi que les romans et les films qui essayaient d'en dépeindre. Ce n'était pas possible, voilà. Croyait-elle.

Elle arracha une feuille de son bloc, la déchira en quatre morceaux et y écrivit les chiffres de un à quatre. Puis elle plia et froissa chaque bout de papier en une petite boule. Elle les réunit dans une main, les secoua et se dirigea vers l'enclos de la souris.

— Alors, mon petit souriceau, quel coin vais-je choisir ?

Elle posa les boules de papier dans le fond de l'enclos. La souris continuait à errer sans but. Puis Melinda posa un doigt sur un papier et la souris se précipita vers le coin inférieur gauche.

— D'accord, voyons un peu si c'est le numéro trois sous mon doigt. Et, si tu as gagné, je te donne deux croquettes.

Elle prit le papier et son pouls s'accéléra. Ses doigts tremblèrent en le dépliant. Très lentement, elle vit apparaître le chiffre trois ! Elle en eut le souffle coupé.

Elle mit deux croquettes dans ce coin de l'enclos. Elle répéta l'expérience et obtint des résultats identiques. Puis elle essaya de désigner d'abord un papier et changea d'avis pour en sélectionner un autre. Elle s'appuya contre le mur. L'importance que revêtait cette expérience pour le monde entier la terrorisait. Elle se laissa glisser au sol et s'assit par terre.

Le monde serait prêt à faire la guerre pour mettre la main sur ce virus miraculeux. Des tas de gens seraient capables de tuer quiconque voudrait les empêcher de l'obtenir. Pas étonnant que son labo ait été cambriolé à deux reprises. Elle se figea en réfléchissant à la prochaine étape logique. Quelqu'un était au courant de la nature du virus. Jusqu'où irait cette personne pour l'empêcher d'explorer son potentiel ?

Chapitre 18

Hamel avait passé des heures à examiner des vidéos de surveillance, à suivre pas à pas les déplacements du cambrioleur et à chercher une explication au fait que les caméras aient été coupées sans que personne ne s'en rende compte, sans oublier que les vigiles n'avaient rien entendu. Il alla jusqu'à descendre lui-même en rappel du toit dans une reconstitution du premier cambriolage.

Frustré de ne rien découvrir, il partit à la recherche de son âme sœur. Personne n'était assez fort pour commettre un crime aussi parfait sans jamais se faire attraper. Le cambrioleur finirait par commettre une erreur et il serait là pour le cueillir. Quiconque menaçait son âme sœur le faisait au péril de sa vie. Hamel comprenait enfin l'étrange comportement des hommes en couple qu'il avait remarqué dans son enfance.

Il trouvait ces types beaucoup trop protecteurs avec leur compagne sans en comprendre la raison. Mais bon, il n'avait jamais été amoureux avant.

Il s'immobilisa à cette pensée. Était-il amoureux ? Était-il possible de le devenir en trois jours ?

Melinda lui avait sauvé la vie, ou, du moins, elle la lui avait rendue moins douloureuse. Son corps aurait sans doute pu surmonter seul les effets du venin du cobra, mais il lui aurait fallu beaucoup plus de temps sans l'antivenin. Il était ravi de découvrir qu'elle aimait autant les animaux, petits et grands. Il adorait son rire, les sourires qu'elle lui adressait et l'éclat de ses yeux quand elle était heureuse. Il aimait même aussi sa maladresse.

Il adorait son esprit et son corps, sa manière de se déplacer dans une pièce d'un pas sûr, dénotant une réelle confiance en elle-même. Il avait aussi beaucoup aimé la voir se rebiffer quand il avait tenté de lui ordonner de passer toute la journée enfermée dans son labo. Il était heureux qu'elle ne soit pas une mauviette parce qu'elle serait obligée de se défendre.

Vu tout ce qu'il appréciait en elle, il se sentait déjà très attaché à Melinda. Merde ! cette histoire allait complètement perturber sa vie une fois cette mission terminée.

À peine eut-il ouvert la porte du labo qu'il perçut l'odeur de la peur de la scientifique.

— Melinda ! cria-t-il en entrant précipitamment.

Il remarqua aussitôt l'absence de vitre sur la fenêtre et les bouts de Scotch qui se balançaient lentement dans la brise. Il sauta par-dessus une table pour traverser plus rapidement la pièce. Puis il aperçut enfin Melinda, assise par terre, dos au mur.

Il passa les mains sous ses épaules et la souleva, la plaquant contre lui. Et l'enlaça sans y penser. Il était si heureux de l'avoir ainsi contre lui. Ses cheveux sentaient la fraise, son parfum préféré. Puis il se souvint de sa mission et s'écarta rapidement d'elle en la repoussant presque contre le mur.

— Oups, désolé, dit-il en la relâchant, se sentant soudain très seul. Vous avez l'air abattue. Que s'est-il passé ? demanda-t-il en l'examinant discrètement pour vérifier si elle était blessée, mais il ne vit pas de sang et ses vêtements n'étaient pas déchirés.

Elle ne répondit pas tout de suite et il s'en inquiéta. Il la dévisagea en fronçant les sourcils. Allait-elle lui mentir ? Il renifla, se fiant à son odeur pour le découvrir.

— Ce n'est rien. Sauf que deux de mes souriceaux sont morts, expliqua-t-elle en détournant le regard. Puis cette vitre s'est fracassée et mon labo a été cambriolé de nouveau. Et je suis fatiguée.

Il sentit qu'elle lui cachait quelque chose. Ce qu'elle avait évoqué ne suffisait pas pour expliquer son coup de blues. Il finirait bien par découvrir le reste.

— Pourquoi ne rentrez-vous pas à la maison ? La semaine a été dure avec tous ces cambriolages. Prenez un jour de congé demain. Vous devez avoir accumulé quelques jours de repos, non ?

— Vous êtes la deuxième personne à me dire cela aujourd'hui, répondit-elle en levant les yeux vers lui.

— Eh bien, c'est réglé alors, non ? dit-il en lui adressant un sourire et en coinçant une mèche de cheveux imaginaire derrière son oreille. J'ai bien l'impression que vous n'avez plus d'autre choix que rentrer chez vous et déboucher une autre bouteille de vin.

Semblant encore un peu hébétée, elle leva la main pour effleurer sa joue, là où il l'avait touchée.

— Oui, c'est une bonne idée. Je vais ranger un peu, aller chercher mon éprouvette et…

— Je m'occupe de tout, dit-il. Je vais veiller à ce que les souris soient mises en sécurité dans l'autre labo. Quel est le meilleur endroit pour cacher le sérum, à votre avis ? Votre frigo a été démoli.

— Il est en sécurité. Je l'ai caché dans le frigo du service de virologie.

— Très bien. Je vais aller voir M. Kintu et lui dire que vous vous absentez jusqu'à ce que nous vous installions correctement et que vous puissiez reprendre vos recherches en toute sérénité.

— Pourquoi êtes-vous si aimable avec moi ? demanda-t-elle en inclinant la tête sur le côté. Vous n'êtes pas obligé.

Hamel soupira. Bon sang ! il ne demandait pas mieux que lui dire la vérité le concernant, sur son identité, sur qui il était et sur son employeur. Il en avait marre d'être sous couverture avec son âme sœur si proche.

Il éprouva une envie terrible de l'embrasser. Tous ses sens le réclamaient. Son jaguar intérieur désirait la rendre heureuse, la voir sourire de nouveau. Il s'approcha d'elle, mais la souris dans l'enclos tout proche se mit à crier avant d'aller se réfugier le plus loin possible de lui.

— Comme c'est étrange ! Elle n'a jamais fait cela avant, s'exclama Melinda.

Maudite bestiole. Elle lui avait gâché ce moment. S'il n'y avait pas eu autant de gens dans le bâtiment, il aurait été tenté de laisser émerger son félin pour qu'il n'en fasse qu'une bouchée. Mais son animal leva les yeux au ciel.

— *Ne me fais pas perdre mon temps*, protesta-t-il.

Hamel se racla la gorge et contourna la table pour aller empoigner la souris et la mettre dans sa cage pour la nuit. Mais l'animal se précipita vers Melinda. Que se passait-il, bon sang !?

— Mes souris ne vous aiment pas beaucoup, lui rappela Melinda en prenant la petite bête dans ses mains pour lui donner une croquette et la mettre dans sa cage.

Hamel s'en souvint, mais comment la souris savait-elle qu'il allait la prendre ? Peut-être était-ce l'odeur de son félin intérieur qui l'avait fait fuir.

— Si je m'absente, aurez-vous de quoi vous occuper aujourd'hui et demain ?

— Ah ! ne vous en faites pas pour moi. J'ai assez de boulot. Prenez un congé et allez vous reposer. Je vais demander à M. Kintu de faire réparer votre fenêtre ou, du moins, d'y faire poser une plaque de contreplaqué si on ne peut pas faire remplacer la vitre tout de suite.

— Merci, dit-elle en se tournant vers lui, pour tout ce que vous avez fait cette semaine. C'est beaucoup plus que la majorité des agents du Comité de surveillance, j'en suis sûre. C'est Halloween samedi. Ne forcez pas trop la dose dans les bars si vous ne voulez pas vous retrouver avec une gueule de bois comme ce matin, ajouta-t-elle en souriant et en prenant la cage.

— Pas de souci, répondit-il en hochant la tête. J'ai bien l'intention d'éviter les bars. Bon week-end !

Melinda prit son sac et partit avec la cage.

Hamel soupira et se passa une main sur la tête. Merde ! il était très perturbé. Il savait ce qu'il avait à faire, mais il ne pouvait pas s'empêcher d'avoir envie de suivre son âme sœur jusque dans son lit.

Il jeta un œil au frigo démoli. Le cambrioleur cherchait l'éprouvette, il en était persuadé. Que se passerait-il quand il découvrirait qu'il ne l'avait toujours pas ? S'en prendrait-il à Melinda ? Combien de temps lui restait-il avant que cela se produise ? Un jour ou deux ?

Il trouvait de plus en plus attirante l'idée de la jeter sur son épaule comme un homme des cavernes pour l'éloigner d'Entebbe. C'était difficile d'assurer sa protection sans lui dévoiler sa couverture. Il avait eu beaucoup de chance la veille et le matin même. Heureusement, personne n'avait attaqué la jeune femme pendant qu'il se remettait de la morsure du cobra. Il avait été bien secoué. Il ne se souvenait de rien entre le moment où le serpent l'avait mordu et celui où il s'était réveillé dans l'herbe à la porte du Refuge.

C'était probablement Melinda qui l'y avait conduit, pensa-t-il, mais pourquoi l'avait-elle laissé dehors à la porte ? Et qui lui avait injecté le sérum ? Il l'avait senti circuler dans ses veines et l'aider à se rétablir. En se remémorant la situation, il se rappela aussi un vieil homme qui lui parlait pendant qu'il était allongé au sol. Mais sans se souvenir de ce qu'il lui avait dit. Quels propos lui avait-il tenus ? Le vieillard pensait sans doute avoir affaire à une panthère et cherchait à le faire partir.

Hamel sortit du labo. Il devait parler à Kintu et se rendre chez Melinda sans trop tarder. Il n'aimait pas la savoir seule. Pas du tout.

Chapitre 19

Hamel s'éloigna lentement de sa voiture, où il s'était déshabillé, et pénétra dans le bois à pas feutrés. Le fourré qui bordait la plage était la planque idéale. Au début, il avait craint qu'il ne constitue un problème en l'empêchant de la surveiller, avant de se rendre compte que c'était l'endroit parfait pour son jaguar.

C'était la fin de l'après-midi, il ne faisait pas encore tout à fait sombre. Il pénétra donc un peu plus profondément dans le bois et se retrouva plus près de la plage que les autres fois. Il ne voulait surtout pas que des gamins l'aperçoivent et se mettent à courir après la jolie panthère. Il était bien un jaguar, mais noir, avec des taches qui n'étaient visibles que de très près.

Il s'était suffisamment éloigné vers le sud pour couper à travers bois et se rapprocher de la maison de Melinda. Il se dirigea vers son balcon équipé d'une table et de sa chaise-hamac qui avait l'air si confortable qu'il aurait bien aimé l'essayer. Il n'avait jamais réussi à utiliser les hamacs tendus entre des arbres dans les grands centres de vacances qu'il avait fréquentés. Son jaguar s'était beaucoup moqué de lui, cet imbécile d'humain incapable de rester en équilibre sur une couverture attachée entre deux arbres.

Une odeur familière lui chatouilla les narines. Ténue, mais reconnaissable entre mille. Puis il aperçut le bungalow de Melinda. Les portes du balcon avaient été forcées et ne tenaient presque plus. Envahi par une bouffée d'adrénaline, il partit en courant, sauta par-dessus la rambarde et atterrit sur le balcon, où il perçut une odeur de peur. La même qu'au labo peu de temps auparavant.

Il renifla les portes mais ne sentit rien, ce qui dénotait l'usage d'un inhibiteur d'odeur, une fois de plus. Il glissa la tête à l'intérieur et tendit l'oreille, à l'affût de tout mouvement. Mais il n'entendit que de légers sanglots.

Il pénétra dans la petite maison et regarda tout autour de lui. On aurait dit un dépotoir. Tout ce que la pièce contenait avait été jeté au sol. Des papiers, des livres, un ordinateur, des stylos. Même le matelas avait été retourné. Le plancher était jonché de vaisselle et de casseroles. Les portes des placards béaient, et de la nourriture était éparpillée partout. Une fine poudre blanche recouvrait tout.

Il se laissa guider par son odorat et trouva Melinda recroquevillée dans un coin près de la porte d'entrée.

Elle avait dû remarquer les dégâts tout de suite en entrant et n'était pas allée plus loin.

Bon sang! il souffrait pour elle. Il aurait voulu se transformer et la prendre dans ses bras, la réconforter, la rassurer que tout irait bien dorénavant maintenant qu'il était là avec elle. Il aurait voulu lui dire qu'il la protégerait et ne la quitterait plus jamais, sauf quand elle irait aux toilettes et, là, il resterait devant la porte. Son envie de la surprotéger se manifestait de nouveau.

Elle écarquilla les yeux en l'apercevant et prit une longue inspiration, sans doute pour mieux crier ensuite. Il se laissa tomber au sol pour lui montrer qu'elle n'avait rien à craindre de sa part. Malheureusement, il atterrit sur des fourchettes et d'autres ustensiles de cuisine à bout pointu.

Il garda les yeux fermés, s'attendant à entendre un hurlement à lui défoncer les tympans d'une minute à l'autre. Mais rien.

Il souleva une paupière et constata qu'elle n'avait pas bougé. Elle avait la bouche ouverte mais semblait plus étonnée qu'effrayée. Il eut envie de ramper jusqu'à elle mais hésita en sentant les dents des fourchettes lui pénétrer dans les chairs.

Eh ben, merde! que pouvait-il bien faire? S'il se soulevait un tant soit peu, elle risquait de croire qu'il s'apprêtait à lui sauter dessus. Ce serait la même chose s'il se remettait sur ses pattes. Aucun de ces plans n'étant viable, aussi décida-t-il de se mettre sur le dos, les pattes en l'air. Ce n'était pas aussi élégant qu'il aurait aimé, mais au moins il s'était éloigné des fourchettes.

Un petit gloussement lui parvint. Allait-elle s'écrouler en une crise de rire hystérique annonciatrice d'une dépression nerveuse ? Cela aurait été parfaitement compréhensible. Victime d'un cambriolage avec effraction dans sa propre maison, la pauvre Melinda devait se sentir agressée, violentée, voire salie, même si rien de tout ça n'était sa faute.

D'après son odeur, ces gloussements étaient plutôt joyeux. Il conserva sa posture non menaçante tout en risquant un œil dans sa direction. Ses yeux brillaient de larmes contenues et une main cachait un léger sourire tandis que son regard était dirigé vers son estomac.

Il baissa les yeux et vit que son ventre était entièrement recouvert de poudre blanche. Il n'avait plus besoin de craindre de l'effrayer. Il devait plutôt se soucier d'avoir l'air ridicule. Heureusement que se collègues de l'agence étaient tous très loin.

Il se frotta pour se dépoussiérer du mieux qu'il put. Puis il se retourna pour se mettre sur le ventre et posa la tête sur ses pattes.

— Ah ! comme tu es mignon, mon gros minet ! s'exclama-t-elle.

Hamel se réjouit de l'entendre. Jusqu'à ce que son jaguar intérieur lui rappelle que tout le monde trouvait les minets mignons. Merde ! ne pouvait-il pas un seul instant se laisser aller à se réjouir ? Mais non. Son félin intérieur faisait toujours en sorte de l'empêcher d'avoir la grosse tête.

Elle ne pleurait plus, c'était déjà ça. Il se demanda s'il pouvait s'approcher un peu plus d'elle. Il avança en se poussant à l'aide des pattes arrière. Elle ne sembla pas effrayée. C'était bon signe. Il recommença et s'arrêta à une cinquantaine de centimètres d'elle.

Il ne détecta aucune trace de peur dans son odeur, aussi reprit-il sa manœuvre. Elle avança des doigts hésitants vers lui et lui racla les oreilles avec les ongles. C'était très agréable. Cela faisait très longtemps en effet qu'on ne lui avait pas ainsi caressé la tête.

Il s'approcha encore et posa la tête sur ses pieds. Des deux mains, elle lui caressa le cou et continua un peu plus bas. Ah que c'était bon ! Il rampa un peu plus vers elle, posa la tête sur sa cuisse et se retourna, exposant en partie son ventre.

La peau à cet endroit était très sensible et elle la lui grattouilla des ongles. Bordel de merde ! c'était encore meilleur que le sexe avec n'importe quelle femme. Ce serait tellement incroyable avec Melinda si jamais il y parvenait. Pour l'instant, il devait se contenter de ces câlins. Oh ouais, bébé !

Il ne put s'empêcher de ronronner. Quelle chance que ses collègues ne le voient pas dans cet état, ne put-il s'empêcher de penser encore une fois. Il cessa petit à petit de planer et, revenant sur terre, il se rendit compte que Melinda avait cessé de lui prodiguer ses caresses paradisiaques. Il fit le point sur la situation.

Il était étendu entre les jambes allongées de Melinda, le haut de son dos posé sur une de ses cuisses. Il avait une patte sur l'épaule de la jeune femme, une autre coincée sous son genou, et une troisième dressée, exposant son paquet à la vue de tous. *Houla !* Il baissa rapidement cette patte. Pas besoin de chercher à l'impressionner avec ça. Elle l'apprécierait encore plus sous sa forme humaine.

Il déplaça son poids pour lui soulager la jambe, posa la tête entre ses genoux et inspira profondément. C'était paradisiaque.

Oh merde ! Il leva la tête pour voir son expression. Avait-il l'air ridicule ? Heureusement que les animaux ne rougissaient pas. Elle le regarda en souriant.

— Tu es mon ange gardien, n'est-ce pas ? Je suis soulagée que tu aies survécu à la morsure du cobra. J'aurais été malheureuse si tu étais mort.

Ouais, lui aussi, pas de doute.

— Tu es si joli, si doux. Je pourrais te caresser toute la nuit.

Hamel ne demandait pas mieux !

Melinda poussa un grand soupir et balaya la pièce du regard.

— Comment est-ce que je vais pouvoir ranger tout ça ? dit-elle. J'aimerais beaucoup que Hamel soit là, même si je déteste le reconnaître.

Elle avait fini par s'habituer à lui. Elle l'aimait bien, au bout du compte. Et même un peu plus que ça, pour être honnête. Mais ce n'était pas possible.

Elle repensa à son étreinte au labo, récemment. Il l'avait soulevée du sol avec ses bras incroyablement musclés comme si elle avait été aussi légère qu'une plume.

Elle avait ressenti tellement de choses ainsi plaquées contre son torse, emprisonnée entre ses bras. Elle n'avait jamais éprouvé un tel sentiment de sécurité et de paix. Et puis, merde ! il sentait tellement bon. Elle adorait son sourire éclatant et voir ses yeux briller quand il riait. Et comment il prenait les choses en main quand elle avait l'impression de ne plus rien contrôler. Ce qui lui était arrivé plus souvent qu'à son tour ces derniers jours. Elle serait ravie de lui donner tout le contrôle qu'il voulait, là tout de suite.

Mais il n'était pas là. Elle appuya sa tête contre le mur.

— Ce cambriolage ne devrait pas trop m'étonner après tout. J'avais apporté le sérum chez moi hier soir. Quelle chance que le type l'ait cherché au labo plutôt qu'ici. (Elle se frotta les yeux). J'en ai tellement marre, mon beau minet. Si tu savais comme j'aimerais être débarrassée de tout ça.

Elle n'avait jamais rien fait pour mériter cela.

Une chose l'inquiétait encore terriblement : le sérum était toujours en sa possession. Où et quand l'ennemi frapperait-il la prochaine fois ?

Chapitre 20

Sa maison avait été mise à sac. Assise sur le plancher à côté de la porte, Melinda se sentait incapable de s'aventurer plus loin. Il le faudrait bien pourtant. Elle finit donc par se relever et s'étira longuement le dos. Le jaguar était parti, il faisait nuit.

Dembe avait raison de dire qu'elle devrait prendre des vacances. Elle en avait bien besoin. Mais, pour l'instant, sa maison ressemblait à un champ de bataille. Elle sentit un gémissement monter dans sa gorge. Elle détestait faire le grand ménage. C'était la raison pour laquelle elle rangeait et nettoyait tout au fur et à mesure quand elle faisait la cuisine ou quoi que ce soit d'autre.

Encore en tenue de travail, elle se rendit à sa chambre et prit une douche pour se libérer un peu de son stress. Elle enfila ensuite des leggings et un tee-shirt. Elle commença par ramasser la nourriture et la vaisselle éparpillée au sol. Au bout d'un certain temps, son esprit logique reprit le dessus sur la terreur qui l'avait paralysée.

Pourquoi s'attaquerait-on à elle ? Ce n'était peut-être pas du tout personnel. Peut-être que le cambrioleur voulait simplement s'emparer du sérum. Cette pensée la rassura énormément. Le cambrioleur, quelle que soit son identité, avait bien fait ses recherches. Il savait où elle mettait son ordinateur portable sous clé, qu'elle avait fabriqué un sérum, et quel était son laboratoire. Le connaissait-elle ?

Tout avait commencé deux jours plus tôt, le jour même où le docteur Hamel avait fait son apparition dans sa vie. Dieu du ciel ! elle avait l'impression que des semaines s'étaient écoulées depuis, et non pas seulement quelques jours. Était-ce vraiment une coïncidence que Hamel soit arrivé le jour même du premier cambriolage ? Il avait reçu l'autorisation de Kintu. Il venait du… se rappela Melinda avant de sursauter. Hamel ne travaillait pour le CDC ! Avec tout ce qui était arrivé après son coup de fil à Atlanta, elle avait oublié ce détail. Hamel était un imposteur. Bordel de merde ! c'était lui l'ennemi.

C'était plausible. Sa personnalité atypique pour un agent du Comité de surveillance, la terminologie peu scientifique qu'il employait. En outre, il était arrivé en retard ce matin-là. Pas parce qu'il était allé au bar, non. Plutôt parce qu'il devait fouiller sa maison à la recherche du sérum pendant qu'elle était au labo. Il connaissait parfaitement son emploi du temps. Il avait pris tout son temps. Quand elle l'avait appelé, il était probablement chez elle. C'était la raison pour laquelle il lui avait dit de rester au labo. Il ne pouvait pas courir le risque qu'elle parte, qu'elle entre chez elle.

Ne devrait-elle pas appeler les autorités ? Entebbe n'était pas Atlanta, où les flics finissaient toujours par attraper les bandits. Les « policiers » de ce pays déambulaient dans les rues la mitraillette à l'épaule et des grenades plein les poches. Elle comprenait que Kintu préfère ne pas ébruiter cette affaire. C'était un bon conseil et elle entendait bien le suivre. Elle le lui dirait le plus tôt possible le lendemain matin. C'était la meilleure solution. Hamel pensait qu'elle prenait une journée de congé.

Zut ! elle lui avait dit où elle avait caché le sérum dans l'autre laboratoire. Il n'attendrait sûrement pas le lendemain quand les techniciens seraient au travail pour perpétrer son vol. Il profiterait de la nuit quand il n'y avait personne. Elle avait regardé sa montre à peine cinq minutes plus tôt. Si elle partait immédiatement, elle arriverait au labo avant lui. À tout le moins elle se devait d'essayer.

Elle mit ses chaussures de sport, attrapa ses clés et se hâta de sortir de chez elle. La nourriture et la maison saccagée attendraient. Rien n'était plus urgent que d'empêcher le sérum de tomber entre les mauvaises mains. Elle n'avait aucune idée de ce qu'il entendait faire du virus. Il y tenait tellement que ses raisons ne devaient pas être très honnêtes.

Il y avait peu de circulation en ce début de soirée, surtout des mobylettes et des motos, le mode de transport préféré des résidents de la ville. Les rues, toutes très étroites, étaient pavées. La route principale menait de l'aéroport d'Entebbe à la pointe sud de la péninsule, au nord de Kampala, la grande ville la plus proche. L'environnement du Laboratoire ougandais de recherche sur les virus étaient bien plus agréable que le reste de la ville. Beaucoup d'argent y avait été investi pour le logement des scientifiques et des grands pontes en visite.

Elle ralentit en approchant du portail de l'entrée. Elle ne voulait surtout pas éveiller les soupçons. Elle remit son badge au vigile, qui l'examina soigneusement et passa deux coups de fil depuis l'intérieur de la guérite, ce qui prit plusieurs minutes. La sécurité était sans doute renforcée à la suite des deux cambriolages. Elle se sentit donc un peu plus en sécurité mais tout ce temps perdu commença néanmoins à l'agacer.

— Il est bien tard pour venir travailler, mademoiselle Caster, vous ne trouvez pas ? lui dit le vigile en lui rendant son badge.

— Oui, mais je prends quelques jours de congé à partir de demain alors ça compense, dit-elle en voyant la barrière commencer à se lever. Est-ce que le docteur Hamel est arrivé ?

— Non, mademoiselle. Je suis ici depuis quelques heures déjà et je ne l'ai pas vu.

Melinda en fut soulagée. Elle était arrivée avant lui. Dans l'éventualité, bien entendu, où il allait revenir pour lui voler son travail. Devrait-elle demander qu'il ne soit pas admis ? Cela ferait des histoires si elle allait jusque-là et elle n'avait pas le temps de répondre à la myriade de questions que le capitaine de la sécurité ne manquerait pas de lui poser.

— Merci, dit-elle en lui adressant un geste de la main tandis qu'elle avançait sous la barrière et se dirigeait vers le parking de son bâtiment.

Un autre vigile était en faction à la porte. Il examina minutieusement son badge et appela par radio son collègue de l'entrée. Ils confirmèrent ensemble son identité et elle put entrer.

La nuit, une atmosphère étrange régnait au laboratoire, car la plupart des lumières étaient éteintes et les locaux presque déserts. En passant devant la cantine, Melinda vit par la fenêtre Hamel qui arrivait par le côté. Merde ! il était déjà là. C'était lui le coupable.

Oui, mais le vigile avait bien dit qu'il ne l'avait pas vu arriver. Ce détail ne pouvait que confirmer ses soupçons.

Elle allait devoir faire vite.

Chapitre 21

Nerveuse, Melinda chercha discrètement sur son trousseau la clé du laboratoire de virologie. Les scientifiques s'échangeaient les clés de leurs labos respectifs pour le cas où ils en auraient besoin quand ils travaillaient tard le soir après que les collègues étaient rentrés chez eux. Ils préféraient que cela ne s'ébruite pas. Ils avaient pris cette décision pour éviter les accès de colère qui s'étaient produites dans le passé quand un chercheur n'avait pas pu récupérer quelque chose dont il avait impérativement besoin dans un labo fermé à clé. Ces clés lui étaient donc très utiles.

Melinda parvint enfin à déverrouiller la porte et se faufila à l'intérieur. Elle alluma et se hâta vers le frigo. L'éprouvette avec son bouchon de caoutchouc se trouvait exactement à l'endroit où elle l'avait mise. Elle glissa la petite fiole dans la poche de son pantalon et se rua vers la sortie, mais elle entendit des voix dans le couloir juste de l'autre côté de la porte. Elle reconnut celle de Hamel. Merde !

Elle se plaqua contre le mur derrière la porte en la voyant s'ouvrir.

— Melinda ?

Comment savait-il qu'elle était là ? Il devait l'avoir vue. Purée ! comment allait-elle sortir de là ? Allait-il la tuer ? Est-ce que les méchants ne finissaient pas toujours par éliminer les témoins gênants ?

Elle empoigna par la tige le microscope posé sur la paillasse à côté d'elle. Quand Hamel pénétra dans le labo, elle souleva l'engin et lui en assena un grand coup sur la tête. Hamel chuta lourdement au sol, elle le contourna et sortit en refermant violemment la porte derrière elle.

Elle se mit à courir, espérant rejoindre le vigile de l'entrée, avec lequel elle serait en sécurité.

— Melinda !

Merde ! elle était pourtant persuadée de l'avoir frappé suffisamment fort pour le plonger dans le coaltar quelques minutes au moins. L'enfoiré devait avoir le crâne solide.

Elle parvint à l'embranchement du couloir qui menait à son labo.

— Melinda ! Arrête ! cria Hamel en s'approchant dangereusement.

Elle n'était même pas arrivée à la cantine. Elle ne réussirait jamais à sortir du bâtiment. Un peu plus loin dans le couloir, à la porte d'un petit labo, elle vit un homme, un concierge sans doute, qui poussait un chariot d'entretien.

— Attendez ! le supplia-t-elle.

Elle n'avait pas osé parler trop fort à l'employé, qu'elle rejoignit en une seconde à peine.

— Walog ! s'exclama-t-elle en le reconnaissant immédiatement. Heureusement que vous êtes là !

Elle le repoussa dans le labo avec son chariot, referma la porte et poussa le verrou.

Une lampe posée non loin d'eux éclairait faiblement la pièce et elle put voir où elle se trouvait. Walog voulut dire quelque chose mais elle lui fit signe de se taire et l'attira vers la lumière.

— Melinda ! c'est moi, Hamel. Tout va bien ! l'entendit-elle crier depuis le couloir.

— Ouais, grinça-t-elle. Hamel le voleur et le vandale.

Walog se retourna vers elle, les yeux écarquillés.

— C'est lui qui a cambriolé votre laboratoire, qui vous a volé des choses ?

— Oui, confirma-t-elle d'un hochement de tête. Il veut mettre la main sur le sérum, mais il est en sécurité dans ma poche, ajouta-t-elle en la tapotant de la main.

Ils contournèrent tous deux la table et se hâtèrent vers l'autre extrémité de la pièce. Melinda éteignit la lampe, s'accroupit et, d'une main, elle attira Walog, qui lâcha son chariot.

Des coups martelés à la porte la firent sursauter. Que se passait-il, bon sang !? Lui avait-il mis un traceur ? Comment savait-il qu'elle se trouvait là ?

La poignée fut secouée mais le verrou ne bougea pas. Ils devraient être en sécurité. Hamel ne pouvait pas attendre là toute la nuit. Mais, à son grand étonnement, elle entendit une sorte de grincement métallique, comme s'il insérait une clé dans la serrure. Elle n'aurait pas dû être étonnée pourtant : est-ce que tout voleur qui se respectait n'avait pas un passe-partout ?

Walog se laissa aller lourdement contre elle, tellement qu'elle faillit tomber sur le côté. Elle le repoussa, mais elle sentit ses mains se balader sur son corps. Que se passait-il, merde !? Ce n'était ni le moment ni l'endroit pour la peloter. Et puis, enfin, ce type était marié.

— Walog ! arrêtez !

Elle le repoussa comme elle put dans l'obscurité, mais le sale type insista.

Melinda sentit l'éprouvette glisser de sa poche et Walog disparut subitement. Elle se releva prestement et tenta de le suivre. Elle perçut du tissu sous ses doigts à l'instant même où la lumière s'allumait. Walog l'attrapa par le poignet et la propulsa contre le chariot d'entretien. Elle ne le heurta pas aussi violemment qu'elle l'avait anticipé et put stopper sa chute en se retenant des deux mains. Malheureusement, le chariot était sur roulettes et elle le sentit partir.

Elle s'agrippa à la poignée et perdit le contrôle de ses jambes. Le chariot fut propulsé vers l'avant, passa entre deux tables et heurta le mur d'en face avant d'être repoussé vers l'arrière dans un grand ricochet, et Melinda se retrouva au sol.

La porte s'ouvrit et Hamel s'avança vers elle.

— C'est lui qui a le sérum ! cria-t-elle en désignant Walog du doigt.

Hamel s'arrêta et se tourna vers le concierge, qu'il vit se hâter vers la porte. Le scientifique bondit alors par-dessus la table. Melinda le regarda, ébahie. Était-ce une sorte de surhomme ? Aucun être humain normalement constitué n'était capable de ce genre d'exploit.

— Ne cassez pas l'éprouvette ! cria-t-elle en l'apercevant dans la main du concierge au moment où Hamel le taclait.

Le scientifique referma une main sur celle de Walog pour empêcher la fiole de sérum de se fracasser au sol. Puis il assena un coup de poing au concierge en plein visage sans toutefois réussir à l'arrêter. L'homme se retourna et fit valdinguer Hamel d'un coup dans les côtes, mais celui-ci n'avait pas relâché son étreinte et le concierge n'alla donc pas très loin.

Il attrapa le poignet de Hamel pour lui faire lâcher prise au moment même où ce dernier empoignait le petit tube de verre. Le scientifique avait gagné, mais le concierge était très en colère. Il se releva en haletant, les yeux brillant d'une lueur rouge. Melinda poussa un hurlement et mit la main devant sa bouche.

Walog n'avait l'air ni humain, ni sympa. Il ouvrit la bouche et la voix graveleuse qui en émergea n'était pas la sienne.

— Donne-moi le virus et je te laisserai vivre.

Melinda entendit couiner une souris. Elle jeta un œil dans la poubelle qui gisait sur le côté et aperçut une de ses cages. Quoi encore ? Elle sortit la cage et la redressa doucement. La mère souris allait bien mais le souriceau aux pouvoirs de précognition ne bougeait plus. Melinda n'aurait pas su dire s'il était mort le cerveau cramé par le surmenage ou parce qu'il avait été maltraité. Peu importait de toute manière. Il n'était plus. Si le sérum était détruit, la petite bestiole encore en vie au fond de la cage était un des derniers spécimens qui lui restaient. Il fallait la protéger à tout prix.

Et que faisait cette cage dans la poubelle de Walog ?

Elle vit Hamel exécuter un vol plané à travers la pièce et atterrir sur la paillasse à côté d'elle. Elle s'écarta rapidement pour l'éviter. Il secoua simplement la tête et se releva. Il tendit la main vers elle et elle vit l'éprouvette. Elle l'empoigna et la maintint contre elle, avant de le regarder, les yeux écarquillés.

— Qui êtes-vous ? demanda Hamel au concierge.

— Personne, grogna à l'unisson la multitude de voix émergeant de la bouche de Walog. Donnez-nous le sérum et nous quitterons votre monde.

Abasourdie, Melinda inspira longuement. Dieu du ciel ! elle savait ce qu'il était. Ses parents lui avaient beaucoup parlé des démons capables de posséder un humain, de le contrôler. Comme dans *L'Exorciste* mais en version 2.0. Cette situation devenait de plus en plus incroyable. Oh mon Dieu ! Walog allait bientôt se mettre à vomir de la purée verte et à grimper au plafond.

— Il nous faut de l'eau bénite ! Il faut l'exorciser ! marmonna-t-elle.

Walog était un pauvre villageois du fin fond de la brousse prêt à tout pour sa famille, y compris à vendre son âme aux démons dans un pays qui pratiquait encore le vaudou. Dit comme ça, cela avait l'air tout à fait normal. Sauf qu'elle ne croyait pas aux démons, pas vrai ? Elle regarda Walog et conclut qu'en fin de compte elle y croyait peut-être. Elle ne pouvait pas en effet nier ce qu'elle voyait de ses propres yeux.

— Pourquoi les démons désirent-ils posséder un virus qui n'est pas mortel ? demanda Hamel, exactement la question que désirait poser la scientifique. N'est-ce pas après tout ce que vous souhaitez ? Tuer un maximum d'êtres humains pour contrôler le monde ou des conneries comme ça ?

— Donnez-nous le virus et nous vous laisserons la vie sauve, dit la voix inhumaine en une sorte de gargouillis immonde.

Une petite centrifugeuse vola alors vers Melinda. Elle l'esquiva de justesse. Elle tenait l'éprouvette et elle redevenait donc la cible des démons. Hamel avait dû penser la même chose. Il souleva la poubelle et la renversa sur elle.

— Hamel, merde ! enlevez-moi ce truc ! cria-t-elle en martelant les parois des poings.

Elle essaya bien de glisser les doigts sous le rebord mais elle ne parvint pas à la soulever n'ayant aucune prise. Avec la cage à souris sur les genoux, elle était incapable de bouger.

Elle sentit quelque chose de lourd heurter sa prison de plastique. Il valait peut-être mieux après tout qu'elle reste là jusqu'à ce que Hamel lui dise qu'elle pouvait sortir. Mais, bordel de merde ! elle avait très envie de voir la bagarre entre Walog possédé par les démons et Hamel. Ce genre de chose ne lui était jamais arrivé. Mais bon, c'était sans doute très dangereux, alors il valait mieux qu'elle ne bouge pas.

Une véritable tempête se déchaîna autour de son refuge de plastique. Le bruit du vent tourbillonnant dans la pièce la fit sursauter. Elle entendit des chocs comme des appareils heurtant des surfaces dures. Elle perçut également des hurlements sonores et une sorte de feulement félin. Il y avait donc aussi des animaux dans le labo ? Sa pauvre petite maman souris allait sans doute être traumatisée.

Puis le silence se fit enfin. Elle retint son souffle, essayant d'entendre quelque chose, et finit par percevoir des bruits de pas.

— Melinda ! ça va ?

La poubelle se souleva et la scientifique plissa les yeux sous l'éclairage vif. Ses pupilles finirent par s'adapter à la lumière environnante et elle put regarder autour d'elle. On aurait dit son labo quelques jours plus tôt. Tout ce qui n'était pas fixé au sol avait été renversé.

— Que s'est-il passé ? demanda-t-elle, le cœur battant la chamade. Pourquoi Walog avait-il les yeux rouges et cette étrange voix ?

Elle se souvint alors que c'était Hamel le voleur. Mais non… Pourquoi Walog avait-il tenté de s'emparer du sérum ? Et pourquoi avait-il été possédé ? Pourquoi voulait-il les résultats de ses recherches ? Elle était vraiment très perplexe.

Hamel lui prit la cage des mains et la posa sur la paillasse. Melinda se releva prestement.

— Ne m'approchez pas, Hamel !

— Melinda, je ne suis pas le méchant dans cette histoire, lui dit-il, l'air déconcerté. C'est Walog.

Non, elle refusait de le croire. Dembe connaissait la famille du concierge. Des gens honnêtes. Il y avait un énorme problème si c'était lui le voleur et tout portait effectivement à le croire. Elle n'avait sûrement pas tous les faits en sa possession.

— Cet homme est un bon travailleur qui essaie de faire vivre sa famille, dit-elle avant de le chercher des yeux. Il commence peut-être juste un peu trop tôt à fêter Halloween, dit-elle, son pouls s'accélérant. Vous l'avez tué ?

— Non. Juste assommé. Il est allongé là-bas, sur le plancher, dit-il en le lui indiquant d'un geste du menton.

Elle recula un peu pour s'appuyer contre un placard et garda un œil sur Hamel tout en regardant Walog.

— Et cela n'a rien à voir avec Halloween. Ce n'était pas lui qui nous parlait.

— Si vous n'êtes pas le voleur, alors comment expliquez-vous votre présence ici ?

— Ici, dans ce labo, ou en Ouganda ?

— Les deux.

Melinda vit alors le concierge, toujours inconscient. Elle se précipita vers lui tout en glissant l'éprouvette dans son soutien-gorge pour la mettre en sécurité. Elle n'avait pas trouvé mieux. Elle s'agenouilla et posa les doigts sur le cou de Walog. Son pouls était stable. Dieu merci ! il n'était pas mort…

Soudain, il ouvrit les yeux. Un point rouge s'alluma au milieu de chacune de ses pupilles, qui se posèrent sur elle. Ahurie, elle s'écarta rapidement mais il lui empoigna le cou d'une main et elle se sentit tout de suite étouffer.

— Donnez-moi le sérum, exigea-t-il.

Ah, purée! Hamel avait peut-être raison. Walog avait de gros problèmes. Hamel la rejoignit immédiatement. Il cogna la tête du concierge sur le sol, le plongeant de nouveau dans l'inconscience; sa main relâcha la gorge de Melinda. Elle recula rapidement mais n'alla pas loin, arrêtée par la table renversée et les autres appareils qui jonchaient le sol.

— Restez bien loin de moi tous les deux, grogna-t-elle, les mains tremblantes.

Elle avait fini par comprendre pourquoi la cage des souris était dans la poubelle. Walog allait l'emporter. Elle lui avait dit plus tôt où elle avait caché ses souris. Tout comme elle avait dit à Hamel où elle avait planqué le sérum. Elle devait absolument apprendre à mieux garder ses secrets.

— Il n'arrêtera pas, dit Walog en ouvrant la bouche, les yeux toujours fermés, tant qu'il n'aura pas l'élixir et toute une armée de démons mutants sous ses ordres.

Puis un nuage de vapeur s'échappa de sa bouche, comme de la fumée sortant d'une cheminée. Il flotta un instant au plafond avant de disparaître subitement dans un léger « pouf ».

Le corps allongé au sol gémit. Hamel plaça une main sous la tête du concierge.

— Walog, m'entendez-vous ?

La respiration de l'homme se fit de plus en plus superficielle et saccadée. Ses yeux avaient repris une apparence humaine.

— Dites à ma femme et à mes enfants que je les aime, les supplia-t-il en refermant lentement les paupières. Je regrette de vous avoir fait du mal. Il m'a menti. Il a dit qu'il aiderait ma famille. Il m'a menti…

Puis le corps de Walog se détendit et il poussa son dernier soupir.

Chapitre 22

Hamel reposa délicatement la tête de Walog sur le plancher et recula d'un pas. Il avait le cerveau en compote après tout ce qui s'était passé ces cinq dernières minutes. Il devait à tout prix établir ses priorités. D'abord son âme sœur, qui passait avant tout. Il se retourna et vit Melinda scruter le cadavre de Walog. Elle leva les yeux vers lui et s'éloigna rapidement. Elle avait une lueur de crainte dans le regard et il reconnut l'odeur de sa peur.

— Melinda… s'il vous plaît ! dit-il en levant les mains dans un geste de supplication.

— Non, réagit-elle en empoignant un flacon de verre au long col étroit. N'approchez pas ou je vous frappe !

Elle heurta la paillasse avec le flacon, pas trop fort, juste assez pour l'ébrécher et s'en servir comme arme.

Mais le flacon ne se brisa pas et elle l'abattit de nouveau sur le comptoir.

— Casse, merde ! ragea-t-elle en refaisant le même geste sans plus de résultat. Purée ! ce truc me résiste pile au moment où j'ai besoin de le casser !

Hamel eut recours à sa célérité surnaturelle et se retrouva subitement derrière elle. Il s'empara du flacon pour l'empêcher de se blesser. D'après ce qu'il avait pu constater, Melinda attirait sérieusement la malchance. Il reposa le flacon puis passa les mains autour de sa taille et la hissa sur la paillasse, s'insinuant entre ses jambes.

— Hé ! vous voulez bien vous calmer un peu ?

Il ne cacha pas son exaspération. Il ne se souvenait pas de la dernière fois où il avait éprouvé ce sentiment. Peut-être jamais en fait. Super ! il ne lui avait fallu que quelques minutes pour lui faire perdre son sang-froid. La vie avec elle allait s'avérer particulièrement intéressante. Il emprisonna ses deux mains dans une seule des siennes et les posa sur ses genoux.

Mais il lui effleura accidentellement l'entrejambe. Une chaleur intense en émanait. Les leggings de Melinda épousaient parfaitement ses courbes. Il sentit une ardeur équivalente monter en lui. Il avait passé les derniers jours avec elle, il l'avait surveillée continuellement mais sans jamais pouvoir l'étreindre. Ses défenses tombaient les unes après les autres.

Maintenant que le voleur avait été appréhendé sur le fait, cette histoire était terminée et il ne lui restait plus qu'à séduire sa petite âme sœur et à la garder près de lui. Comment pourrait-elle lui résister ?

Il devait commencer par appeler Kintu et lui demander de les rejoindre, et ensuite attendre que

Melinda ait retrouvé tout son calme. Il s'exécuta donc, puis rangea son téléphone dans sa poche et accorda toute son attention à son âme sœur.

— Vous avez un paquet de questions à me poser, j'imagine. Alors, allez-y.

Abasourdie, elle ne put que marmonner des phrases décousues.

— Vous ne pouvez pas juste m'ordonner de poser des questions. Oui, j'ai des questions, poursuivit-elle en secouant la tête, se rendant compte qu'elle bégayait, qu'elle s'exprimait mal. Vous savez ce que je veux dire. C-comment... Je veux dire... V-vous... et tout ça, termina-t-elle en dirigeant son regard vers l'endroit où avait flotté l'aura de Walog au-dessus de son corps avant de disparaître.

— Ne vous inquiétez pas, ma belle, dit-il.

Merde ! pourquoi avait-il dit cela ? Il ne l'avait jamais dit à aucune femme avant Melinda. Une expression clairement désapprobatrice apparut sur le visage de son âme sœur.

— Ne m'appelez jamais « ma belle », « ma chérie » ou « bébé », gronda-t-elle, ou je vous transforme en eunuque avant même que vous ayez le temps de vous demander comment protéger vos testicules.

Hamel sentit son corps, et plus particulièrement le bas de son corps, se recroqueviller en entendant cette déclaration.

— J'en tiendrai compte, promit-il.

— Relâchez-moi et reculez un peu. Je ne ferai rien d'autre qu'attendre calmement l'arrivée de M. Kintu.

Il lui libéra les mains avec regret et fit un pas vers l'arrière. Son félin intérieur protesta et l'incita à ne pas s'éloigner d'elle. Il n'avait pas été aussi près d'elle depuis le moment où elle l'avait longuement caressé sous sa forme animale.

Au moins, elle ne dégageait plus d'odeur de peur. Elle devait être simplement perplexe. Que devait-il lui dire ? Sa couverture était probablement foutue. Cela valait sans doute mieux. Il pourrait se rapprocher un peu plus d'elle. Sauf que c'était contraire au règlement de baiser avec une cliente. Mais Melinda était son âme sœur. Cela devait compter pour quelque chose après tout, non ?

— Qui êtes-vous vraiment, docteur Hamel ? Et si vous continuez à prétendre que vous êtes médecin vous risquez fort que je vous serve du « mon chéri » !

— Je m'appelle réellement Parish Hamel, dit-il en glissant les mains dans ses poches. Je ne suis pas médecin, mais responsable de la sécurité pour une agence fédérale américaine. J'ai été envoyé ici pour vous protéger, vous et vos recherches.

— Me protéger ? Mais pourquoi ? On a découvert le virus PES il y a à peine plus d'une semaine. Comment auriez-vous pu être déjà au courant ?

Il alla s'asseoir à côté d'elle sur la paillasse, tout près d'elle en fait. Elle fronça les sourcils mais ne dit rien.

— On ne me donne jamais ce genre d'information, Melinda. On me dit d'aller quelque part et je le fais. Je tenais à vous dire cependant que ceci est beaucoup plus qu'une simple mission pour moi. Vous êtes beaucoup plus importante que ça. J'ai envie d'apprendre à mieux vous connaître.

— Mieux me connaître ? Vraiment ? Mais pourquoi ? insista-t-elle, manifestement un peu mal à l'aise.

— Je vous trouve captivante et je n'arrête pas de penser à vous.

— D'accord, dit-elle en le regardant, incrédule. Si j'ai bien compris, vous avez terminé votre mission et vous avez juste envie de me connaître, de sortir avec moi. C'est ça ?

— Ouais, j'ai envie de passer du temps avec vous. On pourrait aller à la plage ensemble, se balader en ville et faire un tas de bêtises.

— Vous devez être du genre à attirer les ennuis ! gloussa-t-elle. Parce qu'il m'en arrive plein depuis votre arrivée. Une agence américaine, avez-vous dit ? Comme la CIA, le ministère de l'Intérieur, les Navy Seals ?

Ouais, il aurait dû s'attendre à ce qu'elle veuille tout savoir.

— Notre acronyme n'est pas connu. Disons simplement que je travaille pour une agence fédérale approuvée par le Président. Ça vous convient ?

Melinda se pencha un peu vers l'arrière pour mieux l'examiner. Hamel se demanda ce qui se passait dans sa jolie petite tête. Elle sentait si bon. Il ne devrait pas rester aussi près d'elle. Il avait senti monter son désir au cours des derniers jours et il le sentait prêt à exploser dans une gerbe de flammes. Il déplaça légèrement la cuisse pour effleurer la sienne. Elle n'éloigna pas sa jambe, remarqua-t-il. C'était bon signe.

Purée ! il la désirait tellement. Il voulait vivre le rêve qu'ils avaient partagé. La toucher, l'embrasser, la faire sienne. Il ne voulait plus ni mensonges ni demi-vérités entre eux. Son odeur attirait son animal intérieur. Ils désiraient tous deux s'unir à elle. Il luttait à chaque instant pour ne pas s'approcher d'elle et plaquer sa bouche sur la sienne, son corps contre ses douces courbes et découvrir enfin le peau-à-peau auquel il aspirait tant.

— Ça devrait aller. Vous ne m'avez pas butée et n'avez pas pris le virus. Alors je ne peux rien dire. Vous n'êtes manifestement pas le voleur, contrairement à ce que je croyais. Enfin, peut-être pas, ajouta-t-elle en le dévisageant.

Les coins de sa bouche se relevèrent et son cœur se mit à battre la chamade. Elle le laissait faire, elle acceptait qu'il s'approche un peu d'elle.

— Vous pourriez dire, par exemple, que vous aimeriez bien sortir avec moi ce week-end. Que ce serait sympa. Et, puisque je suis en visite ici, vous pourriez me proposer de me faire voir la ville.

En théorie, il savait à peu près tout ce qu'il y avait à savoir sur Entebbe et les environs. Il connaissait même les failles géologiques de la région. Le repérage du terrain était une partie essentielle de son travail. Mais il avait envie de découvrir la ville à travers les yeux de Melinda.

Elle éclata d'un rire qui tinta jusque dans son cerveau.

— On verra, répondit-elle. J'ai beaucoup de choses à faire. À commencer par un concierge mort. Était-il seulement humain ? Comment expliquer ces lueurs rouges dans ses yeux ?

Elle était bien bonne celle-là. Comment pouvait-il répondre à cette question sans lui donner l'impression qu'il était fou à lier ? Il entendit du bruit dans le couloir et Kintu franchit le seuil de la porte avec deux vigiles. Hamel leur désigna le corps sans vie de Walog. Kintu donna l'ordre d'enlever le cadavre et de le mettre dans le grand frigo avant de balayer le labo des yeux.

— Allons dans mon bureau, proposa-t-il. J'ai des choses à vous dire qui ne vous plairont sans doute pas.

Chapitre 23

Pendant tout le trajet vers le bureau du directeur, Hamel garda la main posée dans le dos de Melinda.

— Ça va ? lui chuchota-t-il dans le creux de l'oreille.

Il craignait qu'elle ne se sente dépassée par toutes les informations qu'il lui avait données en bien peu de temps.

— Un petit instant, s'il vous plaît, dit-elle en arrivant à la porte de son labo. J'ai quelque chose à faire.

Kintu n'attendit pas, mais Hamel resta à son côté.

— Qu'est-ce que vous allez faire ? s'enquit-il.

— Vous êtes bien curieux ! s'exclama-t-elle sur un ton quelque peu moqueur. Ce n'est pas parce que vous êtes chargé de ma protection que je dois tout vous dire.

Elle pénétra ensuite dans son laboratoire et se dirigea vers un meuble de rangement. Elle ouvrit un tiroir, en retira un petit objet, et Hamel entendit le bruit d'un bouchon de caoutchouc qu'on retire.

D'accord. Il en avait assez de ces mystères, purée ! Il désirait savoir ce qu'elle faisait. Il s'approcha d'elle par-derrière et la vit glisser quelque chose dans son soutien-gorge. Une excellente cachette, devait-il reconnaître.

— Très bien, allons-y, dit-elle en se retournant. Ne soyez pas aussi grincheux, docteur, gloussa-t-elle en apercevant le regard noir qu'il lui adressait.

Il la contempla longuement tandis qu'elle s'éloignait de lui et il aurait juré qu'elle balançait les hanches encore plus qu'avant.

Installés sur des chaises devant le bureau du directeur de la recherche, Hamel et Melinda le dévisageaient, se demandant ce qu'il allait leur révéler qu'ils n'apprécieraient pas.

— Docteur Hamel…, commença Kintu en posant les coudes sur son bureau.

— Excusez-moi, l'interrompit Hamel, mais ma couverture ne tient plus. Mlle Caster connaît ma véritable identité.

— Comment est-ce que je dois m'adresser à vous alors ? demanda Kintu en haussant les épaules.

— Hamel, tout simplement. Ce sera parfait.

— D'accord, Hamel. Dites-moi ce que vous avez contre le concierge. Même en Ouganda, on ne peut pas mettre les gens en taule sans preuves concrètes.

— Il allait emporter mes souris, c'est évident, déclara Melinda, manifestement énervée. J'ai trouvé la cage dans la grande poubelle sur le chariot qu'il poussait devant lui. Il n'y avait rien d'autre à l'intérieur, aucun détritus. Et puis, il était 22 heures 30. Il termine habituellement sa journée à 22 heures.

— Surtout, il n'avait pas d'odeur, intervint Hamel.

— Qu'est-ce que cela veut dire qu'il n'avait pas d'odeur ?

— Cela signifie qu'il s'était enduit d'un inhibiteur d'odeur comme un chasseur pour ne laisser aucune trace olfactive de son passage dans une pièce, expliqua Hamel. Est-ce une pratique normale pour les concierges ici ?

— Je ne me l'explique pas, alors je pense que non, que ce n'est pas normal, répondit Kintu en se carrant dans son siège.

— Les concierges ont-ils la clé de tous les labos ? s'enquit Hamel.

Kintu acquiesça d'un signe de tête.

— Mais pourquoi voulait-il emporter les souris ? demanda ensuite le directeur en se tournant vers Melinda. Est-ce que vous me cachez quelque chose concernant vos bestioles ?

— J'allais rédiger un rapport à votre intention ce soir, expliqua Melinda en rougissant. Ces souris ont des capacités neuronales supplémentaires qui leur donnent des aptitudes anormales, comme la télékinésie, la précognition ou la prescience. C'est tout ce que nous avons découvert jusque-là.

— Exactement ce que je craignais, lança Kintu en hochant la tête. Mais continuez. Y a-t-il autre chose ?

— Quand j'étais dans le laboratoire de Dembe, répondit Melinda en revenant un peu en arrière, j'ai renversé du soda et Walog est venu nettoyer. On a sans doute dit pas mal de choses qu'il n'était pas habilité à entendre.

— Cela n'a rien à voir, déclara Kintu en balayant de la main les préoccupations de la scientifique. Est-ce qu'il… (Le directeur soupira comme s'il s'apprêtait à dire quelque chose qu'il aurait préféré taire.) Pensez-vous qu'il était possédé ?

Hamel et Melinda échangèrent un regard comme s'ils s'invitaient mutuellement à répondre.

— D'accord, soupira Hamel en cédant devant son âme sœur. Je vais répondre. Il avait les yeux rouges, une voix différente de la sienne et, quand il est mort, un nuage de vapeur s'est élevé au-dessus de lui avant de disparaître.

— D'après votre description, il était bel et bien possédé. Un sorcier le confirmerait, je pense, dit Kintu en passant une main sur son visage. Quand j'ai commencé à travailler ici en 1960, j'ai connu deux autres scientifiques qui étaient là depuis un an.

Ils étaient extrêmement compétents tant en recherche qu'en procédure.

» À cette époque, la rumeur a circulé qu'un fermier avait vu des choses très étranges, comme des objets qui disparaissaient, ou qui changeaient de place, et d'autres phénomènes inexplicables. Puis il aurait trouvé les cadavres de deux très jeunes singes avec du sang dans les oreilles. Comme on était tous les trois au bas de l'échelle, on a été désignés pour aller le questionner et noter tout ce qu'il avait remarqué.

» On a ramené les cadavres des petits singes, effectué les prélèvements habituels et on les a analysés. Je ne vous apprends rien en vous disant que la technologie de l'époque était loin d'être aussi avancée qu'aujourd'hui. Les images montraient tout de même un nombre inusité de connexions synaptiques. Comme on travaillait sur des cadavres, on n'avait aucune idée de ce que cela signifiait.

» Puis on a trouvé un virus dans les analyses de sang. Comme les animaux venaient de mourir, le virus était encore vivant. On a donc pu fabriquer un sérum pour le tester. On était fous de joie quand on a découvert les propriétés de ce virus. Exactement comme vous, Melinda, dit Kintu en faisant pivoter son fauteuil pour regarder à l'extérieur.

» J'ignore ce qui s'est passé ensuite car j'ai été envoyé en mission sur le terrain. Alors je vais vous raconter ce que m'ont dit les autres à mon retour.

Le grand-père d'un des types était une sorte de sorcier ou un prêtre vaudou ou je ne sais quoi. Ce grand-père a entendu un des jeunes parler de la découverte et, pour se faire bien voir de « l'autre côté » il a contacté un être surnaturel.

» Cet être a exigé du grand-père qu'il fasse le nécessaire pour obtenir le sérum. Je ne sais absolument pas pourquoi. Mais le petit-fils a refusé et le grand-père l'a tué et élaboré son propre plan. Il est entré en contact je ne sais trop comment avec l'autre jeune chercheur. Tout ce que je sais, c'est que ce dernier a détruit le sérum et qu'il avait disparu avant mon retour au labo.

» Je suis là depuis, je surveille et j'attends la résurgence de ce virus. On a toujours su qu'il réapparaîtrait un jour. On n'a jamais cru qu'il se volatiliserait totalement, ajouta Kintu avant de se taire.

— Alors, intervint Melinda, quand vous avez entendu parler de ces singes morts et appris que j'avais découvert un virus, vous avez soupçonné que c'était le même ?

— J'ai regardé le scan que vous avez fait avec Dembe et mis sur le réseau, répondit M. Kintu en faisant tourner son fauteuil pour leur faire face. Dès que j'ai vu les connexions synaptiques supplémentaires, j'ai su que c'était le même virus. Mais, même avant, j'avais appelé un de mes contacts à la CIA. Je lui ai expliqué la situation dans les grandes lignes et lui ai dit que nous avions besoin de quelqu'un pour vous protéger, vous et vos recherches. Ce quelqu'un, c'était vous, conclut Kintu en regardant Hamel.

— Merci, répondit Hamel en sortant un badge et une clé de ses poches et en les posant sur le bureau, de m'avoir laissé utiliser la porte arrière. C'était beaucoup plus rapide pour arriver jusqu'ici. Je vous rends également votre passe-partout.

— Vous partez ? laissa échapper le directeur, l'air très étonné et même un peu effrayé. C'est vrai ? Et le sérum ? Et Melinda ?

— Monsieur Kintu, répondit Hamel en lui adressant un sourire rassurant, je suis persuadé que le concierge travaillait seul, à part le démon qui l'avait possédé, bien entendu, et il est retourné d'où il venait. Je pense que la menace a été enrayée et que tout ça est bien terminé, à condition que Mlle Caster détruise le sérum restant, déclara-t-il en se tournant vers elle.

— Moi ! s'exclama Melinda en se frappant la poitrine d'une main. Vous voulez que moi je détruise le sérum ? Je ne peux pas faire ça. Savez-vous au moins ce qu'il peut faire ?

— Oui, mademoiselle Caster, intervint Kintu. Je suis pleinement conscient de ce qu'il peut faire mais le monde n'est pas prêt à être confronté à ce genre de pouvoir. Il risque d'en abuser à des fins maléfiques.

Les enfants qui auraient ces dons finiraient par être traqués et tués, comme le monstre de Frankenstein. Les humains ne tolèrent pas la différence. Si vous préférez, je me chargerai de détruire votre sérum.

— Non ! hurla-t-elle en sursautant sur sa chaise. C'est ma responsabilité, ajouta-t-elle après avoir regardé Hamel et M. Kintu tour à tour avant de prendre une longue respiration pour se calmer. Ce sont mes recherches, qu'on n'a pas encore retrouvées, soit dit en passant. Je vais m'en occuper moi-même.

— Ce serait bon pour vous de prendre congé demain, mademoiselle Caster, proposa le directeur. Il se fait tard et, sans ce virus, vous êtes au chômage. Revenez-nous lundi, dynamique et joyeuse, termina-t-il en lui adressant un grand sourire.

— Je ne suis jamais dynamique et joyeuse ! lâcha Melinda en levant les yeux au ciel. Vous le savez bien, monsieur Kintu.

— Je sais, et c'est la raison pour laquelle je vous ai dit cela, déclara le directeur en se levant. Allez, on va rentrer maintenant. Mis à part le cadavre du concierge et l'achat de nouvel équipement pour votre laboratoire, il n'y a pas grand-chose à faire pour remettre les choses à neuf et effacer toute trace de ce qui s'est passé ici. Je vous remercie pour votre collaboration. Et n'oubliez pas : ne parlez à personne de ces événements.

Hamel accompagna Melinda jusqu'à la porte avant de revenir vers le directeur.

— Monsieur Kintu, puis-je vous demander ce qu'il est arrivé à votre collègue après son départ ?

— Je l'ignore. Je ne l'ai plus jamais revu. Et je n'ai plus eu aucune nouvelle de lui non plus. Il est probablement mort depuis longtemps. Il était beaucoup plus âgé que moi.

— Je vous remercie, monsieur Kintu. Je reprendrai contact avec vous prochainement. Moi, ou un autre membre de mon équipe.

Hamel rejoignit alors Melinda et la raccompagna. Elle avait l'air fatiguée. Elle traînait les pieds et semblait vraiment crevée. Hamel envisagea un instant d'essayer de s'insinuer dans son lit. Maintenant que sa mission était terminée, il pouvait se concentrer un peu plus sur la meilleure manière de s'y prendre pour baiser son âme sœur. Dieu du ciel ! quel type dégueulasse il était !

— Pensez-vous que je suis vraiment en sécurité maintenant ? lui demanda-t-elle.

Pas s'il se fiait à l'instinct de son jaguar. Son animal était surexcité, à fleur de peau. Super vigilant. Sur ses gardes.

— Je n'en suis pas absolument sûr. Je devrais peut-être passer la nuit chez vous. Juste au cas où… On ne sait jamais.

Il lui avait parlé sur un ton léger pour qu'elle comprenne bien qu'il badinait.

— Vous allez un peu trop vite en affaires, Hamel, lâcha-t-elle en plissant les yeux pour mieux l'observer. Je n'ai pas encore accepté de sortir avec vous.

Hamel éclata d'un grand rire. Il adorait son sens de l'humour et elle parvenait toujours à le dérider. Il regrettait de ne pas avoir un peu plus vu ce côté de sa personnalité au cours des derniers jours.

— Oui, peut-être, mais je suis sérieux pour ce qui est des menaces. Je viendrai chez vous demain matin et je vous aiderai à ranger.

— J'avais oublié ça, merde ! gémit Melinda en laissant retomber sa tête. Je suis si fatiguée. Le ménage attendra. La nourriture aussi. J'ai juste envie d'aller au lit. Seule, pour l'instant, ajouta-t-elle rapidement.

« Pour l'instant » ?

— Seule, oui, bien sûr, répéta-t-il, l'air sérieux. Vous êtes une jeune femme réservée et très belle, vous n'avez pas besoin d'un gros méchant…

Merde ! il avait failli dire « jaguar ».

— Bêta comme moi, se reprit-il. Je vous gênerais. Je viendrai vous retrouver demain matin et je vous donnerai un coup de main. À deux, ça ira plus vite. Je pourrai réparer vos portes de balcon, dit-il sans mentionner aucune des autres choses qu'il avait envie de lui faire le lendemain. Vous sentez-vous capable de prendre le volant pour rentrer ?

— Hamel, j'habite à trois kilomètres d'ici. Je pourrais faire le trajet à pied.

— Je sais, je sais. C'est juste que votre sécurité me tient à cœur, expliqua-t-il en haussant les épaules. C'est tout.

— C'est très aimable de votre part. Je vais très bien. Rentrez à votre hôtel. Je vous attendrai demain matin à 8 heures.

Hamel sentit comme un grand feu de joie s'allumer dans son cœur.

— D'accord. Huit heures, et pas une minute de plus.

Puis il la regarda s'éloigner vers sa voiture et y monter. Il ne la lâcha pas des yeux jusqu'à ce qu'elle disparaisse de l'autre côté de la guérite. C'était maintenant à son félin intérieur de monter la garde pendant qu'il « dormait ». Il passerait la nuit sous son balcon à la veiller amoureusement.

Chapitre 24

Melinda sentit un long frisson lui parcourir l'échine pendant qu'elle attendait que la barrière se lève à la sortie du parking. La proximité de cet homme la rendait folle. Il sentait tellement bon qu'elle avait envie de le lécher de la tête aux pieds. En s'attardant un peu vers le milieu de son long corps. Son estomac se noua. De peur ou de joie, elle n'aurait pas su dire. Merde ! elle n'était pas sûre. Peut-être un peu des deux.

Il y avait si longtemps qu'elle n'avait plus eu aucun contact humain. Elle était en manque. Les êtres humains avaient autant besoin de contact tactile que de nourriture ou d'eau pour vivre. De sexe aussi. Mais bon, cela faisait deux ans qu'elle avait réussi à s'en passer grâce à un petit jouet des plus utiles. Et, là, il y avait cette possibilité réelle qui se présentait à elle, un type vraiment canon, musclé, baraqué, et qu'elle n'avait pas envie de se refuser. Sauf qu'une fille bien ne se laissait pas aller à profiter du moment présent sans penser au lendemain.

Dieu du ciel ! c'était la voix de ses parents qui résonnait dans sa tête, qui lui dictait la conduite à tenir. Elle était une adulte, elle pouvait faire ce qu'elle voulait. Et quand bien même elle couchait avec un mec ? Qui s'en soucierait ? Ce n'était pas comme s'il était son vingtième amant en deux ans. Il serait plutôt le premier, oui. Ce n'était pas rien.

Sa décision prise, enfin peut-être, tout son corps fut parcouru de tremblements. Une sorte de vertige s'empara de son cœur. Elle était loin d'être une mauviette pourtant. Pourquoi réagissait-elle autant à cet homme ? Elle prit une longue inspiration pour s'aider à reprendre le contrôle de ses émotions. Cet homme la laissait complètement indifférente. Elle ne laisserait pas son cœur s'emballer. Après tout, il était peut-être une sorte de James Bond qui s'éprenait d'une fille différente à chaque mission. Sans jamais revenir en arrière.

Ce serait juste pour le sexe alors. Il fallait qu'elle s'en convainque. Il allait retourner aux États-Unis. Il ne pouvait rien y avoir de plus entre eux. Mais elle se sentait si bien dans ses bras, tellement en sécurité.

Elle arriva chez elle et gara sa voiture à la place qui lui était réservée. Elle déverrouilla la porte d'entrée, espérant trouver sa maison bien rangée, impeccable, et que le chaos n'était plus qu'un mauvais rêve. Elle poussa la porte et son cœur rata un battement.

Tout était saccagé. Tant pis, elle s'en occuperait le lendemain.

Elle laissa tomber son sac sur une chaise et vit les portes du balcon. Elles étaient à moitié arrachées de leurs gonds. Comment Hamel le savait-il ? Elle le lui avait sans doute dit. Merde ! elle perdait vraiment la boule. Elle ne se rappelait même plus de ce qu'elle avait dit le jour même.

Elle repensa à Walog. Il était possédé, il n'y avait pas d'autre explication, pas vrai ? Il avait les yeux rouges, une voix étrange comme si plusieurs personnes parlaient par sa bouche. Elle n'avait certes jamais rien entendu de semblable. Sans parler de la vapeur blanche. Walog était un vieillard chétif. Comment avait-il pu faire voler Hamel, tellement plus baraqué que lui et en très grande forme physique, à travers la pièce sans effort apparent ?

Elle commençait à penser, instinctivement, que la situation était beaucoup plus complexe qu'il n'y paraissait à première vue. Des démons, ouais, merde ! Si elle se mettait à y croire, autant rajouter les vampires et le Père Noël, tant qu'à faire. Elle entendait la voix de Hamel l'admonestant : *« Arrêtez d'essayer de tout comprendre. Parfois, il faut accepter les choses pour ce qu'elles sont. »* Pas question ! Pas à moins d'avoir des preuves concrètes, tangibles, du contraire. Et elle ferait mieux aussi de cesser d'entendre sa voix dans sa tête. Ça commençait à la troubler un peu trop.

Elle ouvrit une des portes du balcon en la soulevant pour mieux la repousser et laissa entrer la brise fraîche du soir. C'était si agréable de prendre le temps de respirer un peu et de se détendre. Elle se demanda où était passé son ange gardien, le jaguar noir. Était-il là à la surveiller, la protéger ?

Elle baissa la garde un instant et s'ouvrit à la nuit, à tout ce qui venait à elle. Elle laissa sa conscience explorer l'obscurité, à la recherche de ce dont elle avait le plus besoin. Elle eut l'impression de le trouver, qu'une sorte de lien se tissait. Quelque chose se produisit en elle et elle se sentit envahie par un sentiment de paix et d'amour inconnu jusque-là, mais tellement fort qu'elle en tomba à genoux.

D'où cela venait-il ? Elle en avait besoin. Le vide à l'intérieur d'elle s'emplissait, disparaissant peu à peu. Quelqu'un l'aimait de tout son être et s'ouvrait à elle. Elle sentit disparaître au fond de sa poitrine une petite douleur dont elle avait ignoré l'existence et qui avait fini par faire partie de son quotidien.

Puis elle se rendit compte de ce qu'elle faisait : elle risquait de se rendre ridicule et elle allait redevenir vulnérable. Elle avait passé tellement de temps à étouffer ses émotions, déterminée à ne pas revivre le passé. Mais l'amour lui faisait tellement de bien.

Elle avait oublié ce que c'était. Qui lui accordait ainsi sa compassion ?

Il n'y avait qu'un seul nouvel être dans sa vie. Sans compter Hamel, bien entendu. Elle pensait plutôt au jaguar. Était-ce idiot de croire qu'elle ressentait les émotions d'un félin ? Elle désirait peut-être tellement être aimée qu'elle projetait son désir sur ce bel animal qui l'attirait tant. Peut-être qu'elle s'autorisait enfin à aimer de nouveau ? Peut-être avait-elle créé des liens avec le jaguar. Melinda soupira. Peut-être qu'elle devrait simplement aller au lit.

Son âme sœur.

Tout comme dans son rêve érotique avec Ham… euh… l'homme de la plage, elle sut tout de suite qu'elle rêvait.

Elle était à l'orée d'un petit village si éloigné de toute civilisation que ses habitants ignoraient tout du monde moderne. Des huttes de torchis étaient érigées en cercle autour d'un feu à peine fumant. Le plus étrange était qu'elle n'entendait rien, ni criquets, ni oiseaux, ni animaux d'aucune espèce. Elle ne percevait absolument aucun cri, piaillement ou chant de séduction. Elle avait l'impression d'être dans un épisode de la série de science-fiction La Quatrième Dimension. *Assez angoissant.*

Elle vit s'entrouvrir toute seule la porte d'une hutte au toit de chaume. Super. Ce n'était pas un simple rêve mais un cauchemar. Et elle fit comme dans tous les films d'horreur qu'elle avait vus, c'est-à-dire qu'elle se dirigea vers cette porte avec la ferme intention d'entrer dans la hutte. C'était juste si elle n'entendait pas le public crier : « Non ! N'y va pas ! »

Elle poussa la porte et jeta un œil à l'intérieur. Elle n'était pas assez bête pour entrer sans d'abord regarder dans quoi elle s'aventurait. La pièce dans laquelle elle finit par pénétrer était étonnamment vaste et ressemblait plutôt à un chalet de montagne en hiver. Bizarre, non ?

Elle vit alors le grand-père sorcier de Buga, le technicien du Refuge de la vie sauvage, entrer avec un grand plat de nourriture.

— Bonjour, Melinda.

— Bonjour, monsieur.

— Appelle-moi Sefu. Allez, entre. Referme la porte derrière toi. (Melinda obtempéra mais n'avança pas beaucoup dans la pièce.) Melinda, c'est un rêve. Personne ne peut te faire de mal physiquement tant que tu es dans un rêve. Viens, assieds-toi, dit-il en lui désignant un fauteuil de cuir marron foncé. On n'a pas beaucoup de temps.

— De temps pour quoi ? s'enquit-elle tout en avançant lentement, prudemment, en regardant dans tous les coins pour s'assurer qu'il n'y avait pas de danger.

— Pour ta formation, mon enfant. Il faut que tu apprennes la mélopée sacrée.

— Quelle mélopée ? voulut-elle savoir.

Sefu avait éveillé sa curiosité. Elle désirait tout savoir. Il était habillé comme au Refuge. Il n'avait rien d'un sorcier.

— Je préfère cela, expliqua-t-il. « Sorcier » a une très mauvaise connotation de nos jours et je ne veux pas qu'on me voie comme cela. J'utilise de la magie blanche. Mais il arrive que le blanc se teinte légèrement de gris. C'est pour bientôt et c'est pourquoi tu dois vite te préparer.

Le plateau qu'il posa sur la table basse entre le canapé de cuir et le fauteuil était plein de cookies aux pépites de chocolat. Ses préférés. Elle en salivait d'avance. Ils sentaient tellement bon.

— Sers-toi, mon enfant. Ils sont pour toi, bien entendu. Je ne mange pas de gâteaux.

— Ce n'est qu'un rêve, déclara Melinda.

— Oui, confirma Sefu. Mais l'esprit est un outil puissant. Le cerveau contrôle les fonctions du corps mais l'esprit contrôle la réalité. Ton esprit croit que ces cookies sont réels. Ton cerveau te dit que tu sens leur odeur. La zone de ton cerveau qui contrôle l'odorat est stimulée dans ton rêve même s'il n'y a pas cookies dans ton monde réel.

— C'est passionnant. Je ne peux pas souffrir physiquement dans ce rêve parce que dans la « vraie vie » mon corps est allongé dans son lit. Tout cela ne se passe que dans ma tête. Super. Mais qu'est-ce que cela a à voir avec le rêve ?

— Sois patiente, mon enfant, dit-il en s'asseyant sur le canapé à côté du fauteuil où elle avait pris place.

Elle n'apprécia pas la réprimande et prit plusieurs cookies avant de se carrer dans son siège.

— Je ne suis pas condescendant avec toi, comme tu sembles le croire. Je t'enseignerai ce que tu dois savoir pour survivre là où tu iras.

— Et où vais-je aller? s'enquit-elle, inquiète, sentant l'adrénaline pulser dans ses veines.

Elle n'avait envie d'aller nulle part. Elle était bien là où elle était.

— Tu n'auras pas le choix. Tu devras suivre ton destin.

Melinda constata qu'il répondait aux questions qu'elle se posait dans sa tête et non pas à celle qu'elle soulevait à haute voix. C'était un rêve après tout, alors pourquoi ne pas ajouter un peu de télépathie?

— Je vois que tu comprends maintenant, intervint le vieillard en souriant.

— Que je comprends quoi?

— Il va se passer des choses, mon enfant, qui vont ébranler ton petit monde, dit-il, son sourire se muant en moue tandis qu'il secouait la tête. Il est très important que tu t'ouvres à ces changements, que tu acceptes les choses comme elles se présenteront à toi. N'essaie pas de trop analyser les événements. Contente-toi de croire.

— Je suis incapable de croire sans preuve, rétorqua-t-elle en esquissant une moue à son tour. Je regarde toujours d'abord les faits avant de prendre une décision.

— Et que fais-tu quand il n'y a pas de faits ? s'enquit-il en arquant les sourcils et en la dévisageant intensément.

— Que voulez-vous dire ? Comment peut-il ne pas y avoir de faits ?

— Cela sera très difficile pour toi, soupira-t-il. On n'a pas le temps de discuter de sémantique. Ferme les yeux et écoute-moi. Apprends.

Puis le vieillard se mit à psalmodier d'une voix agréable, chaude, réconfortante, qui la mettait à l'aise. Elle ferma les yeux et elle sentit son corps se détendre dans le fauteuil de cuir moelleux.

Huenda sisi kujiunga ukweli wetu kweli.

Kuziba ulimwengu huu milele kwa yake mwenyewe.

Ces phrases tournaient en boucle dans son esprit. Elle n'avait aucune idée de leur signification ou de leur but. Mais c'était son rêve à elle après tout, non ? Puis elle sentit comme une brûlure à son poignet. Elle leva la main, se frotta la peau et vit apparaître des traits noirs qui semblaient remonter à la surface.

La douleur disparut assez vite et un joli motif, avec des fioritures et des lignes et ressemblant à une plante grimpante, apparut sur la peau de son poignet.

Comme un tatouage. Elle passa le doigt dessus mais il ne s'estompa pas.

— Cela t'aidera à piéger les démons, *entendit-elle dans sa tête.*

Chapitre 25

Le lendemain matin, Melinda se sentait un peu perdue en se réveillant. Elle leva la main, la retourna, regarda sous son poignet et constata que tout était normal. Pourquoi était-elle inquiète ?

Elle vérifia l'heure à sa montre sur sa table de chevet. Hamel n'allait pas tarder à arriver. Elle prit une douche et elle venait à peine de finir de s'habiller qu'elle entendit frapper à sa porte. Elle ouvrit et se retrouva sans voix et les jambes flageolantes devant ce type super canon qui lui faisait perdre tous ses moyens.

Il portait un jean étroit qui mettait ses attributs en valeur et un tee-shirt blanc très moulant. Elle se demanda s'il l'avait fait exprès. Il devait savoir l'effet qu'il lui faisait. À elle et à toutes les femmes. Il faisait tourner une fleur sauvage entre ses doigts. Il tendit la main et la glissa derrière l'une des oreilles de la jeune femme, cette manœuvre lui permettant de s'approcher d'elle davantage.

— Une jolie fleur pour une jolie fille, dit-il avant de l'embrasser sur la tempe. As-tu bien dormi ?

Melinda se remémora son rêve du vieillard aux cookies. Il lui avait exposé les théories ésotériques les plus étranges qu'elle ait jamais entendues. Comme s'il avait parlé d'une expérience extra-corporelle. Elle ne voyait pas du tout à quoi rimaient ses rêves. Heureusement, elle s'en rappelait rarement. Quelle étrange semaine elle avait vécue. Et la veille au soir avait été pire que tout. Elle était vraiment très bête, parfois.

— Euh… Hamel… je voudrais m'excuser pour hier soir, dit-elle en levant un doigt pour l'empêcher de l'interrompre. Je n'avais pas les idées claires et je suis rapidement arrivée aux mauvaises conclusions sur les cambriolages et tout le reste.

Hamel essaya de l'interrompre mais elle l'arrêta en levant un autre doigt.

— C'est juste qu'il y avait tant de choses qui clochaient chez toi. Tu n'étais pas celui que tu prétendais être. Mais bon, tu n'étais pas non plus celui que je pensais que tu étais, dit-elle en levant un troisième doigt quand elle vit Hamel s'apprêter à dire quelque chose de nouveau. Ce n'était pas entièrement ma faute, mais tout va bien maintenant. J'attends des réponses en revanche. Tu peux parler, lança-t-elle en le scrutant attentivement car il restait silencieux.

Il chercha ses mots, baissa la tête un court instant avant de la relever et de plonger son regard dans le sien.

— Qu'est-ce que tu voulais me demander ? On peut parler et faire le ménage en même temps. Tu es vraiment très bordélique !

— Je… Cela… Mon…, commença-t-elle, les yeux écarquillés.

Parce qu'elle était tout sauf bordélique. Vraiment.

— Je te taquine, Melinda, gloussa-t-il.

Puis il lui effleura la joue des lèvres en passant à côté d'elle. Depuis la veille, il l'avait touchée à plusieurs reprises. Elle adorait ce contact, son regard posé sur elle et, surtout, lui mater le cul quand il passait devant elle comme il le faisait en ce moment même. Ses doigts la démangeaient de lui empoigner les fesses.

Hamel prit une longue inspiration et trébucha sur un sac de riz. Elle se précipita pour le retenir.

— Ça va, Hamel ?

— Ouais, désolé, dit-il en se martelant le torse des poings et en toussant un peu. Je n'avais pas regardé au sol. J'étais distrait.

Il n'avait pas regardé par terre ? Il était distrait ? Mais par quoi ? Elle balaya la pièce des yeux, ce désastre qui avait été sa cuisine. Elle comprenait qu'il puisse avoir été déconcerté. Il devait commencer à regretter de lui avoir proposé son aide.

Melinda ramassa le sac de riz sur lequel il avait trébuché et lui demanda de le mettre sur la deuxième étagère du placard. Les heures suivantes passèrent à la vitesse de l'éclair. Elle lui parla de son enfance, de ses parents. Lui raconta comment elle avait commencé à s'intéresser à la recherche scientifique. Mais elle ne lui parla ni de son ex ni de sa trahison. Elle ne voulait pas reconnaître à quel point elle avait été naïve et comment elle avait fui quand la situation était devenue trop compliquée.

Elle avait peur qu'il la voie comme une ratée. Qu'il n'ait pas envie de passer du temps avec elle. Et elle le désirait tellement ! Et même de plus en plus à mesure que la journée avançait. Ses muscles bougeaient sous son tee-shirt et son jean à chaque geste qu'il faisait. Ses biceps se gonflaient chaque fois qu'il soulevait un objet un peu lourd et ses fesses s'arrondissaient quand il se dressait sur la pointe des pieds. Il la faisait tellement saliver qu'elle craignit de se retrouver le menton couvert de bave. Ce qui aurait été très gênant.

Quand vint son tour de lui parler de sa vie, elle ne put se concentrer sur rien d'autre mis à part la nécessité de respirer. Il la faisait rire, sourire. Il était fascinant. Elle voulait tout savoir à son propos, s'approcher un peu plus de lui. Elle s'enflammait petit à petit.

Il fixa les portes de son balcon puis se releva et s'essuya les mains sur son jean.

— Comme neuves, annonça-t-il. Tu pourras t'asseoir sur ton balcon pour y siroter ton verre de vin.

— Comment sais-tu que j'aime m'asseoir sur mon balcon avec un verre de vin ?

— Tu me l'as dit, finit-il par marmonner après avoir cherché ses mots.

Il se passait quelque chose. Il réagissait de la même manière que la fois où elle avait utilisé des termes médicaux et où…

Elle ne termina pas sa pensée parce qu'il s'était penché et avait posé ses lèvres sur les siennes. Quand il recula, elle s'agrippa à sa chemise et le plaqua contre elle. Elle le désirait tellement. Il l'avait bien titillée en lui montrant son corps magnifique chaque fois qu'elle le regardait. Il le faisait exprès et elle adorait cela.

Elle ne savait pas trop comment lui faire comprendre qu'elle voulait plus que des baisers. Elle aimait bien l'embrasser mais, pour le reste, elle se sentait gauche et mal à l'aise.

Il posa son front contre le sien et sourit. Il était si beau avec ses petites rides autour des yeux et sa fossette sur la joue gauche.

— Et si on disait qu'on en avait assez fait ? On pourrait sortir dîner en ville.

Melinda ne put s'empêcher d'esquisser un grand sourire. Il voulait passer du temps avec elle. Il ne cherchait pas à s'enfuir.

— Bonne idée, répondit-elle.

Il sembla se détendre un peu.

— Génial. J'aimerais aller me changer avant. Je pourrais revenir te récupérer dans une demi-heure si ça te va ?

Cela lui suffirait amplement. Elle ne consacrait jamais beaucoup de temps à sa toilette et à son maquillage. Il l'embrassa de nouveau. Dieu du ciel ! il était vraiment doué avec la langue. Elle planait sur un petit nuage quand il partit. Melinda se remémora les dangers qu'elle avait courus. Elle se rendit compte qu'elle s'était laissé guider par ses émotions et qu'elle n'avait posé aucune question. Peut-être pourrait-elle ramener la conversation là-dessus au dîner.

Quand ils se retrouvèrent un peu plus tard, elle l'emmena dans un petit restaurant où elle lui fit découvrir les spécialités locales. Il s'étonna d'apprécier autant cette cuisine. Pas trop sûre de ses goûts, elle hésita avant de lui dire quelle sorte de viande entrait dans la composition de certains des plats mais il ne réagit pas trop mal. Au moins, il ne vomit pas sur ses chaussures.

Ils se promenèrent jusqu'au marché tout en bavardant et en se posant mille questions. Il maîtrisait parfaitement la langue locale. L'anglais étant une des langues nationales de l'Ouganda, Melinda n'avait pas pris la peine d'en apprendre une autre. Hamel l'impressionnait tant par ses capacités intellectuelles que physiques.

Au-delà du marché, près du parc, un ballon de foot échappa à des gamins de la ville qui se livraient à un match et roula jusqu'à eux. Hamel ne se contenta pas de le leur renvoyer expertement, mais prit aussi le temps de donner quelques tuyaux aux enfants. Il fit rebondir le ballon sur son pied, son genou et sa tête, comme un champion.

Quand le soleil commença à s'approcher de l'horizon, il lui prit la main tandis qu'ils marchaient le long du sentier qui longeait le lac. Cette journée avait été de loin supérieure à tout ce que Melinda avait lu dans des romances. Et c'était à elle que ces choses-là arrivaient. Elle était si heureuse qu'elle en aurait pleuré de bonheur. Mais elle ne voulait pas qu'il le sache. S'il avait prévu de sortir de sa vie à la fin de la semaine, elle ne pouvait pas se laisser aller à tant de vulnérabilité.

— Il y a quelque chose qui ne va pas, Melinda ? demanda-t-il en la prenant dans ses bras.

Comment faisait-il pour toujours savoir quand elle se sentait triste ? Était-elle si facile à percer à jour ?

— Je pensais simplement que j'aurais voulu que cette journée ne s'achève jamais. J'ai passé un excellent moment avec toi.

Cela ne l'engageait à rien.

— Ça ne s'arrêtera que quand tu l'auras décidé. Tu es en vacances demain, n'est-ce pas ? Tu peux faire la fête toute la nuit avec tous les noctambules éméchés qui commencent déjà à célébrer Halloween.

Des deux mains, il la prit ensuite par la taille avant de la balancer sur son épaule et de partir en courant vers un bosquet, imitant d'autres jeunes couples. C'était une coutume pour le moins étrange, mais Melinda ne put s'empêcher de rire pendant toute la durée de cette escapade.

Il la reposa sur le sol en la faisant glisser le long de son corps et elle gloussa devant tant d'audace. Comme si elle ne devinait pas ce qu'il s'apprêtait à faire. Elle n'était tout de même pas si naïve. Il la plaqua contre un arbre puis lui effleura la joue d'un doigt.

— Tu es la plus jolie fille que j'ai jamais rencontrée, affirma-t-il. Dès l'instant où je t'ai vue, j'ai su…

Puis il s'arrêta. S'il n'y avait pas eu ces jeux d'ombre et de lumière, elle aurait juré qu'il rougissait.

— Tu as su quoi ? demanda-t-elle en posant les mains sur son visage.

— Que j'allais craquer pour toi, dit-il après un long silence.

Voilà. Jeu, set et match. Elle était tout à lui. Elle le désirait comme jamais elle n'avait désiré un homme auparavant. Elle venait de passer deux années toute seule et tant pis pour ceux qui auraient pu la trouver folle de coucher avec un type qu'elle connaissait depuis à peine une semaine. Elle allait passer la nuit avec lui. Ce type super canon était à elle.

Mais elle n'avait pas l'intention de le lui dire tout de suite.

Chapitre 26

Melinda tendit un verre de vin à Hamel. Il passa un bras autour de sa taille et l'attira à lui. Sur le balcon, la brise fraîche du lac ne parvenait pas à refroidir son besoin impérieux d'elle. Elle le titilla, le caressa et l'embrassa, attisant sa passion déjà exacerbée.

Le plus extraordinaire était que le désir de Melinda pour lui était aussi violent, aussi intense que le sien pour elle. Au départ, elle avait été si distante et timide que Hamel avait fini par se demander si son jaguar ne s'était pas trompé en voyant son âme sœur en elle. Son animal le rabroua et le traita même d'imbécile.

Il perçut l'odeur de sa nervosité. Elle avait quelque chose en tête. Il devait découvrir ce que c'était avant qu'elle ne reprenne ses distances.

— T'ai-je déjà dit que tu es la plus belle femme que j'ai vue de toute ma vie ?

Elle le regarda droit dans les yeux, le regard d'abord inquisiteur, puis déterminé.

— Prouve-le-moi, dit-elle en lui souriant. En es-tu capable ?

Elle avait posé la question d'une voix rauque qui fit durcir son sexe.

— Tout ce que tu voudras ! répondit-il en levant une main pour lui caresser la mâchoire avant de la glisser dans ses cheveux détachés et de l'attirer à lui pour plaquer sa bouche sur la sienne.

Elle lui lécha la bouche, lui suça la lèvre inférieure et inséra ensuite la langue entre ses dents. Il la repoussa entre les portes du balcon qu'il ferma une à une derrière eux sans jamais interrompre leur baiser.

Puis tout alla très vite. Ils se déshabillèrent rapidement en s'aidant mutuellement. Une fois tous leurs vêtements à leurs pieds, il put l'admirer comme dans leur rêve partagé. Sauf qu'ils étaient dans la réalité, qu'il pouvait la caresser à pleines mains et pas seulement en rêve. Il la mena vers le lit, son désir lui dictant tous ces gestes.

Il l'allongea tendrement, se rappelant que, dans leur rêve commun, elle avait dit qu'elle était seule depuis longtemps et qu'il importait donc qu'elle goûte chaque instant en sa compagnie. Il fallait que ce moment passé ensemble soit parfait. Il ferait durer le plaisir au risque de laisser passer l'orgasme.

Il sentait son sexe pulser à chacun des petits couinements qu'elle émettait. Il lui suça les seins, lui lécha et lui mordilla les tétons, avant de se frayer un chemin entre ses cuisses.

L'odeur de son désir l'excita. Elle était chaude, mouillée, trempée même et il en salivait. Il effleura sa zone sensible de la langue et elle se mit à trembler. Merde ! elle était terriblement réactive. Il n'avait qu'à la toucher pour la faire couiner, gémir et en redemander.

Il glissa un doigt en elle tout en suçant son clito et elle réagit violemment, retenant son souffle, lui agrippant les cheveux des deux mains et frottant son intimité contre sa bouche.

— Oh mon Dieu ! cria-t-elle. Oh oui !

Il inséra un deuxième doigt tout en dessinant des cercles de la langue autour de sa zone sensible.

— Dieu du ciel ! comme c'est bon !

Il poussa un grognement, étouffé par sa féminité. Elle fut prise de tremblements et planta ses ongles dans son cuir chevelu. Ses muscles se raidirent sous ses caresses. Il fit glisser ses doigts en elle tout en continuant à lécher son clitoris.

Trente secondes plus tard, elle poussa un long hurlement et il sentit sa féminité se contracter sur ses doigts au moment de son explosion. Il la regarda jouir et la trouva belle. Elle fut prise de soubresauts et sa peau satinée se recouvrit de sueur. Il prolongea son plaisir en faisant glisser en elle ses doigts recourbés.

Elle eut un dernier grand tremblement et s'efforça de retrouver son souffle. Elle l'attira à elle et enroula une jambe autour de ses hanches.

— Alors, mon bel agent de la CIA, dit-elle en lui léchant la mâchoire tandis qu'il enfouissait son sexe entre ses doux replis mouillés et chauds. Je te dirais bien de me prendre mais…

Elle les fit se retourner tous les deux dans son lit et son sexe glissa hors d'elle. Il se retrouva allongé sur le dos et elle s'installa à califourchon sur ses cuisses.

— Je pense que je vais te baiser d'abord.

Dieu qu'elle était sexy au lit !

— Je suis bien d'accord.

Elle fit montre d'un instant de doute mais seulement l'espace d'une milliseconde. Comme si elle n'était pas sûre qu'il apprécie qu'elle prenne les devants. Il fit tout son possible pour la rassurer qu'il aimait bien qu'elle soit une femme indépendante et sûre d'elle.

— J'ai un cycle très régulier et je prends la pilule. Tu n'as pas besoin de craindre que je tombe enceinte.

— D'accord, répondit-il en fronçant les sourcils.

Il lui donnerait le temps d'apprendre à le connaître, d'être à l'aise avec lui avant de lui parler d'enfants. C'était une bonne chose qu'elle connaisse son cycle, qu'elle se sente protégée.

— C'est super, ma mignonne. Je veux te regarder me baiser.

Elle se mordit la lèvre inférieure et lui racla le torse des ongles.

— C'est vrai ? Je n'ai jamais fait cela avant. Je ne voudrais pas gâcher ce moment.

— Tu n'y parviendrais pas, même si tu le voulais, gloussa-t-il. Ce que tu fais est parfait. Tu *es* parfaite.

Rassurée, elle esquissa un large sourire et lui caressa le torse en lui grattant les tétons des ongles.

— Ton corps est tellement sexy !

Son regard s'illumina d'éclairs de passion mais d'autre chose également, qui lui noua le ventre. Son doux rire calma l'animal en lui. Son âme sœur était heureuse.

Elle guida son gland vers l'entrée de sa féminité, plongea son regard dans le sien et se lécha les lèvres.

— J'ai besoin de toi, murmura-t-elle.

Il glissa en elle et elle se laissa retomber sur lui. Il s'enfouit complètement en elle d'un seul coup de reins. Son intimité se resserra sur son sexe, l'emprisonnant dans un carcan soyeux. Il poussa un grognement. Il risquait de mourir de plaisir, mais quelle belle mort !

Il lui empoigna les hanches et les lui étreignit.

— Sens-toi libre de me remercier ainsi chaque fois que je te rendrai un service.

Melinda gloussa et se laissa retomber encore une fois. Et une autre. La friction entre leurs deux corps produisait une intense chaleur. Elle se balançait sur lui et massait à chaque mouvement son sexe emprisonné dans son intimité étroite.

— Bordel de merde !

Elle accéléra la cadence et il l'aida à le baiser. Elle posa les paumes de ses mains bien à plat sur son torse et lui caressa les tétons des pouces. Sa féminité aspirait son sexe profondément en elle.

Elle se balança de plus en plus vite jusqu'à en perdre le souffle et son corps agrippa son membre avec une force irrésistible.

Haletante, la bouche ouverte, elle continua à le baiser. Il glissa une main entre ses jambes et caressa d'un doigt sa zone sensible.

Elle poussa un grognement étouffé et tous ses muscles se raidirent. Il lui pinça le clitoris et elle gémit. Sa féminité se contracta sur son sexe, l'aspirant de plus en plus profondément en elle quand elle explosa.

Il l'empoigna par la taille et l'assit sur lui, sur son sexe dur comme la pierre tout le temps de son orgasme. Une vague de plaisir déferla alors le long de son échine. Puis il répandit sa semence en elle.

Elle se laissa retomber sur lui, mais il resta enfoui en elle, même après que son sexe se fut ramolli, ce qui ne dura qu'une trentaine de secondes avant qu'il ne se remette au garde-à-vous.

Elle l'étreignit fortement, le temps qu'ils retrouvent tous les deux leur souffle.

Chapitre 27

Quand Hamel se réveilla le lendemain matin, il se sentait à la fois amoureux et repu. Il venait de passer la nuit la plus fabuleuse de sa vie. Avec sa magnifique âme sœur. Il resta allongé sur le dos tandis qu'elle se pelotonnait contre lui, une jambe passée sur les siennes. C'était ainsi qu'il désirait se réveiller dorénavant tous les matins, et ce jusqu'à la fin de ses jours. Ne serait-ce pas merveilleux ? Purée ! ses collègues ne savaient pas ce qu'il manquait. Il espérait simplement que tous ses amis rencontrent un jour leur âme sœur et connaissent un aussi grand bonheur.

Elle bougea légèrement le bras qu'elle avait passé sur son torse. Elle commença à le retirer mais il l'en empêcha. Il glissa une main sous son dos et la plaqua contre lui. Il sentit son sein contre ses côtes et son sexe durcit davantage. Son érection matinale était pour lui un vrai bonheur et non plus un fardeau.

— Bonjour, ma mignonne, dit-il.

Elle pencha un peu la tête pour le regarder dans les yeux. Elle sourit mais ses pommettes s'empourprèrent et elle enfouit son visage dans le creux de son épaule.

— Bonjour, toi.

Il éclata de rire et se déplaça pour plonger son regard dans le sien. Elle résista un peu au début mais finit par le laisser faire.

— Tu es mal à l'aise ?

Elle acquiesça de la tête. Il passa une main sur ses cheveux et l'embrassa. Il désirait faire passer tout son amour dans ce baiser, lui faire comprendre qu'elle n'avait pas besoin d'être gênée avec lui. Qu'elle pouvait même se montrer audacieuse, entreprenante, et qu'il adorait cela. Elle finirait par s'habituer.

Il s'éloigna un peu d'elle et elle soupira comme si elle voulait retenir cet instant de bonheur. Pas de problème ! il recommencerait aussi souvent qu'elle le désirerait.

— Je suis étonnée que tu sois encore là, gloussa-t-elle. La plupart des hommes préfèrent se carapater avant l'aube.

— Tout d'abord, je ne suis pas comme la plupart des hommes. Ensuite, je suis là pour te protéger. Je ne vois pas de meilleur endroit pour le faire que ton lit ! protesta-t-il en lui caressant la joue et la mâchoire d'un doigt. Et enfin tu me plais beaucoup, Melinda, ajouta-t-il en lui soulevant le menton pour mieux la regarder.

Ses yeux irradiaient de bonheur, tout comme son odeur. Mais qu'allait-elle lui dire ?

Elle lui donna un petit bisou sur le nez et s'éloigna de lui en se retournant avant qu'il ait pu l'attraper.

— Tu me plais bien aussi, Parish. Je vais aller prendre une douche. Mais toute seule, cette fois.

Il comprendrait, enfin, elle l'espérait.

Il rejeta les couvertures et sortit les jambes du lit. Il aimait bien dormir dans un lit. Heureusement, son jaguar intérieur appréciait de dormir à la belle étoile, car, sinon, il aurait bien souffert au cours des dernières nuits. Il regarda son téléphone et remarqua un voyant lumineux qui clignotait, indiquant qu'il avait un message. Sans doute le bureau, pour lui demander son compte-rendu de mission. Ce ne serait pas étonnant, après le fiasco du jeudi soir.

Il écouta le message puis utilisa la numérotation abrégée pour rappeler son chef.

— Hé ! Tumbel, j'ai reçu ton message.

— Génial. Comment vas-tu ?

— On a attrapé le voleur jeudi soir et découvert qu'il s'était passé pas mal de choses intéressantes par le passé, mais que le client n'avait pas jugé bon de nous en informer avant que tu me confies cette mission. Mais bon, ma présence ici était vraiment essentielle.

— Quels événements passés ?

— Il semble qu'ils avaient déjà découvert le même virus il y a une quarantaine d'années et qu'ils l'ont détruit en raison de son incidence sur le cerveau humain. Kintu avait bossé dessus à l'époque. Il m'a parlé de sorciers aussi et d'un « au-delà ». J'espère sincèrement qu'il ne s'agit pas d'un sale truc. Qu'en penses-tu ?

— Je vois, dit Tumbel après un long moment de silence.

— Tu vois quoi ? insista Hamel, qui n'avait pas apprécié le timbre de voix de son chef.

— On a reçu des renseignements supplémentaires, avoua ce dernier après avoir poussé un long soupir. Mais on n'en a pas trop fait cas parce qu'ils ne concordaient pas avec les données qu'on avait en mains. Il semble que des hommes et des femmes aient disparu après avoir parlé à certaines personnes.

— Certaines personnes, comme des sorciers ? demanda Hamel, qui avait écouté son chef jusqu'au bout.

— Oui, ou des prêtres vaudous, des guides spirituels, enfin des personnes qui ont des liens avec l'au-delà.

— Cet « au-delà » existe-il vraiment ? Les fantômes et les extraterrestres ne se contenteraient pas de traîner dans notre monde pour effrayer les pauvres cons que nous sommes, il me semble, non ? Ils auraient vraiment un monde à eux ? J'ai toujours cru que ces histoires de monstres étaient des bêtises inventées pour faire peur aux enfants qui refusent de manger leurs brocolis !

— Ce genre de menace ne marche plus ! s'esclaffa Tumbel. Maintenant, il faut leur dire qu'on va les priver de leur téléphone portable pour qu'ils obéissent.

Hamel allait avoir besoin de faire des recherches sur l'éducation des enfants. Parce qu'il en aurait bientôt. Dès qu'il aurait expliqué à Melinda qu'elle était son âme sœur. Il sentit un petit fourmillement dans sa poitrine. Allait-elle lui rendre son amour ? Et si elle ne voulait pas de lui ? Si elle était incapable de comprendre ou d'accepter sa différence ? Le fait qu'il était plus qu'humain, que son animal désirait son amour autant que lui ?

— Hamel, tu es toujours là ?

Il secoua la tête pour retrouver ses esprits.

— Ouais, ouais, je pensais…

À son âme sœur, oui. Mais il ne le dit pas à voix haute. Il ne voulait pas que son chef croie qu'il ne faisait pas correctement son travail.

— Putain, mec ! dit Tumbel en éclatant d'un grand rire franc. Sors du lit de ton âme sœur. Est-ce que tu vas la ramener avec toi ?

— Euh… eh bien…

Tumbel rit encore une fois. Hamel commença à s'énerver.

— Laisse-moi deviner… tu ne lui as encore rien dit ?

— Je m'apprête à le faire, maugréa-t-il. Je veux d'abord réfléchir un peu à la manière dont je vais lui présenter cette information.

Tumbel gloussa de plus belle dans le téléphone.

— Putain, Hamel, tu me fais bien rire ! S'il le faut, ramène-la chez toi. Donne-lui le temps de s'installer puis appelle-moi. On verra ce qu'on fera après. Peut-être qu'on devra embaucher un nouvel agent.

Hamel en demeura bouche bée. Il faisait partie de l'équipe ALFA depuis si longtemps qu'il n'avait plus aucun souvenir de sa vie civile. Il avait économisé assez d'argent pour prendre une retraite confortable, mais il n'avait jamais pensé au jour où il le ferait. C'était un peu comme la mort : on savait que cela arriverait un jour mais on n'y pensait pas.

— Super, bonne idée, dit-il enfin. Je vais nous chercher un vol pour demain ou après-demain.

— Attends encore trois ou quatre jours, recommanda Tumbel en riant une nouvelle fois. Attends de lui avoir dit que sa vie risque de changer du tout au tout. J'espère pour toi qu'elle est du genre calme. Tiens-moi au courant, dit-il avant de raccrocher.

« Appel terminé » clignota sur l'écran du téléphone de Hamel.

Melinda n'était pas du genre calme. Loin de là. Elle était une scientifique qui avait l'habitude d'appliquer des procédures et des processus stricts dans le cadre de son travail. Elle détestait probablement le changement. Il était très mal barré. Tout compte fait, ce n'était pas une mauvaise idée de rester en Ouganda. Le climat y était fabuleux.

— J'ai fini de prendre ma douche, Hamel, cria la jeune femme. La salle de bains est libre. Je vais préparer le petit déjeuner.

— Génial, merci, répondit-il.

Hamel sauta dans la petite cabine de douche tout en se demandant comment il allait annoncer la nouvelle à son âme sœur. Il pourrait prendre exemple sur les humains. Sortir avec elle deux, trois fois, se fiancer au bout d'une semaine et se marier après. Cela lui semblait une bonne idée. Il pouvait attendre une semaine, dix jours. Voire deux semaines. Max. Mais comment réagirait-elle quand elle le verrait se transformer en jaguar ? Ça, c'était la question du siècle.

Un drôle de bruit lui provint de l'autre pièce.

— Melinda ? dit-il en sortant la tête. Tout va bien ?

Ne recevant pas de réponse, il coupa l'eau et attrapa la serviette qu'elle avait préparée pour lui.

— Melinda ? répéta-t-il.

Dès qu'il sortit de la cabine, il fut frappé par l'odeur de la peur. Melinda n'était plus là. Les portes du balcon étaient entrouvertes. La scientifique les gardait habituellement soit complètement ouvertes, soit fermées. Il se hâta de sortir sur le balcon.

— Melinda ? dit-il encore une fois.

Son félin intérieur détecta l'odeur de son âme sœur dans le vent et perçut des mouvements non loin entre les arbres.

Il sauta par-dessus la rambarde et se laissa glisser le long de la pente vers une zone où le sol était plus plat. Il ne s'était jamais transformé aussi vite de toute sa vie. Cette célérité lui était très utile. Parce que les êtres qu'il traquait n'étaient pas humains. En effet, aucun être humain n'était capable de se déplacer aussi vite. Son ventre se noua à cette pensée.

Il s'approcha suffisamment des kidnappeurs pour entendre la voix de Melinda.

C'est ça, ma chérie, bats-toi de toutes tes forces !

Le jaguar reconnut l'odeur du sang frais, mais ce n'était pas celui de son âme sœur. Il espérait qu'elle serait capable de tenir jusqu'à son arrivée.

Et lui qui croyait la menace éradiquée. Qui était ce nouvel ennemi ? D'où venait-il ? Et pourquoi son félin intérieur n'avait-il pas perçu plus tôt la présence d'un second cambrioleur ?

Mais bon, cette autre personne n'avait pas non plus d'odeur. Utilisait-elle aussi un inhibiteur ? Combien de gens étaient au courant de la présence d'un métamorphe ? Il s'approcha suffisamment pour voir deux personnes émerger d'entre les arbres et se diriger vers un vaste champ. Un homme avec Melinda sur son épaule. Elle lui martelait le dos de coups de poing et le griffait de ses ongles. Elle lui avait même remonté le slip le plus possible !

Hamel se hâta de les rattraper. Il réfléchit à la meilleure manière d'arrêter le kidnappeur sans faire de mal à son amoureuse. Un coup oblique dans les genoux serait la meilleure solution.

Il vit un peu plus loin devant un ensemble mégalithique, un peu comme à Stonehenge mais en moins spectaculaire. Avec en son centre une grande pierre plate, une sorte d'autel vers lequel le type se hâtait. Super. Il allait lui couper la tête. Personne ne pouvait s'en prendre à son âme sœur et espérer garder la vie sauve.

Le type ne ralentit même pas. Il courait beaucoup plus vite qu'un humain. Hamel le vit sauter sur l'autel puis tourner pour redescendre de l'autre côté. Mais il n'atterrit jamais. Parce qu'il avait disparu avec Melinda. Elle n'était plus là. Son âme sœur était partie !

Haletant, il s'arrêta dans un grand dérapage contrôlé. Il ne comprenait pas la scène à laquelle il venait d'assister. Le jaguar huma l'air à la recherche de l'odeur de Melinda. Mais rien. Elle avait complètement disparu. Comment était-ce possible ? Il ressentit de la colère mais aussi de la peur. Il reprit forme humaine, hurla et s'attaqua à la structure de pierres. Quand il eut fini, il ne restait plus que des gravats.

Il se baissa, posa les mains sur ses genoux et inspira longuement. Il avait mal partout. Non parce qu'il avait cassé des pierres à mains nues mais parce que son âme sœur s'était envolée. Il ne sentait plus sa présence. Et cela signifiait que soit elle était morte, soit son âme l'avait quittée.

Hamel se laissa tomber sur les genoux et poussa un long cri vers le ciel. Pourquoi lui avait-elle été enlevée ?

Il entendit craquer des brindilles derrière lui. Il se retourna et vit le vieil homme du Refuge de la vie sauvage, le soi-disant sorcier. Sans réfléchir, il se rua sur lui, n'ayant qu'une idée en tête : tuer tous les humains.

Le sorcier leva la main, un éclair émergea de sa paume et atteignit Hamel en plein front. Il ne sut pas comment, mais il se retrouva allongé au sol, le regard fixé sur le ciel au-dessus de lui.

— As-tu fini ? lui demanda le vieillard en se penchant sur lui.

— Ouais, fut tout ce que Hamel trouva à lui répondre.

Son cerveau avait dû être un peu secoué par l'éclair. L'homme s'éloigna. Hamel se releva et secoua la tête. C'était trop étrange. Comment avait-il fait cela ? Il trottina pour rejoindre le vieil homme.

— Attendez-moi. J'ai besoin de votre aide. Savez-vous ce qui s'est passé, là ? Ce qui est arrivé à mon âme sœur et à ses kidnappeurs ?

— Oui, répondit le sorcier. Et tu vas aller la retrouver et la ramener.

Chapitre 28

Les émotions très violentes qu'il venait d'éprouver avaient profondément secoué Hamel. Il avait envie de pleurer et de rire en même temps. Le sorcier se tenait devant lui, immobile.

— Je m'appelle Sefu, dit-il, au cas où tu l'aurais oublié. Cela signifie « épée ».

Génial. Content de le savoir…

— Je suis…

— Je sais qui tu es, change-forme. Je vois ton félin intérieur. Je suis ravi de constater que tu as survécu au venin. Cette femme t'a sauvé. Tu le sais, non ? J'ai décidé d'intervenir en partie à cause d'elle. Il ne faut jamais séparer les âmes sœurs.

— Je suis entièrement d'accord. Avez-vous d'autres raisons de vouloir l'aider ? Et qu'est-ce que vous allez faire au juste ?

— Je vais te tuer pour que tu puisses aller la retrouver et la ramener. J'ai décidé de t'aider parce qu'il ne faut pas que le roi des démons mette la main sur ce qu'elle a.

— Houla ! attendez un peu ! s'écria Hamel en retenant le sorcier par le bras. Écoutez-moi bien : je suis tout à fait d'accord pour mourir s'il le faut pour la ramener. Mais ces conneries au sujet des démons… eh bien je n'y crois pas, termina-t-il en se remémorant sa conversation téléphonique avec son chef le matin même.

Le sorcier s'approcha, et ils se retrouvèrent nez à nez. Et, même si Hamel le dépassait pratiquement d'une tête, il eut l'impression que c'était le sorcier qui le dominait.

— Écoute-moi bien, petit crétin ! Je me fous complètement de ce que tu crois. Le fait que tu ne puisses pas voir ni toucher quelque chose n'est pas la preuve que cette chose n'existe pas. Peux-tu attraper le vent ? Peux-tu l'enfermer dans des petits sachets plastique pour le ramener à la maison ? Et pourtant le vent existe bel et bien.

» Et les tours de magie que tu vois à la télé ? Penses-tu qu'un magicien peut réellement faire disparaître une voiture ? Non, mais tu ne sais pas comment il le fait. Et pourtant c'est un tour de magie tout ce qu'il y a de plus classique. Crois-tu vraiment qu'on ne peut pas tromper ton regard ? Alors comment peux-tu t'attendre à ce qu'elle croie que tu es un change-forme ? Qu'un félin vit en toi et partage ton esprit, si toi tu doutes ? lança le sorcier avant de se retourner et de se remettre à marcher.

Hamel le suivit en réfléchissant. Le vieillard avait raison. On ne pouvait pas toucher le vent ou voir les techniques de prestidigitation des tours de magie. Et il ne fallait pas que Melinda le prenne pour un fou quand il lui avouerait qu'il était un métamorphe. Mais bon, cela ne l'obligeait pas non plus à croire tout ce qu'on lui racontait.

Sefu poussa un grognement comme s'il y avait un animal en lui.

— Mon enfant, je ne te dis pas d'accepter tout ce qu'on te raconte. Il y a beaucoup trop de menteurs et de voleurs qui prennent tout ce qu'ils peuvent. Méfie-toi d'eux.

— Alors comment puis-je faire la différence entre les menteurs et les gens honnêtes ? demanda Hamel en serrant les poings comme pour contrôler sa grande frustration.

— Suis ton cœur et ton cerveau. Ils connaissent la vérité.

Ouais, d'accord. Mais cela n'était pas vraiment suffisant.

— Et s'ils se trompent ? insista Hamel après avoir éructé un juron.

— Eh bien tu te feras arnaquer et tu perdras un peu de fric.

— Cela ne m'est pas très utile, marmonna Hamel, prêt à étrangler le sorcier. Dites-moi pourquoi ils ont kidnappé Melinda. Pourquoi elle ?

Le vieillard s'éloigna très rapidement pour un homme de son âge.

— C'est le jour des morts aujourd'hui, mon enfant, le jour où le voile qui nous sépare de l'au-delà est beaucoup plus fin. C'est pourquoi on raconte tellement d'histoires de fantômes et de monstres ce jour-là. Pendant tout un jour et toute une nuit, ils sont capables de circuler à leur guise d'un monde à l'autre. Le portail par lequel est passée ton âme sœur l'a menée directement à leur royaume.

— Leur royaume ? Vous voulez dire celui des démons ?

Bordel de merde ! il ne voulait pas croire à toutes ces balivernes. Mais il n'avait apparemment pas le choix et il était prêt à le faire s'il le fallait pour ramener Melinda.

— Oui, mon enfant.

— Mais pourquoi Melinda ? grogna-t-il.

— À cause de son savoir, et de ce qu'elle a sur elle. Il ne faut pas que cela tombe entre les mains des démons. Cela signifierait la fin de notre civilisation telle que nous la connaissons, déclara Sefu, sa voix trahissant une certaine impatience.

Bon sang ! que racontait ce sorcier ?

— Mais quel savoir ? Qu'est-ce qu'elle a sur elle ?

— Elle a le virus avec elle et elle est la seule à savoir comment fabriquer le sérum.

— Et pourquoi est-ce que les démons veulent posséder un virus qui n'est pas mortel pour les humains ?

Le jaguar intérieur de Hamel désirait émerger et pousser un grand rugissement de frustration tellement il en avait marre d'entendre le sorcier parler par énigmes.

— Ça, c'est à toi de le découvrir.

— Un instant. Comment savez-vous pour le virus ?

Hamel n'hésiterait pas à tabasser le vieil homme, deux fois plutôt qu'une, si sa réponse ne lui plaisait pas. S'agissait-il d'un putain de complot ?

— Non, mon enfant. C'est la deuxième manifestation de ce virus. Parce que nous n'avons pas bien appris notre leçon la première fois.

— Ah merde ! vous êtes l'autre collègue de M. Kintu.

Sefu arrêta et se retourna vers lui, l'air triste et désolé.

— Oui, c'est vrai, répondit-il avant de faire demi-tour et de se remettre à marcher. Et mon ami m'a beaucoup manqué toutes ces années.

— Mais il travaille au Laboratoire de recherche sur les virus. Il vous croit mort. Allez le voir.

— Non, mon enfant. Ce n'est pas possible, répondit-il en secouant la tête. Il vaut mieux qu'il me croit parti.

— Mais pourquoi ? insista Hamel, se sentant terriblement frustré encore une fois. Je ne comprends pas.

— C'est normal, mon enfant. Tu n'étais pas encore né.

Le jaguar désirait émerger, prêt à oublier toutes ces conneries et à chercher un autre moyen de retrouver son âme sœur. Le sorcier lui faisait perdre beaucoup trop de temps.

— Que s'est-il passé ?

— M. Kintu t'a-t-il raconté tout ce qu'il savait ? demanda Sefu en soupirant, l'air quelque peu déprimé. Il était absent pendant la majeure partie des événements.

— Il m'a dit que vous étiez trois chercheurs, que l'un a été tué par son propre grand-père et qu'il ne t'a jamais revu.

— C'est bien ainsi, réagit Sefu en se passant la main sur le front. Il n'a pas besoin d'en savoir plus. Il s'est toujours senti très coupable de ne pas avoir été là quand le pire est arrivé. Mais ce n'est pas lui le plus responsable, c'est moi.

— Ah bon ? Qu'est-il arrivé ? insista Hamel en lançant un regard noir au vieillard.

— Ce n'est ni le temps ni l'endroit pour te le raconter. Chaque seconde que nous perdons à tergiverser est une seconde de moins pour intervenir avant qu'il ne soit trop tard, déclara le sorcier en adressant un regard impatient à Hamel.

— Qu'est-ce que vous entendez par « avant qu'il ne soit trop tard » ?

Hamel se sentait horriblement frustré. Et de plus en plus. Il avait besoin de réponses à ses questions et le sorcier ne lui révélait pas grand-chose d'intéressant. Mais bon, s'il ne disposait pas de beaucoup de temps pour retrouver Melinda, tout cela pouvait attendre. Ils arrivèrent jusqu'à une superbe cabane en rondins derrière laquelle se trouvait un hangar en aluminium vers lequel le sorcier l'entraîna.

— Un instant ! Qu'est-ce que c'est que cet endroit ? C'est incroyable !

Hamel avait regardé beaucoup d'émissions de télévision sur les cabanes et estimait que celle-ci méritait de figurer parmi les plus belles.

— Qu'est-ce qu'on est venus faire ici ? demanda-t-il.

— C'est ici que je vais te tuer, annonça le vieil homme en tournant la tête pour le regarder.

Chapitre 29

Hamel s'assit sur le sol en terre battue du petit hangar derrière la cabane en rondins. Devant lui, un feu de bois crépitait, la fumée s'échappant par un orifice dans le toit. Sefu entra avec un grand couteau.

— Ho là ! sorcier, j'avoue que je pensais que vous parliez au sens figuré quand vous parliez de me tuer, dit-il avant d'apercevoir un poulet dans l'autre main du vieillard. Hé ! vous n'allez pas vraiment…, commença-t-il en voyant le vieil homme poser le volatile sur un billot et lui trancher la tête d'un coup sec. Euh… d'accord…

N'y avait-il pas des lois contre ça ? Où étaient les membres de l'association Pour une éthique dans le traitement des animaux quand on avait besoin d'eux ? Ah ! ouais, il était dans un monde de magie noire où les démons pouvaient pénétrer dans le royaume des humains pour kidnapper une scientifique qui détenait un virus.

Hamel n'avait pas très envie de voir ce que le sorcier allait faire ensuite, mais le hangar était si petit qu'il n'avait pas le choix. Il remarqua alors que Sefu n'avait pas cessé de psalmodier une longue mélopée. Hamel comprenait sa langue mais ses marmonnements étaient inintelligibles.

Le sorcier posa près de la flamme un bol métallique rempli d'un liquide rouge, cracha plusieurs fois dans un autre récipient, puis gratta un peu de la terre du sol et la mélangea avec le liquide pour en faire une sorte de boue. S'il avait besoin d'eau, il n'aurait eu qu'à racler la sueur qui dégoulinait sur lui. Il faisait si chaud dans cette cabane qu'on se serait cru dans une tente de sudation. Hamel était certes prêt à mourir pour Melinda mais cela ne voulait pas dire qu'il avait hâte d'y être ni qu'il n'appréhendait pas la douleur.

Le sorcier posa le récipient près de l'autre à côté du feu. Un troisième bol apparut entre ses mains. Il cassa une des feuilles de *l'aloe vera* qui poussait dans un pot posé sur une étroite table contre le mur, l'écrasa et en fit couler le jus. Puis il pressa une fleur entre ses doigts et l'ajouta au mélange.

Il posa ce récipient près des deux autres et se pencha au-dessus en psalmodiant sa lente mélopée tout en bougeant les mains.

— Viens ici, change-forme.

Hamel releva brusquement la tête, puis s'approcha des récipients. S'était-il endormi ?

Sefu trempa deux doigts dans le sang de poulet et les passa sur les bras du jeune homme.

— Ce sacrifice a pour but de demander la faveur des dieux tutélaires, dit-il avant de lui étaler un peu de boue sur le front. Ceci est pour la Terre, nous sommes poussière et nous retournerons à la poussière.

Puis il étala le mélange d'*aloe vera* sur le torse du jeune homme, au niveau du cœur.

— Que cela t'aide à ne pas oublier que le temps guérit ce qui ne te tue pas. Ton cœur est fort, change-forme. Laisse-le te guider dans ce voyage.

Le sorcier continua à décorer son corps avec le contenu des récipients.

— Il y a des choses que tu dois savoir avant de commencer ton voyage. Tout d'abord, et c'est primordial, tu dois absolument revenir avant le coucher du soleil de l'au-delà. Le voile entre les deux royaumes se referme à ce moment-là et, si tu demeures dans le monde des démons après le coucher du soleil, tu ne pourras plus jamais le quitter.

» Deuxièmement, tu ne dois pas craindre d'être possédé. Grâce à ton jaguar, les démons ne seront pas assez forts pour s'insinuer en toi. Ne les laisse jamais te piéger, te convaincre de les laisser utiliser ton corps. Ils pourraient alors te posséder et se servir de toi.

» Et enfin, dis bien à ton âme sœur de toujours se rappeler dans quelle réalité elle est. C'est très important.

Puis il recommença à psalmodier lentement. Une mélopée lente et soporifique. Presque comme une chanson. Hamel poussa un long soupir et sentit ses épaules se détendre.

Réveille-toi.

Hamel redressa subitement la tête et s'assit. Mais où était-il, bon Dieu de bon sang !? Avait-il été transporté dans la vallée de la Mort ? Il se leva et se frotta des deux mains pour enlever la poussière, remarquant alors qu'il portait un pantalon en daim souple, un peu usé. D'où venait-il ? Et il avait aux pieds des mocassins très confortables qui remontaient sur la cheville et lui donnait l'impression de marcher pieds nus. Il était torse nu, et ses muscles brillaient au soleil.

Il n'y avait là rien de trop inquiétant, sauf qu'il sentit un objet dans son dos. Il passa une main au-dessus de sa tête et étreignit quelque chose qui ressemblait à une poignée. Il tira et découvrit une longue et fine épée. Bon Dieu de bon sang ! tout cela était-il bien réel ? Il allait se prendre pour Conan le Barbare si ça continuait ! Et si le dragon du lac de feu se pointait il se la jouerait en Ulrich !

Il attrapa l'épée des deux mains et faucha l'air. Super. Il se sentait prêt à buter des satanés démons pour récupérer son âme sœur. Il éleva l'épée au-dessus de sa tête et essaya de la glisser dans son fourreau, qui était très étroit. C'était comme enfiler une aiguille. Le truc impossible.

Il finit par abandonner et la garder à la main, n'ayant pas d'autre arme à sa disposition. Il devrait s'entraîner à bien la tenir et à la manipuler. D'autant plus qu'il n'avait aucune idée de ce qu'il aurait à affronter. Il aurait bien aimé avoir un flingue.

Il se mit en marche et son pied heurta quelque chose. Il baissa les yeux et vit un pistolet dans la poussière. D'où pouvait-il bien venir ? Il le prit et vérifia le chargeur. Vide. Normal. Il avait beau avoir trouvé une arme, sans munitions, elle ne lui servirait pas à grand-chose. Il aurait bien aimé trouver également un chargeur plein. Il s'apprêtait à balancer le flingue quand il aperçut des balles éparpillées sur le sol, brillant au soleil. Incroyable ! Comment avait-il pu ne pas les voir quand il avait ramassé le pistolet ?

Il chargea son arme et la glissa dans son dos, dans la ceinture de son pantalon.

— Est-ce que je vais me diriger vers ce désert-ci, se demanda-t-il, puis, faisant volte-face, ou vers ce désert-là ?

Il se tourna pour faire face au soleil, qui ressemblait en tout point à celui qu'il connaissait. Il faisait vraiment très chaud. Il décida de garder le soleil dans son dos et entama son « voyage » comme l'avait décrit le sorcier.

Puis il se souvint des recommandations de Sefu : il ramassa plusieurs pierres qu'il empila en un cairn visible d'assez loin. Le sorcier lui avait bien expliqué qu'il devait retourner exactement au même endroit pour rentrer dans son monde d'origine. Il décrivit ensuite avec son épée un grand cercle pour indiquer là où il lui faudrait se tenir.

Puis il se mit à courir, l'épée à la main, en pensant à Melinda. Il était venu la sauver, quitte à mourir en tentant de le faire. Il préférait crever que vivre sans elle.

Il chemina longtemps sans rien voir d'autre que de la poussière et des pierres, et commença à douter de son choix d'itinéraire. Il aurait bien aimé trouver une indication qui lui aurait permis de déterminer s'il était sur la bonne route. Ç'aurait été sympa.

Il détecta des mouvements très loin devant lui, tellement qu'il se demanda s'il ne s'agissait pas en fait d'un mirage.

Mais une masse s'avançait vers lui, s'approchant assez rapidement. Ses yeux et son cerveau n'arrivaient pas à identifier ce que c'était. Mais bon, quoi que ce fût, ce n'était pas un mirage.

Sans aucun préavis, une onde de choc le fit presque tomber par terre. Une masse noire, informe, flottant à deux mètres du sol, se dirigeait droit sur lui. Et derrière cette première masse il y avait toute une ligne de créatures semblables. Celles de derrière poursuivaient-elles celle de devant ? La première était nettement plus rapide que les autres. Il s'agissait peut-être d'une course ? Mais son intuition lui disait autre chose et tous ses instincts se mirent en mode protection.

Il se pencha sur le côté pour esquiver la créature. Mais elle l'imita et changea de direction. Bon, d'accord, il allait suivre son cœur et son cerveau comme le lui avait conseillé le sorcier.

Il se tint droit et ferma les yeux quand la masse informe fut trop près de son visage pour éviter la collision. Il sentit alors une main l'agripper par la gorge. Il n'avait jamais imaginé qu'il allait mourir étranglé.

Chapitre 30

Hamel se raidit, s'attendant à être étranglé. Il aurait dû se méfier un peu plus. Qui donc allait sauver Melinda maintenant ?

L'étrange créature fit deux fois le tour de sa tête et sa main s'enroula autour de sa gorge. Puis elle s'arrêta et se plaqua contre son dos.

— C'est quoi ça, bordel ! cria-t-il en sautant sur place et en tentant de pivoter pour voir ce qui s'était accroché à lui, mais sans grand succès.

— Aidez-moi, s'il vous plaît, lui chuchota une petite voix implorante dans l'oreille.

Faisant appel à son instinct de protection.

Il se retourna, en état d'alerte, pour faire face à la horde de créatures qui fonçaient droit sur lui. Il saisit l'arme qu'il avait glissée dans son pantalon et tira. Mais soit les balles étaient sans effet contre ces masses informes, soit elles n'atteignaient pas leur cible car il eut beau vider son chargeur les créatures continuaient à avancer. Il saisit alors son épée des deux mains et l'abaissa sur les masses qui arrivaient sur lui. À peine les avait-il touchées qu'elles disparaissaient.

Il recommença, du revers cette fois, avec le même résultat. Les créatures explosaient et disparaissaient.

Au bout d'un moment, elles cessèrent d'avancer vers lui et flottèrent au-dessus du sol sans bouger.

— Humain, rends-nous notre ami, exigea l'une d'elles, Hamel n'aurait su dire laquelle.

Elles n'avaient ni bouche ni yeux. Elles ressemblaient à des raisins secs géants, de la taille d'un pneu.

Il sentit ralentir la respiration de la créature accrochée à son cou. Elle avait l'air de se calmer. Puis elle fut prise d'un grand frisson. De peur ?

Son instinct de protection se manifesta.

— Non, répondit-il. Il reste avec moi. Vous pouvez tous partir.

Mais aucune des créatures ne bougea. Hamel éleva son épée.

— Qui êtes-vous, humain, pour défier les démons ? demanda la même voix.

Ah, voilà donc ce qu'étaient ces créatures ! Intéressant. Il s'était attendu à des cornes, des queues pointues et des visages d'une effrayante laideur.

— Je ne suis pas un humain, affirma Hamel. Je suis un change-forme, précisa-t-il en décidant d'employer le mot qu'utilisait toujours Sefu.

Hamel était prêt à jurer avoir entendu des exclamations d'étonnement, et le groupe de démons s'éloigna même un peu.

— Oh, oh ! lâcha alors d'une toute petite voix la créature dans son dos.

Puis les créatures partirent, le laissant seul avec celle qui se cramponnait à lui. Si les démons avaient eu un visage, se dit Hamel, il aurait eu l'air mécontent.

— On se reverra, change-forme.

Bon sang ! c'était exactement ce que disaient toujours les méchants dans les films. Est-ce que les démons n'auraient pas pu faire preuve d'un peu plus d'originalité ? Il décida de ne plus y penser et regarda les créatures s'éloigner.

— C'est bon maintenant, dit-il quand le groupe de démons eut disparu. Tu peux me relâcher… euh…

Comment allait-il appeler cette chose ?

Il sentit la pression se relâcher à la base de son cou et se retourna pour regarder le démon d'un peu plus près. Il ressemblait vraiment à un raisin sec qui aurait fait une cure d'anabolisants.

— Pourquoi est-ce que les autres te pourchassaient ? Tu as fait quelque chose de mal ?

— Non, répondit faiblement le démon. Ils me harcèlent et ils me font du mal. Est-ce que tu pensais vraiment ce que tu as dit ? Que je suis avec toi maintenant ? J'aimerais bien que tu ne me tues pas.

Super. Que pouvait-il lui répondre ? « Non » ? Et risquer que les autres le tabassent de nouveau, ou « Oui » et Dieu seul connaissait la suite ?

— Qu'es-tu venu faire ici ? s'enquit le démon.

— Je cherche une jeune femme amenée ici contre son gré.

— Tu dois parler de celle qui est arrivée aujourd'hui. Je peux t'aider. Je sais où elle est, révéla-t-il au grand étonnement de Hamel. Je vais te guider jusqu'à elle.

Que pouvait-il faire d'autre ?

— Si tu me conduis jusqu'à elle, je ne te tuerai pas. Ça te va ?

— Oui, ça me va très bien.

Puis la créature s'éleva dans les airs, redescendit et se retourna. En fait, devina Hamel, le démon dansait de joie.

— Par là. Nous allons par là.

La créature indiquait une direction très différente de celle qu'avait empruntée Hamel jusque-là. Il balaya les environs des yeux et ne vit qu'un sol aride et pierreux. La mort guettait quiconque s'y égarait. Y compris lui-même.

Dans quoi s'était-il aventuré ? Il allait suivre un démon ? Il perdait la tête.

— Alors comment t'appelles-tu, mon pote ?

— Lamozierus.

— Ah, d'accord ! Mais je vais avoir du mal à m'en souvenir. Alors je vais t'appeler Wilson, d'après un personnage de film.

— Wilson, répéta le démon en détachant les syllabes. Ça me plaît bien. C'est plus facile à dire aussi. Wilson.

— Alors, Wilson, je ne sais rien de cet endroit, lança Hamel en plissant les yeux à cause du soleil. Dis-moi tout ce que tu peux.

— Il y a beaucoup de choses à dire. Comment t'appelles-tu ?

Hamel avait l'habitude des noms de codes et des fausses identités, et il se demanda quel nom donner au démon. Il avait employé son propre nom avec Melinda parce qu'il était censé ne s'occuper que de sa protection. Il n'était pas prévu qu'il parle à d'éventuels informateurs ou à des méchants.

— Appelle-moi Clint. Juste Clint, ajouta-t-il en gloussant pour le cas où le démon connaissait Clint Eastwood, l'idole de ses jeunes années.

— Clint, il te faudra apprendre beaucoup de choses si tu veux comprendre notre monde, expliqua la créature. Ce serait peut-être plus simple si tu me posais des questions.

Ouais, c'est bien le moment de jouer aux devinettes ! pensa Hamel.

— Pourquoi est-ce que mon âme sœur a été kidnappée ? demanda-t-il.

— Qu'est-ce que ça veut dire « âme sœur » ?

— L'âme sœur est la personne, commença Hamel après avoir réfléchi à sa réponse, qui sait comment te faire sourire et même rire quand tu es triste. C'est la première personne que tu as envie de voir le matin et la dernière le soir. Tu ferais n'importe quoi, même au péril de ta vie, pour la garder heureuse et en sécurité. C'est la seule personne qui te donne un sentiment de complétude.

— Mais c'est une description de ce que vous appelez « amour » que tu viens de me donner, non ?

Hamel fut très étonné par la réaction de la créature.

— Tu as raison, Wilson. Comment se fait-il que tu connaisses aussi bien ma langue ?

— Le roi des démons dit qu'il est important de bien connaître son ennemi. On ne peut pas vaincre des êtres qu'on ne comprend pas.

— Un instant ! s'exclama Hamel en s'arrêtant. Tu dis que je suis ton ennemi ?

— Oui, exactement, confirma la créature avec assurance.

— Alors que fais-tu ici avec moi ? demanda Hamel en fronçant les sourcils, la situation n'évoluant pas comme il l'aurait souhaité. Est-ce que tu ne devrais pas t'enfuir ? ou m'attaquer, à tout le moins ?

Le démon fit volte-face et Hamel vit deux points rouges qui le dévisageaient comme s'ils s'apprêtaient à le transpercer tels des lasers. Oh merde ! qu'avait-il fait ?

Chapitre 31

Melinda ouvrit les yeux et découvrit un plafond et des murs blancs tout ce qu'il y avait de plus banal. Elle se redressa lentement et constata qu'elle se trouvait sur un luxueux lit de camp posé sur un sol de béton gris. Des bruits de voix lui parvinrent à travers la porte.

Elle entrouvrit prudemment et aperçut un petit groupe de femmes, toutes revêtues d'une sorte de toge blanche, allongées sur des gros coussins garnis de couvertures. Des plateaux de nourriture étaient disposés çà et là. Ces femmes bavardaient et riaient comme si elles passaient un après-midi à la plage. Aucune d'entre elles n'avait l'air menaçante.

Melinda sortit donc de sa chambre et referma derrière elle.

— Regardez, dit l'une des femmes, qui l'avait aperçue. La nouvelle est réveillée.

Toutes les têtes se tournèrent vers elle. Or Melinda détestait attirer l'attention. Une des femmes se releva prestement et installa un autre coussin près du sien.

— Allez, viens t'asseoir à côté de moi, jeune fille. On a beaucoup de questions à te poser. Et tu dois en avoir aussi, j'imagine, dit-elle en lui adressant un sourire et un clin d'œil.

Melinda lui rendit son sourire, déterminée à adopter une expression parfaitement inoffensive. Elle espérait découvrir quelques informations sur cet endroit. Jusque-là, tout allait bien. Elle s'apprêtait à rejoindre la femme quand une sorte de fracas venant de l'autre bout de la pièce la fit sursauter. Elle se retourna et aperçut quatre beaux gosses qui en entouraient un cinquième, étalé par terre sous une table renversée.

— Ne t'en fais pas pour eux, dit la femme qui l'avait interpellée en agitant la main. Ils se battent pour l'honneur d'être le premier à te féconder.

— Pardon ? lâcha Melinda en s'immobilisant. Me « féconder » ?

— Ce n'est rien, répondit la femme en l'invitant à s'approcher d'un geste de la main. Viens, viens t'asseoir avec nous. On va tout t'expliquer.

Melinda n'était pas sûre d'être rassurée par la nonchalance qu'affectaient ces femmes, mais le comportement des hommes ne semblait pas du tout les préoccuper. Elle s'installa donc sur le coussin et balaya la pièce du regard. Elle vit à côté d'elle un plateau de fruits frais et extrêmement appétissants. Elle était affamée, n'ayant pas pris de petit déjeuner.

— Allez, sers-toi. On mange super bien ici, dit sa voisine.

Ses compagnes, qui suivaient leur échange, acquiescèrent d'un signe de tête. Melinda prit donc un morceau de fruit juteux et mordit dedans. Oh, que c'était bon ! Le goût lui rappelait celui de l'ananas. Elle le mangea entièrement et prit ensuite un autre fruit au goût de kiwi.

— Je me présente, dit celle qui devait être la doyenne du groupe à en croire son apparence. Je m'appelle Kim et je suis la mère maquerelle du harem. (Les autres s'esclaffèrent.) Je ne le suis pas vraiment, ajouta-t-elle, mais je suis ici depuis longtemps et je suis devenue une sorte de mentor pour les nouvelles recrues.

— Les nouvelles recrues ? répéta Melinda, qui n'appréciait pas trop ce que cela sous-entendait. Des recrues pour quoi, au juste ?

— Allez, détends-toi un peu, gloussa Kim. Tu sembles vraiment à cran. Ici, tu n'auras rien d'autre à faire que te reposer et profiter de la vie.

— Qu'entends-tu par « rien d'autre à faire » ?

— Exactement ce que Kim vient de dire, intervint une autre femme. On fait ce qu'on veut quand on veut. On n'a pas besoin de travailler, de régler des factures, de faire la cuisine ou le ménage, et on n'a pas de mari qui s'énerve après nous. Et on a des types vraiment canon.

La femme claqua alors des doigts et fit pivoter son coussin de manière à tourner le dos au groupe. Un des hommes la rejoignit en souriant.

Il se pencha, posa brutalement la main sur sa gorge et l'embrassa. Puis il s'agenouilla et l'embrassa dans le cou et descendit encore. La tête du type disparut ensuite, cachée par le haut du coussin. Melinda ne le vit plus. Mais la femme pencha la tête et laissa retomber les bras de chaque côté de son coussin. Elle avait plié les genoux et écarté les jambes sous sa toge, et s'offrait ouvertement au type. Melinda sentit ses joues s'empourprer en entendant ses gémissements de plaisir.

Quelques-unes de ses compagnes poussèrent des gloussements.

— Ça, c'est Deb, lui expliqua Kim. Elle fait bon usage du service. On pense qu'elle devait être privée de sexe dans sa vie antérieure. Elle est insatiable.

Des rires fusèrent de part et d'autre.

— Alors, dit Kim en se redressant, dis-nous un peu qui tu es et explique-nous comment tu es venue nous rejoindre au paradis.

« Paradis » ? Vraiment. Non mais !

— Je m'appelle Melinda et j'ai été kidnappée par un inconnu. J'ai besoin d'aide pour rentrer chez moi, je pense.

Les femmes échangèrent des regards.

— Pourquoi veux-tu rentrer chez toi ? Tu as tout ce qu'il te faut ici. S'il te manque quoi que ce soit, tu n'as qu'à le demander au roi et il te l'obtiendra, expliqua une magnifique créature aux longs cheveux noirs.

Holà ! un roi ?

— Et de quel roi s'agit-il ? s'enquit Melinda, tandis que les gémissements de Deb se faisaient de plus en plus sonores.

— T'inquiète, la rassura Kim en lui tapotant la main. Cuzork est un monarque généreux. Il nous donne tout ce qu'on veut mais il est très sévère avec le personnel. Il est exigeant, il sait ce qu'il veut. Par exemple, il est très friand de possessions matérielles. Plus il en accumule, plus il est heureux. Or il me semble un peu tendu depuis une semaine.

Melinda se demanda si c'était à cause d'elle et de Hamel.

— Alors, ce roi, Cuzork, est-ce qu'il se tient au courant de ce qui se passe en Ouganda ? demanda-t-elle, partant du principe que tous ces gens étaient originaires de ce pays.

— En Ouganda ? répéta Kim en fronçant les sourcils. Tu parles d'une dimension terrestre, là. J'ai du mal à comprendre que tu aies envie de retourner sur Terre. Aucune de nous ne le souhaite en tout cas.

— Tu veux dire qu'on n'est pas sur Terre ? s'écria Melinda, interloquée, se sentant assaillie par une bouffée d'adrénaline. Qu'on est dans une autre dimension complètement différente ?

— C'est ce que m'a dit une fois un des employés. Je ne sais pas si c'est vrai. Mais je suis encline à le croire parce que j'ai vu des choses bien étranges.

— Comme quoi ? voulut savoir Melinda.

— J'ai vu des objets apparaître et disparaître comme par enchantement, expliqua Kim en se penchant vers la scientifique et en lui parlant à voix un peu plus basse. Et une fois ou deux, lorsque je me trouvais dans une zone interdite, j'ai vu flotter des êtres parfaitement horribles qui ressemblaient à d'énormes raisins secs.

— Je vois, dit Melinda en acquiesçant de la tête.

Cette Kim n'était vraiment pas une lumière, pensa-t-elle. Elle serait sans doute obligée de chercher toute seule le moyen de s'évader.

Deb poussa un long hurlement fort déplaisant, probablement quand le type la fit jouir, devina Melinda. Il se releva, s'essuya la bouche d'une main, agrippa Deb par les hanches et la retourna sur son coussin. Il s'insinua entre ses jambes et enfouit son énorme sexe en elle.

Melinda ne put s'empêcher de repenser à sa nuit avec Hamel. Elle se sentit enveloppée d'une délicieuse chaleur à ce souvenir. Elle devait absolument trouver le moyen de le retrouver. Sans lui, la vie ne valait pas la peine d'être vécue. Venait-elle vraiment de penser cela ? Elle passa ses sentiments en revue et comprit qu'elle tenait beaucoup à lui. Vraiment beaucoup. Il était parfait en tout ce qui comptait pour elle : il était protecteur, sympa, fort, canon, incroyablement doué pour le sexe et, en prime, il semblait très attaché à elle.

Elle avait pensé exactement la même chose de son ex-petit ami. Jusqu'à ce qu'il la trahisse. Melinda sentit son ventre se nouer en se remémorant tout ce qu'il lui avait fait subir. Il était hors de question pour elle de courir ce risque une deuxième fois. Pas tout de suite, en tout cas.

Kim tapa des mains pour attirer l'attention de ses compagnes.

— OK, tout le monde, c'est bientôt l'heure de manger. Allez vous refaire une beauté dans vos chambres et on se retrouve ici dans quelques instants.

Elle claqua des doigts et un des hommes s'approcha. Il était vraiment beau gosse, mais loin d'être aussi canon que Hamel. Il tendit la main à Melinda pour l'aider à se relever.

— Peux-tu, s'il te plaît, accompagner la nouvelle à la chambre libre à côté de celle de Marian ?

— Avec plaisir, Votre Altesse, répondit-il en inclinant la tête.

Une main chaude se posa dans le dos de Melinda et la guida vers la porte. Avec ses murs et son plafond blancs, ainsi que son sol en béton, le couloir était identique à la chambre où elle s'était réveillée. Il n'y avait rien sur les murs, ni tableau, ni œuvre d'art, ni décoration d'aucune sorte. Une peu trop neutre à son goût.

Son guide la fit passer devant plusieurs portes closes et ouvrit la dernière au bout du long couloir.

Melinda entra et faillit trébucher, mais une main l'attrapa par le poignet et la repoussa sauvagement contre le mur.

Chapitre 32

Hamel plongea le regard dans les yeux diaboliques du gros raisin sec devant lui. Voilà ce qui arrivait quand on posait des questions trop personnelles. Il sentit en lui toute la puissance de son jaguar intérieur, prêt à se battre ou à s'enfuir, selon le cas. Son pouls s'accéléra, ses muscles se raidirent. Merde! de quoi étaient capables ces grosses boules informes?

— Je ne comprends pas pourquoi tu m'as posé cette question, lança le démon en s'éloignant sans lui faire de mal. Tu ne m'as donné aucune raison de m'enfuir ou de t'attaquer, Clint. Jusque-là, je te trouve plutôt sympa pour un change-forme.

Ouais, bon. Hamel se demanda combien de temps cela durerait et se remit en marche avec le démon.

— Alors, je ne suis pas ton ennemi. Pas vraiment.

— C'est vrai, j'en conviens, dit Wilson après avoir réfléchi un moment. Tu es peut-être l'ennemi du roi des démons, mais pas le mien. Même s'il affirme que tous les humains sont nos ennemis.

— Qui est le roi des démons ?

— Le plus puissant d'entre nous. Il est le seul à savoir utiliser toute la magie du royaume.

— Il est sympa ?

— Je préfère ne pas répondre à cette question, répondit Wilson en se laissant retomber un peu, jusqu'au niveau de la taille de Hamel.

— Si j'en crois ta réaction, ce roi serait plutôt un connard.

— Je ne connais pas ce mot.

— Ne t'inquiète pas, Wilson, gloussa-t-il. Ce démon a-t-il une garde armée ? des troupes de guerriers ?

— Oui, la garde royale est chargée de la protection du palais et du contrôle des basses classes.

— Des « basses classes » ? Qu'est-ce que c'est ?

— Je fais partie des basses classes. Je travaille au palais. J'exécute tous les ordres du roi.

Wilson se laissa flotter au ras du sol, encore une fois. Avait-il l'air abattu ? Hamel décida d'écouter plus attentivement le démon pour détecter tout changement de ton. Il ne lui était pas facile de décrypter les sentiments de ce gros raisin sec. Minute, papillon ! parce que les démons étaient capables de sentiments ? N'étaient-ils pas la personnification du mal ? Ne souhaitaient-ils pas anéantir la race humaine ? Wilson ne correspondait pas du tout à l'idée qu'il s'était faite de ce royaume. Peut-être que, s'il avait eu un visage et pas seulement ces petits yeux rouges, Hamel pourrait le comprendre un peu mieux.

— Est-ce que tu peux modifier ton apparence ?

— Qu'est-ce que tu veux dire ? Mon apparence ne te plaît pas ?

Merde ! comment avait-il pu manquer de tact à ce point ?

— Désolé, Wilson. Je voulais simplement dire que j'ai plus l'habitude de converser avec des gens qui ont des yeux, un nez et une bouche. Sur la Terre, même les animaux ont un visage.

— Tu voudrais que j'aie un visage, Clint ?

— Ce serait bien, Wilson. Est-ce que c'est possible ?

— Et ça, ça te va ?

Hamel se retourna et vit de grands yeux exorbités comme il n'en avait jamais vu. Il fit un bond instinctif en arrière.

— Est-ce que tu pourrais réduire un peu tes yeux ? Comme les miens ? Tu vois comme tout est proportionné sur mon visage.

— Ah oui ! d'accord. Tu préfères comme ça ?

Hamel avait presque peur de le regarder. Il finit par se retourner et se retrouva face à son miroir.

— C'est super, Wilson, mais ce visage ressemble un petit peu trop au mien. Je trouve cela un tantinet déstabilisant de me voir quand je m'adresse à toi.

— Je comprends. Alors voici. Cela te va ?

Il avait agrandi ses yeux, aplati légèrement son nez et élargi sa bouche.

— C'est parfait. Beaucoup mieux. Et n'oublie pas de faire bouger tes lèvres quand tu parles. (Wilson ouvrit et referma la bouche.) Et tu n'as pas vraiment répondu à ma question sur le fait que tu parles ma langue. Tu en connais d'autres ?

— Une seule autre. C'est… (Il s'interrompit comme pour se donner le temps de réfléchir, mais c'était difficile à dire.) Je crois me souvenir que c'est un mot en « la ».

— Comme le latin ? L'allemand ? L'arabe ?

— Attends, je me rappelle, il y a vert aussi.

— « Vert » ? réagit Hamel en fronçant les sourcils.

— Oui, c'est la langue que je connais, le verlan.

Hamel eut beaucoup de mal à s'empêcher de rire.

— Tu connais le verlan ?

— Ouais z'y va, keum.

Hamel leva les yeux au ciel. C'était bien du verlan mais il n'avait pas très envie de s'exprimer de cette façon.

— C'est une langue magnifique, mais…

Wilson s'arrêta si brusquement que Hamel faillit lui rentrer dedans. La première chose qu'il remarqua était son absence d'odeur. Très intéressant.

— Est-ce que c'était du sarcasme, Clint ? Je connais la définition de ce mot mais je ne sais pas trop bien manier ce concept.

— Oui, tu as bien compris, Wilson.

Le démon eut l'air heureux, remarqua Hamel. Mais est-ce que ces engeances étaient capables d'être heureuses ? Cela lui parut étrange mais pas tellement plus, finalement, que toute cette aventure.

— Le verlan, expliqua Wilson, est une manière de parler en inversant les syllabes. Par exemple ton nom, Clint, devient Téclin.

— Je sais comment ça marche, Wilson. Mais je préférerais qu'on continue à parler ma langue si tu es d'accord ? C'est plus simple.

— Je suis d'accord, Clint.

Ils se turent tous les deux pendant un moment jusqu'à ce que Hamel pense à d'autres questions.

— Les humains croient que les démons sont mauvais et qu'ils sont capables de les posséder. Est-ce que c'est vrai ?

— La réponse à cette question est plutôt longue. Veux-tu l'entendre ? ou préfères-tu la version courte ?

— Va pour la version courte, dit Hamel, craignant que la réponse longue prenne trop de temps.

— Oui, dit alors Wilson après réflexion.

Hamel attendit la suite.

— Oui quoi ? demanda-t-il en voyant que Wilson n'allait rien ajouter.

— La réponse courte est « oui ». Les démons peuvent posséder les humains et sont parfois mauvais.

— Est-ce que tu pourrais me donner la version moyenne ? La réponse courte ne me suffit pas.

— La version moyenne… Très bien. Les démons ont des pouvoirs dans ce royaume. On peut se protéger en manipulant l'énergie pour donner un choc à quelqu'un, par exemple. Mais seul le roi détient beaucoup de pouvoirs. Les autres en ont très peu.

» Dans ton royaume, on n'a aucun pouvoir. Tu ne pourrais même pas me voir comme ici. Si on veut avoir un impact, on a besoin de pouvoirs. Pour posséder un humain, il faut que le démon soit plus fort que son esprit.

— Si ce n'est pas le cas, tu ne peux pas le posséder.

— C'est cela, Clint, dit-il en hochant vigoureusement la tête. Mais il y a encore d'autres obstacles à surmonter. Ce n'est pas facile de contrôler un humain en raison de la manière dont fonctionne son cerveau. Cela s'apprend. L'esprit d'une personne habite son corps depuis sa naissance et connaît son fonctionnement. Un nouvel esprit qui décide de s'y insinuer doit s'adapter. C'est comme pour vos zombies. Ils ont cette démarche raide parce que le démon qui les possède n'a pas complètement le contrôle.

— Alors les zombies existent aussi.

Merde ! il avait vraiment besoin d'entendre ça !

— Vos légendes et vos mythes parlent de zombies. Les démons ont beaucoup appris depuis qu'ils ont réussi à pénétrer chez les humains. On parvient maintenant à ne pas se faire découvrir tant qu'on n'a pas acquis un meilleur contrôle du corps.

— C'est logique. Mais tu as dit qu'il y avait plusieurs problèmes.

— Oui. Si l'esprit autorise la possession du corps, alors on n'a pas besoin de l'écarter. On partage le contrôle. L'humain bougera de la même manière qu'avant sa possession. Personne ne verra de différence.

Hamel repensa au concierge du labo. Personne n'aurait imaginé qu'il était possédé. Mais Walog n'avait pas d'odeur. Il avait pensé qu'il avait employé un inhibiteur comme le font les chasseurs. Or c'était peut-être parce qu'il avait été possédé. Il y réfléchirait plus tard.

— Pourquoi est-ce qu'un humain autoriserait volontairement un démon à prendre possession de son corps ?

— En règle générale, le démon a recours à une ruse ou à des mensonges pour convaincre l'esprit de l'humain. Il lui promet ce qu'il désire le plus. Les humains sont prêts à tout ou presque pour satisfaire leurs désirs.

— Comme les change-forme sont prêts à tout pour protéger leur âme sœur.

— Je te préviens, Clint. Ne laisse personne deviner tes sentiments pour cette femme. Les démons s'en serviraient contre toi. Mieux vaut un étranger qu'un amant.

— Je te remercie de m'avoir prévenu, Wilson.

Hamel se demanda s'il pouvait continuer à lui poser des questions personnelles. Pourquoi pas ? On ne vit qu'une fois après tout !

— Wilson, les démons sont des êtres maléfiques, mais je n'ai vraiment pas l'impression que ce soit ton cas.

— Non, répondit-il en se baissant un peu. Je sais ce que c'est que souffrir et je ne le souhaite à personne. Je ne veux pas plus que ce que j'ai déjà. Je n'ai pas besoin de ressentir le pouvoir qu'ont ceux qui pénètrent dans ton royaume. Seuls les plus maléfiques parmi les démons s'y rendent, alors les humains ne connaissent que les pires d'entre nous. Il y en a beaucoup comme moi, mais on ne le dit pas trop.

— Tu sais, mon pote, je commence à penser que ton royaume a besoin de changer un peu d'attitude. Et mon jaguar est prêt à lui faire la leçon.

Chapitre 33

Le soleil était très haut dans le ciel, remarqua Hamel. Il eut l'impression que les jours étaient un peu plus courts que sur Terre. Super ! Il avait vraiment besoin de ça. Il espérait que ce ne serait pas le cas mais, si jamais il revenait dans ce foutu royaume, il demanderait à Sefu de le déposer un peu plus près de sa destination. Au moins quinze kilomètres plus près.

— C'est encore loin, Wilson ? Je vais manquer de temps. Je n'ai que jusqu'au coucher du soleil.

— Tu ne le vois pas, Clint ?

— Je ne vois que de la poussière, répondit Hamel en pivotant sur lui-même pour balayer les environs du regard. Je ne voudrais pas te vexer, mais ta planète n'est pas très belle.

— C'est vrai. J'ai entendu dire qu'à une certaine époque il y avait des plantes et des animaux partout. Mais quand les démons ont pris possession des lieux c'est devenu un désert. C'est vraiment triste.

— Alors qu'est-ce que je suis censé voir que je ne vois pas ? demanda-t-il en plissant les yeux devant cette grande étendue aride.

— Le palais ! rétorqua Wilson, ébahi. Tu ne le vois vraiment pas ?

— Mais non, je ne vois rien du tout.

— Alors tu dois être un incroyant. Tout ce qui existe ne peut pas être nécessairement perçu par les yeux et les mains des humains, Clint. Il faut parfois se contenter de croire.

— Tu n'es pas le premier à me dire cela aujourd'hui, Wilson, soupira Hamel. Mais qu'est-ce que je dois faire pour croire ?

— Ferme les yeux, lui dit Wilson. Ouvre-toi au monde qui t'entoure. Laisse sortir tout ce qu'il y a en toi et entrer en toi tout ce qu'il y a l'extérieur. C'est seulement quand tu permettras à ton sixième sens, qui est la puissance de l'esprit, de sonder librement ton environnement que tu verras tout ce qu'il contient. En gardant tout en toi, en contrôlant tout, tu dépends de tes cinq sens humains. Or ils ne suffisent pas pour t'aider à découvrir la vérité.

Hamel fit son possible pour obéir à Wilson et il sentit un petit changement s'opérer en lui, mais rien d'extraordinaire. Puis ses instincts animaux prirent le dessus et s'ouvrirent au monde que son esprit humain ne voyait pas. Sa vision s'éclaircit, il fit un pas vacillant vers l'arrière et tomba. Droit devant lui se trouvait le genre de palais que seul Hollywood est capable de créer : des murs de marbre hauts de vingt mètres, des salles immenses avec de gigantesques colonnades, des statues et plein d'autres choses qu'il n'avait encore jamais vues.

— Bordel de merde ! d'où est-ce que cela vient ?

— Ce palais a toujours existé, Clint. Simplement, tu refusais de le voir. On va à la salle du trône.

— Attends, dit-il en élevant son épée, qu'il avait utilisée tout au long du trajet pour marquer la route de manière à retrouver son point de départ. Aide-moi à ranger ça dans l'étui de cuir qui est dans mon dos.

— Ça s'appelle un fourreau, Clint, dit Wilson, qui flottait derrière Hamel tandis que ce dernier farfouillait dans son dos avec la pointe de son épée. Un peu plus à gauche, dit-il et Hamel s'exécuta. Trop loin. Rapproche-la un peu de ton corps. Tu y étais presque, lança-t-il après un autre petit coup. Non, tu es trop à droite maintenant, expliqua-t-il à Hamel, qui continuait à chercher avec la pointe de son arme.

— Merde, Wilson ! gronda Hamel, de plus en plus frustré. Ne pourrais-tu pas simplement remettre cette épée dans son fourreau ?

Il n'avait aucune idée de la manière dont Wilson s'y prendrait pour glisser la longue épée dans son étui, mais il s'en fichait complètement. Tout ce qui comptait, c'était que cette putain d'arme soit enfin rangée à sa place.

— Très bien. Allons-y. On a beaucoup de choses à faire et plein de gens à voir.

Hamel suivit Wilson tout en prenant le temps d'admirer les splendeurs qui les entouraient. Qui aurait cru que les démons vivaient si bien ? Et quel besoin avaient-ils d'aller sur Terre ?

Une main chaude lui caressa le dos. Il se retourna et aperçut trois magnifiques femmes revêtues d'une sorte de toge blanche, et portant des bijoux en or aux mains, aux pieds et aux oreilles. L'une d'entre elles le contourna rapidement.

— Bonjour, mesdames, dit-il.

Deux des femmes s'approchèrent de lui en gloussant et lui caressèrent les bras et le torse du bout des doigts.

— On n'a jamais vu d'homme si bien… soigné !

— J'essaie de faire attention à mon alimentation et de faire un peu de sport quand c'est possible.

Les femmes l'encerclèrent, lui raclant la peau de leurs ongles. Il sentit une paume lui caresser les fesses. Elles étaient beaucoup trop audacieuses. Il était venu chercher son âme sœur. Il revit en pensée les beaux yeux de Melinda.

Il chercha Wilson des yeux et remarqua la troisième femme qui le repoussait dans une pièce avant de fermer la porte. Elle se hâta ensuite de rejoindre ses compagnes, occupées à séduire Hamel. Elles lui parlaient d'une voix chaude, enjôleuse.

Puis elles l'attirèrent à l'intérieur d'une pièce meublée de grands coussins garnis de couvertures et de tables où étaient posés des plateaux de nourriture et des gobelets en or. Un parfum exquis que ne connaissait pas Hamel flottait dans l'air.

Les femmes continuèrent à le câliner. Elles n'allaient pas lui faire de mal, devina Hamel, et il se détendit donc. D'autres femmes encore pénétrèrent dans la pièce. Toutes ensemble, elles le caressaient, l'envoûtaient. Une main aux ongles carmin lui tendit de gros grains de raisin bien juteux. Puis un gobelet fut placé dans sa main et on l'encouragea à boire.

Hamel avait la tête légère et se sentait de plus en plus insouciant. Il ne se rappelait même plus ce qu'il faisait là. Il avala une gorgée de la boisson qu'on lui avait versée et se demanda comment il se faisait que la pièce devenait floue.

On le poussa alors plus avant et il s'allongea sur les coussins moelleux, confortables. Il aurait pu y passer la journée. Il se sentait si bien. De jolies bouches aux lèvres pulpeuses lui effleurèrent la peau. C'était si bon !

Des mains se baladèrent sur son torse et glissèrent jusque dans son pantalon de daim. Il sentit une douce et délicieuse pression sur son sexe. Chaude et humide. Il se sentait si bien et il était si excité qu'il aurait pu jouir tout de suite. La bouche de Melinda était aussi bonne que son intimité. Melinda. Sa Melinda.

Il ouvrit les yeux et vit un groupe de femmes nues se tortiller autour de lui. Elles le câlinaient et se caressaient entre elles. Des langues effleuraient de jolis clitoris bien dodus, visiblement excités. Des bouches suçaient des tétons, les mordillaient et les léchaient. Des doigts souples s'enfouissaient dans des féminités chaudes et mouillées avec des bruits de succion irrésistibles. Des gémissements se faisaient entendre ici et là. Il y avait quelque chose dans l'air, non ? Il se sentait à la fois pris de vertiges et surexcité.

Melinda. Mais où donc était passée Melinda ? Une paume brûlante lui étreignit le sexe, qu'il avait dur comme la pierre. Il était nu. Des lèvres glissèrent sur sa peau et des frissons lui parcoururent les jambes. Merde ! c'était trop bon. Si seulement il pouvait jouir avec Melinda, ce moment serait sublime.

La femme qui voulait engloutir son sexe dans sa bouche n'était pas son amour, son âme sœur. Il s'éloigna brusquement de cette orgie tentatrice qui se déroulait tout autour de lui. Putain ! si cette scène ne correspondait pas au fantasme de tout homme normalement constitué, alors il ne connaissait pas les hommes. Mais bon, ce n'était pas son truc. Il désirait uniquement retrouver son âme sœur.

Ouais, il était venu chercher Melinda, découvrir qui l'avait kidnappée. Ses idées s'éclaircirent suffisamment pour qu'il comprenne qu'il avait été piégé par un harem de succubes. Des mains se tendirent vers lui pour l'attirer dans le groupe. Hors de question, il ne se laisserait pas séduire. Il essaya de ramper au sol. Il aperçut un rayon de soleil venant d'un angle de la pièce. Il se dirigea vers la lumière, espérant que son esprit tiendrait bon, qu'il ne succomberait pas, car son corps désirait rester. Des doigts s'agrippèrent à ses jambes. Ah, merde !

Chapitre 34

Il sentit une vague de chaleur sur son visage et il inspira une grande goulée d'air frais. Il n'était pas sûr, mais il avait l'impression d'être allongé sur le dos avec son épée qui lui rentrait dans les chairs. Hamel ouvrit les yeux et fut surpris, et même effrayé, par les étranges yeux globuleux écarquillés de Wilson qui flottait à quelques centimètres de sa tête.

— Clint ? Ça va ? Tu as réussi à leur échapper. C'est bon, tu es en sécurité dans la cour.

Hamel se rassit et Wilson s'éloigna un peu. Putain ! la gueule de bois ! La pire de toute sa vie.

— Est-ce que ce sont des diablesses ?

Puis il remarqua qu'il avait son pantalon et ses chaussures. Les lui avaient-elles vraiment retirés ?

— Ouais, elles capturent des hommes et elles les font mourir de plaisir sexuel. Tu as beaucoup de chance d'avoir pu leur échapper.

— Sans doute, répondit Hamel. Mais je connais énormément de types qui ne demanderaient pas mieux que de mourir ainsi.

— Comme vous êtes étranges, vous les humains ! réagit Wilson, l'air choqué.

— Tu n'as aucune expérience sexuelle ?

— Non, je ne suis pas sûr que ce soit possible.

— Eh bien, laisse-moi te dire, mon pote, que le sexe avec la femme que tu aimes est si extraordinaire qu'on est prêt à mourir pour ça.

Wilson demeura silencieux. Hamel regarda le soleil et remarqua qu'il commençait à décliner.

— Merde ! Wilson, allez, l'heure avance. Conduis-moi au roi des démons ou à Melinda.

— Je vais te conduire au roi, dit Wilson, qui flottait à son côté. Je ne sais pas si Melinda est au palais, ajouta-t-il en s'éloignant rapidement.

Hamel se hâta de le rattraper. Ils parvinrent à des portes hautes d'au moins sept mètres avec un garde de chaque côté.

— On veut voir le roi, déclara Wilson.

— Il n'est pas disponible, répondit une des sentinelles. Revenez plus tard.

Wilson fit demi-tour, prêt à repartir.

— Un instant, lâcha Hamel. Comment peut-on savoir s'ils disent la vérité ?

— On ne peut pas, répondit Wilson après avoir réfléchi un instant. Tu veux insister ?

— Non, dit Hamel en se passant la main sur le visage. Je veux juste parler au roi et me barrer de ce royaume paumé. Est-ce que le roi est vraiment absent ?

lança-t-il à la sentinelle qui leur avait parlé, ou bien est-ce que tu dis ça pour que je m'en aille ? Annonce-moi, le roi voudra me recevoir. Je suis un change-forme.

Les deux gardes se raidirent. La deuxième sentinelle posa la main sur une des grandes poignées en or et ouvrit le battant.

Sans un mot de plus, Wilson et Hamel pénétrèrent dans une salle somptueuse. La décoration était un peu trop surchargée en œuvres d'art de toutes sortes : des statues, des tableaux, des bustes, des babioles, et toutes sortes d'autres objets hétéroclites étaient éparpillés un peu partout. Comment pouvait-on vivre ainsi ?

— Qui ose apparaître devant moi sans avoir été présenté ? tonna une voix.

Hamel ne se laissa pas intimider.

— Moi ! cria-t-il en continuant d'avancer sur le tapis rouge en compagnie de Wilson. Montre-toi, démon !

Un grand homme maigre portant un costume à larges rayures noires et blanches émergea d'une porte latérale.

— Comment se fait-il qu'il ait une forme humaine et pas toi ? Je m'attendais à rencontrer une grappe de gros raisins.

— Je suis un démon de basse classe. Je n'ai pas le droit de me transformer en humain.

Un comble. Il y avait peu de chances qu'il apprécie ce roi. L'homme s'installa sur le trône et leur fit signe de s'approcher. Hamel grimpa les quelques marches de l'estrade et s'approcha du trône doré.

Derrière lui, Wilson s'agrippait aux fines sangles de cuir du fourreau de son épée. Puis, se recroquevillant contre son dos, il se mit à trembler. Fort.

— W-Wilson, lui dit Hamel, arrête de trembler, j'ai du mal à parler.

— Désolé, murmura le démon à son oreille.

Les tremblements contre ses épaules s'arrêtèrent et Hamel se retourna pour faire face au roi. Mais il sentit alors des vibrations au niveau de sa taille. Wilson s'était agrippé à sa ceinture. Hamel arrivait à parler mais, comme il ne portait pas de slip sous son pantalon de daim, les tremblements du démon faisaient vibrer ses bijoux de famille et lui procuraient de fort étranges sensations.

— Lamozierus, où étais-tu ? Tu frayais avec un étranger, à ce que je vois. Retourne au boulot.

— Oui, Votre Majesté, marmonna Wilson avant de disparaître si rapidement que ce fut à peine si Hamel le vit partir.

Le jaguar de Hamel désirait émerger. L'animal n'appréciait pas le royaume des démons et encore moins son roi.

— Je suis venu chercher la femme qui a été prise ce matin pour la ramener sur Terre, déclara Hamel d'une voix qu'il espérait intimidante mais qui n'affecta nullement le roi.

— C'est impossible, rétorqua le roi, l'air parfaitement détendu. J'ai besoin d'elle.

— Et pour quelle raison ?

Peut-être réussirait-il à obtenir suffisamment d'informations pour comprendre un peu ce qui se passait.

— Cela ne vous regarde pas, guerrier. C'est tout ?

Merde ! les choses ne se passaient pas du tout comme il le souhaitait. Il devait réfléchir et vite.

— J'ai été payé pour la ramener, déclara-t-il. Je doute que vous pensiez qu'un honnête guerrier comme moi se contenterait de repartir sans demander son reste. Je me trompe ?

— Non, bien sûr, ce ne serait pas amusant, dit le roi, l'air contrarié.

Serrant les lèvres, il esquissa un petit sourire qui déclencha un frisson dans le dos de Hamel. Il refusa toutefois de montrer quelque réaction que ce soit à ce connard. Le roi plongea son regard dans le sien pour lui fouiller l'âme. Hamel le sentit explorer en lui comme s'il cherchait quelque chose de précis.

Hamel avait très peu d'estime pour ce connard pompeux assis sur son trône et jugea utile de lui faire une belle frayeur. Pour l'inciter à être un peu plus prudent, et le faire réfléchir à deux fois avant d'entrer comme ça dans sa tête. Il communiqua mentalement avec son jaguar par leur lien spécial.

— *On va s'amuser un peu. Que dirais-tu de chasser une proie ?*

L'idée plut beaucoup à l'animal. Hamel créa dans sa tête une scène à laquelle pourrait participer l'esprit du roi. Et il assista à la suite des événements comme s'il était au cinéma.

Le roi était entouré de nuages blancs comme du coton. Des deux mains, il repoussait cette ouate comme s'il était sur un sentier à la recherche de quelque chose. Le félin arriva par-derrière. Les pattes fléchies, il avançait près du sol sans faire de bruit.

Le démon sembla s'agiter. Que voulait-il ? Essayait-il de le posséder ? Cela n'arriverait pas. Le félin s'approcha à une vingtaine de centimètres du roi des démons et banda ses muscles, prêt à lui sauter dessus et à le massacrer.

Chapitre 35

Hamel braqua son regard sur celui du roi des démons. Ils étaient tous deux en transe, prisonniers de l'esprit de Hamel. Mais ce dernier avait un avantage sur le démon, qui ignorait qu'il était un métamorphe et donc doté d'une deuxième âme capable de se défendre âprement contre toute tentative d'intrusion.

Balançant nerveusement la queue, le jaguar bondit vers l'avant comme une bande élastique qui vient d'être relâchée. Il se jeta sur le roi et le fit chuter au sol. Puis il enserra le cou du démon entre ses puissantes mâchoires sans toutefois le mordre.

Terrorisé, sans doute prêt à faire dans son froc, le démon hurla et sortit de l'esprit de Hamel. Le roi tressaillit légèrement sur son trône, une réaction à peine détectable pour quiconque ne le surveillait pas étroitement. Puis il plissa les yeux.

— Alors vous êtes un change-forme, cher ami. Pourquoi ne pas l'avoir dit plus tôt ?

— Je ne savais pas que cela avait de l'importance, et vous ne m'avez rien demandé, répondit Hamel. Alors…

Il ne termina pas sa pensée, comme si cela lui importait peu. Le roi esquissa un sourire et changea d'attitude, se montrant un peu moins condescendant et un tout petit peu plus amical tout en demeurant prudent. Hamel décida de suivre son exemple tout en restant sur ses gardes.

— Faisons un marché, vous et moi, si vous le voulez bien, guerrier, dit le démon en joignant les mains.

— Je suis toujours disposé à étudier les propositions qui me sont soumises, répondit Hamel en observant attentivement le roi des démons pour détecter d'éventuels subterfuges ou ruses.

— Je vous offre autant d'or que ceux qui vous ont recruté pour partir d'ici et annoncer au monde entier la mort de la femme.

Hamel réfléchit. L'offre était correcte. Mais un démon était-il capable d'honnêteté ? Le roi voulait peut-être simplement tergiverser, mais dans quel dessein ? Peut-être souhaitait-il garder Melinda dans son royaume au-delà du coucher du soleil. Elle ne pourrait plus alors retourner sur Terre. Cela lui sembla tout à fait plausible.

Hamel se demanda s'il devait accepter ce marché. S'il le faisait, il passerait plus de temps au palais et réussirait peut-être à retrouver Melinda. Mais les démons auraient aussi plus d'occasions de lui tendre un guet-apens. Merde ! il détestait devoir prendre ce genre de décision.

Il lui faudrait faire preuve de la plus grande prudence.

— J'accepte votre offre, Votre Majesté.

— Appelez-moi Cuzork, je vous en prie.

Hamel se dit qu'il préférerait l'appeler « Beurk ! ».

— D'accord, Cuzork. Je m'appelle Clint.

Hamel sentit à son ton de voix que le roi tentait de l'enjôler, de le contrôler.

— Je suis un change-forme, Cuzork. N'essayez pas de me jeter un sort. Vous m'obligeriez à vous tuer et je n'aimerais pas ça.

Le roi éclata de rire, mais Hamel détecta une lueur rouge brûlante dans ses pupilles.

— Je vous le promets, Clint. Je ne vous jouerai pas de tour. Je n'ai que du respect pour vous et les vôtres, dit-il avant de se lever et de taper deux fois dans ses mains. Scellons notre accord, guerrier. Vous devriez vous reposer avant de repartir. La traversée du désert est longue et vous venez tout juste d'arriver.

Eh ben merde ! les choses ne pouvaient pas mieux tomber. Le démon l'invitait à rester un peu plus longtemps. Il n'aurait même pas besoin de lui demander de le laisser prolonger son séjour et risquer d'éveiller ses soupçons.

— Ah ! d'accord, merci pour cette charmante attention.

Putain ! il n'aurait pas pu être plus naze. Il avait l'impression de jouer le rôle d'un guerrier assassin solitaire dans un film sur l'époque médiévale. Il ne manquait que les décors extérieurs en toc et les filles pulpeuses avec des paniers vides au bras.

Il cligna des yeux et la déco somptueuse disparut, aussitôt remplacée par une longue table en bois recouverte d'une simple nappe, avec des bancs garnis de coussins moelleux de chaque côté. Sur la table se trouvaient des assiettes, des couverts et des gobelets en or comme celui qu'on lui avait remis chez les succubes. C'était très luxueux et excessif.

D'un geste de la main, le démon invita Hamel à prendre place et il s'assit en face du roi.

— Si vous pouviez avoir ce que vous voulez à manger, que choisiriez-vous ?

Voilà qui lui fournirait une histoire à raconter si jamais il parvenait à retourner sur Terre.

— J'aimerais un bon gros steak bien saignant. Est-ce que vous avez du bétail ici ?

— Nous n'avons pas besoin d'animaux terrestres au royaume des démons. Nous avons la magie.

Une femme presque nue entra par une porte latérale, portant sur un plateau la plus belle pièce de viande que Hamel ait vue de toute sa vie. Eh merde ! ce steak dégageait un parfum exquis. La belle posa son plateau au milieu de la table entre les deux convives. Hamel attendit que Cuzork se serve. Il se méfiait de lui. Il ne lui aurait vraiment pas donné le bon Dieu sans confession. Mais, s'agissant du roi des démons, l'expression était peut-être mal choisie.

— Servez-vous, comme disent les humains. Qu'est-ce que vous attendez ?

— Je réfléchissais à toutes les raisons que vous auriez de souhaiter m'empoisonner et il y en a beaucoup. Mais, pour information, sachez que si je ne rentre pas une armée de change-forme tous plus forts que moi viendra à ma recherche. Et vous n'avez pas assez de succubes pour les endormir tous.

Le roi des démons fronça les sourcils. Puis Hamel vit une nouvelle fois briller les étranges lueurs rouges dans son regard. Il agita une main au-dessus du plat mais Hamel ne vit aucun changement. Le démon avait dû retirer le poison. Il se servit alors et en coupa un morceau.

— Dites-moi, quelle est la nature de votre relation avec la femme ?

— J'ai été embauché pour la ramener, c'est tout, déclara Hamel en haussant les épaules après s'être remémoré l'avertissement de Wilson. Elle n'est rien pour moi.

Il entendit des bruits derrière la porte mais personne n'entra.

— Voulez-vous la baiser avant de repartir ? demanda Cuzork. Les Terriens ne pensent qu'à ça, je le sais bien. Elle est jolie, non ?

Hamel faillit se lever de sa chaise et se jeter sur la table, toutes griffes dehors. Personne n'avait le droit de parler de son âme sœur comme d'un objet quelconque.

— Ou bien peut-être préféreriez-vous une des femmes du harem, poursuivit le roi en voyant que Hamel gardait le silence. Elles sont toutes expertes dans l'art de l'amour. Elles sucent si fort qu'elles seraient capables de retirer un clou d'une planche avec leur bouche.

— Je pense, rétorqua posément Hamel, qui devait déployer d'énormes efforts pour demeurer calme et jouer le jeu, que je vais accepter votre offre concernant la femme. Ce sera une conquête de plus à mon actif.

— Quel coquin ! gloussa le roi. Bien sûr. Baisez-la tant que vous voulez et répandez votre semence en elle autant de fois que vous le souhaitez.

Hamel se pencha sur son steak. S'il ne détournait pas le regard, il tuerait ce connard. Son manque total de respect pour les femmes le dégoûtait. Il avait probablement la même attitude envers tous les humains. Il devait à tout prix changer de sujet sinon il risquait de perdre le contrôle de son jaguar.

Il ne supporterait pas tellement plus longtemps d'entendre Cuzork parler ainsi de son âme sœur.

— Cuzork, je suis très curieux de savoir comment vous vous y prenez pour posséder un humain ? Comment ça marche ?

Il avait besoin d'un peu plus d'informations que ce que lui avait dit Wilson pour trouver la faille dans le système. Les métamorphes avaient leur animal pour rejeter les démons mais, si l'un d'entre eux essayait de posséder Melinda, comment pourrait-il l'arrêter ?

Le roi sembla heureux qu'il lui pose cette question.

— C'est assez technique en fait. Sauf en ce qui concerne l'esprit. Les démons sont des esprits exactement comme ceux qui habitent dans chaque humain, comme le vôtre aussi. Ici, dans ce royaume, nous sommes très puissants, mais dans les autres mondes nous avons très peu de pouvoirs. Nous n'avons donc pas d'autres recours que de posséder les espèces autochtones.

» Nous cherchons les plus faibles, ceux dont l'esprit peut être refoulé, et nous prenons le contrôle du cerveau de l'hôte. Chez les humains, c'est le cerveau qui contrôle tout. Une fois qu'on y accède, il n'y a aucune trace de notre présence à part un tout petit changement de personnalité, expliqua-t-il en souriant.

— Alors vous cherchez les êtres dotés d'un esprit faible.

— Exactement. Et le nombre d'humains faibles connaît une croissance exponentielle. Ils ne se respectent plus les uns les autres. Ils se maltraitent, ils volent et ils s'agressent entre eux. Seuls quelques lieux permettent de renforcer l'esprit. Alors on les évite, comme vous pouvez l'imaginer.

— Pourquoi n'avez-vous pas possédé tous les humains faibles ?

— C'est une question de science. Le cerveau humain est très complexe et nous sommes incapables de le comprendre tout à fait. On a mis des centaines d'années à apprendre à manipuler les capacités motrices des humains. Cela demande de l'entraînement. Comme un enfant qui apprend à marcher. C'est pareil. Quand enfin on réussit à tout contrôler, le corps et le cerveau sont en fin de vie.

Hamel perçait enfin ce mystère.

— Mais si vous possédiez un bébé ? Leur esprit est faible, non ? Comme ça, vous grandiriez avec le bébé et apprendriez toutes ses capacités motrices en même temps que lui.

— Effectivement. On y a pensé il y a quelques années. D'où viennent les histoires d'enfants possédés, à votre avis ? Tous les mythes, toutes les légendes sont fondés sur des faits.

— Alors pourquoi n'avez-vous pas possédé tous les bébés ?

Non que Hamel le souhaite. Il avait juste envie de savoir.

— Le cerveau a beau être très puissant, il n'en demeure pas moins fragile. On a des problèmes quand on pousse un peu trop sur les connexions pour obtenir ce qu'on veut. On n'y peut rien. Les synapses électrochimiques se mettent en surcharge et explosent. Malheureusement, le corps clamse quand cela se produit.

— Ah oui ! je vois, dit Hamel en hochant la tête. N'y a-t-il pas de solution à ce problème ?

— Non, pas encore. Les bébés ont besoin de cerveaux plus costauds, de plus de connexions, pour qu'on puisse les contrôler efficacement sur une longue période. On pensait avoir trouvé la solution il y a quelques années mais… ça n'a pas marché.

Hamel éprouva une sensation très désagréable.

Chapitre 36

Melinda entra dans la chambre qu'on lui avait indiquée mais se retrouva plaquée au mur par son guide. Elle sentait tous ses muscles en plus de son sexe en érection contre son ventre. Elle tenta de le repousser mais ne réussit pas. Son sourire se fit même encore plus large, plus coquin.

— Allez, ma précieuse, ne fais pas ça. Je suis ici pour satisfaire tous tes désirs, dit-il en lui effleurant le bras du bout des doigts et en caressant du pouce son téton recouvert de la toge blanche. Je parie qu'aucun homme ne t'a encore fait jouir en plongeant sa langue en toi, lâcha-t-il en sortant le bout de sa langue, qu'il remua rapidement dans une démonstration de ses talents.

— Va-t'en ! dit-elle en détournant le regard. Je ne suis pas une de ces putes du harem que tu peux baiser à volonté.

— Alors pourquoi es-tu habillée comme elles ? gloussa-t-il. Pourquoi étais-tu dans la pièce avec elles ? Et puis merde ! il n'y a personne ici pour m'empêcher de te baiser jusqu'à ce que tu tombes enceinte.

C'était la deuxième fois qu'on lui parlait de ça, remarqua Melinda.

— Pourquoi est-ce si important pour toi de me féconder ?

— Parce que, répondit-il en commençant à déboutonner sa braguette d'une main tout en maintenant les poignets de Melinda au-dessus de sa tête avec l'autre, le roi nous récompense quand on le fait.

Or Melinda n'avait vu aucun enfant dans la salle du harem. Ils étaient sans doute ailleurs.

— Où sont les enfants ? demanda-t-elle, déterminée à les sauver.

— On ne les revoit pas après leur naissance, répondit-il en haussant les épaules. Le roi les prend.

— Que fait-il d'eux ? voulut savoir Melinda en tentant de libérer ses bras mais en vain car elle manquait de place.

— Je ne sais pas et je m'en fous, dit-il en sortant son sexe en érection de son pantalon et en retroussant la toge de Melinda de l'autre main.

La scientifique en avait ras le bol.

— Mais moi, non, affirma-t-elle en assenant un grand coup de talon sur les doigts de pied nus du bel éphèbe avant de remonter brutalement son genou dans ses bijoux de famille découverts.

Le type se plia en deux et lui relâcha les mains. Elle lui balança alors un coup de coude à la tempe et il tomba.

Melinda s'enfuit en courant dans le couloir. Comme elle n'était pas sûre que les filles du harem l'aideraient, elle se dirigea dans la direction opposée à celle de leurs chambres. Elle entendit du bruit devant elle et ralentit de manière à donner le change, comme pour montrer qu'elle avait en fait le droit de se trouver là. Elle passa devant de larges portes doubles et vit à l'intérieur une multitude de personnes qui s'activaient dans une vaste cuisine équipée d'appareils qui semblaient tout droit sortis des années 1950.

Elle ne put que jeter un rapide coup d'œil dans la salle, ce qui ne lui permit pas de tout détailler. Elle vit une femme émerger d'une autre pièce par une porte au fond de la cuisine et il lui sembla avoir aperçu Hamel assis à une table en face d'un type en tenue assez extravagante.

Était-ce vraiment Hamel ? Dieu du ciel ! il était venu la chercher. Elle n'en revenait pas. Puis, terrorisée pour lui, elle sentit la peur l'assaillir littéralement. Il avait trouvé le moyen de venir la délivrer et elle devait s'assurer qu'ils puissent sortir de là tous les deux en une seule pièce. Mais comment faire avec tous ces gens partout ? Melinda passa devant la porte et se plaqua contre le mur de l'autre côté. Elle serait obligée de traverser la cuisine pour rejoindre Hamel.

La tête bien haute, elle entreprit de le faire d'un pas déterminé mais pas trop rapide, arriva jusqu'à la porte de la grande salle restée entrouverte et put suivre la conversation.

— Dites-moi, quelle est la nature de votre relation avec cette femme ? demanda la voix de l'étranger.

— J'ai été embauché pour la ramener, c'est tout, entendit-elle Hamel lui répondre d'une voix entièrement dénuée de sentiment. Elle n'est rien pour moi.

Derrière Melinda, quelqu'un laissa tomber un plat ou une casserole. Ce fut à peine si elle perçut le fracas tant elle avait été choquée par ce qu'elle venait d'entendre. Il ne croyait pas vraiment ce qu'il venait de dire, n'est-ce pas ? Et qu'en était-il de toutes ces belles paroles qu'il lui avait dites ? Est-ce que c'était uniquement pour la séduire ?

Elle sentit son cœur se briser en mille morceaux. Elle aurait dû s'en douter. Un homme comme lui ne pouvait pas tomber amoureux d'une binoclarde comme elle. Mais enfin ! qu'avait-elle imaginé ?

— Hé ! que fais-tu là, pétasse de harem ? Votre repas sera bientôt prêt. Sors d'ici.

Même sans se retourner, elle sut que ces réprimandes lui étaient destinées. Elle se hâta hors de la pièce et s'enfuit dans le couloir en ne pensant à rien d'autre qu'à son chagrin.

Quand elle leva enfin les yeux, elle se trouvait dans sa chambre au harem, sans le connard qui avait essayé de la baiser. Elle claqua violemment la porte et la verrouilla, puis se jeta sur le lit pour réfléchir au meilleur moyen de tuer Hamel, qui lui avait menti et s'était servi d'elle. Si jamais elle parvenait à sortir de là, bien entendu.

Chapitre 37

Attablé en face du roi des démons, Hamel avait du mal à assimiler toutes les informations qu'il venait d'obtenir. Il décida de se concentrer sur une chose à la fois, la meilleure solution selon lui.

Quand Cuzork lui avait parlé à l'instant d'un incident qui s'était produit plusieurs années plus tôt, il avait tout de suite pensé à ce que Kintu et Sefu lui avaient raconté concernant la première découverte du virus. Tout cela était relié, il en était convaincu. C'était de cela dont parlait Sefu quand il avait dit que Kintu n'avait pas besoin de savoir ce qui s'était réellement passé.

Sefu avait affronté les démons et les avait battus à leur propre jeu en détruisant le premier sérum. Or Melinda en avait une éprouvette et, à ce titre, elle représentait pour les démons une occasion de mettre en œuvre leur horrible projet de possession des humains.

— Vous devez avoir une raison de me raconter tout ça, enfin, j'imagine.

— Vous m'avez posé la question, déclara le roi en souriant. Mais, en effet, j'ai un autre marché à vous proposer.

— Plus d'argent encore ? demanda Hamel en arquant un sourcil comme si c'était la seule chose qui l'intéressait.

— Bien sûr, guerrier. Beaucoup plus de fric.

— De quoi s'agit-il ?

Le sourire du roi des démons se fit plus rusé.

— Cette femme possède quelque chose que je veux, que j'attends depuis très longtemps. Elle l'a caché et refuse de nous dire où. J'ai besoin de vous pour lui soutirer cette information.

— D'accord, mais pourquoi est-ce qu'elle me le dirait à moi, un parfait étranger ?

L'air contrarié, Cuzork se tut. Il n'avait sans doute pas réfléchi à tous les aspects de sa requête. Une porte s'ouvrit et Wilson entra avec un pichet rempli à ras bord. Il s'approcha d'eux en flottant, mais il tremblait tellement qu'il répandait de la boisson partout.

Terrorisé, le pauvre petit démon emplit le gobelet du roi, posé à côté du steak qu'il n'avait pas touché, et en renversa une bonne quantité.

— Lamozierus ! espèce d'incapable, de bon à rien ! s'exclama le roi avant de serrer le poing, s'apprêtant à tabasser le pauvre démon.

Avant qu'il ait pu le toucher cependant, Hamel s'était levé à sa place et, laissant émerger ses crocs, avait bloqué le geste du roi avec sa main griffue.

— On attrape plus de mouches avec du miel qu'avec du vinaigre, Cuzork, grogna-t-il. Vos sujets seront plus loyaux envers vous s'ils vous aiment que s'ils vous craignent. Semer la terreur ne fera qu'entraîner votre perte.

Son regard croisa celui du roi. Aucun des deux ne désirait reculer. Hamel finit par relâcher peu à peu son étreinte.

Wilson reprit le pichet qu'il avait posé sur la table et adressa un regard à la fois si triste et si reconnaissant à Hamel que ce dernier en aurait versé une larme s'il n'avait été un grand méchant change-forme.

— Cuzork, merci pour votre hospitalité et cette bonne bouffe. J'aimerais que Wil… enfin, votre serviteur ici présent, me fasse visiter votre magnifique palais. Je ne veux pas vous monopoliser davantage. Vous avez sans doute des choses beaucoup plus importantes à faire. Et j'aurai ainsi le temps de réfléchir calmement à votre offre généreuse.

Le roi avait peut-être autre chose à faire, ou peut-être pas, ce qui était le plus probable, mais il accepta la requête de Hamel et demanda à Wilson de lui servir de guide. Dès qu'ils furent sortis de la salle du trône, Wilson se colla à la jambe de Hamel pour lui témoigner sa gratitude. Il n'eut pas besoin de dire quoi que ce soit.

Au bout de quelques secondes, Wilson s'éloigna en flottant et Hamel le suivit dans diverses pièces.

— Wilson, sais-tu où elle est ?

Le gros raisin sec se retourna et mit ce qui lui tenait lieu de main devant la bouche de Hamel pour le faire taire.

— Chut ! fit-il en balayant la pièce des yeux. Elle est dans le remha.

— Le quoi ? demanda Hamel en inclinant la tête pour mieux se concentrer, même si son ouïe très fine de jaguar lui permettait d'entendre ce qui se passait à l'extérieur.

— Oui, vous savez, le remha, répéta Wilson en lui adressant un clin d'œil.

Ah, putain de merde ! c'était quoi le verlan déjà ? Il fallait juste inverser les syllabes. Donc Melinda était dans le harem.

— D'accord. Et c'est où ?

— De l'autre técô du laispa.

Putain ! Hamel eut des envies de meurtre. Mais bon, ça marchait, son truc. Ils parvenaient à communiquer. Donc Hamel traduisit dans sa tête : Melinda était de l'autre côté du palais. Ils se turent un instant et Hamel regarda les œuvres d'art et les tableaux sur les murs en passant. Il remarqua un thème récurrent : ils montraient presque tous des scènes de torture, de mort et d'humains qui souffraient. Décidément, ce Cuzork n'était pas très sympathique. Il ne se ferait pas prier pour buter le connard et donner la couronne à quelqu'un d'autre.

— Hé ! Wilson, Cuzork dit qu'il a un plan. Est-ce que tu sais ce que c'est ?

— Pas mentvrai.

— Putain ! Wilson, ne peux-tu pas simplement dire « non » ?

— Désolé. Non. Mais le remha s'agrandit vite.

Intéressant. Peut-être que le roi était tout simplement un chaud lapin.

— Wilson, est-ce que les démons baisent ?

— Pas sous notre forme naturelle. On ne peut le faire qu'en possédant un humain.

Bon, d'accord. Cela signifiait que le sexe n'était pas la raison principale de ce harem. Est-ce qu'il y avait…

— Ah, vous voilà ! s'exclama le roi des démons, qui arrivait en courant.

Les deux amis se retournèrent vers lui.

— Au pied, ordonna-t-il à Wilson, qui baissa les yeux et alla se recroqueviller sur le plancher à côté du roi sans lever les yeux vers Hamel.

— J'ai une idée pour que la femme vous fasse confiance.

— J'écoute.

— Dites-lui que vous l'aimez. Ça semble toujours marcher pour les hommes au royaume des humains. Avec ça, ils obtiennent tout ce qu'ils veulent.

Hamel se dit qu'il serait un homme heureux si vraiment c'était si simple.

— Ça pourrait peut-être marcher, Cuzork. Sauf que je suis un étranger. Elle ne me croira pas.

— Même si vous la baisez ? demanda-t-il en fronçant les sourcils. Elle ne vous croira pas ?

— Les humaines ne sont pas comme ça. Faites-moi confiance, je ne le sais que trop bien. L'homme doit prouver son amour par ses actions. Il ne suffit pas de le dire.

— Que faut-il faire alors ?

— En règle générale, les hommes offrent des fleurs, du chocolat. Ils proposent des sorties et...

— Ben voilà, vous n'avez qu'à faire tout ça !

— Faire quoi ? s'enquit Hamel, qui avait un peu perdu le fil de la conversation.

— L'inviter. Faites semblant de la ramener chez elle. Dites-lui que vous l'aimez. Puis demandez-lui où elle a caché le sérum.

— Eh ben dites donc, s'exclama Hamel en tapant Cuzork sur l'épaule. Vous venez d'élaborer une super stratégie ! On ne peut pas faire mieux !

Le connard sembla se rengorger devant le compliment. Hamel avait envie de vomir. Mais il eut une meilleure idée pour renforcer l'impression qu'il était sincère.

— Si vous me donnez un peu plus d'or, j'obtiendrai le sérum et je vous l'apporterai.

— Oui, cela me plaît bien. Je vous donnerai deux pièces d'or.

— Génial, répondit Hamel en se demandant si ce Cuzork était vraiment très crédule ou s'il avait une idée derrière la tête. Dites-moi où elle se trouve et je vais commencer à lui faire la cour.

Chapitre 38

Melinda était tellement en colère qu'elle avait envie de lui arracher les yeux à mains nues. C'était à Hamel qu'elle pensait, bien entendu. Comment l'enfoiré avait-il pu dire ça ? Et il avait l'air sincère en plus.

Combien avait-il exigé pour venir à sa rescousse ?

« *Elle n'est rien pour moi* », avait-il dit. C'était bien cela le pire. Elle sentit les larmes lui monter aux yeux encore une fois. Quand elle avait découvert par hasard la salle où Hamel se trouvait en discussion avec le roi, elle avait tout de suite cru que l'agent fédéral était venu la chercher. Puis elle l'avait entendu tenir ces propos blessants et elle s'était immobilisée.

Quand l'autre voix avait demandé à Hamel s'il voulait la baiser avant de repartir, il n'avait même pas répondu ! La trouvait-il si repoussante qu'il n'imaginait même pas de coucher avec elle ? Pourtant, il avait bien partagé son lit l'autre nuit, non ? Lui avait-il joué la comédie ?

Puis une horrible idée lui noua le ventre : si Hamel avait été payé pour la sauver, est-ce qu'il avait également été rémunéré pour coucher avec elle et faire semblant d'être son ami ? Elle sentit son cœur se briser à cette idée. Incapable de le regarder en face, elle fit demi-tour et se hâta de retourner vers sa chambre au harem, où elle pourrait se cacher parmi ces femmes toutes plus belles les unes que les autres. Parmi toutes ces beautés, personne ne ferait attention à elle.

Peu après son retour au harem, une des femmes l'invita à la suivre dans une autre pièce du palais, une sorte de reconstitution de la chambre du roi Arthur. L'architecte devait être fan de films de cape et d'épée avec des rois, des chevaliers et des démons. Elle trouvait étrange cette superposition d'époques : contemporaine, postmédiévale et d'autres encore. Quel mélange de styles, bon Dieu de bon sang !

Lasse de faire les cent pas, Melinda se laissa retomber sur le ventre dans le grand lit. Encore un exemple d'amalgame de moderne et d'ancien : le cadre du lit apparemment sculpté à la main avait l'air d'une antiquité d'avant l'invention des machines. Mais le matelas et les draps étaient modernes et neufs, et ne semblaient pas avoir servi.

Elle se retourna sur le dos. Que lui importait la décoration après tout ? Elle avait le cœur brisé. Et elle s'en voulait de s'être laissée aller encore une fois à y croire. Ce qu'elle pouvait être bête ! Vraiment ! Et elle le répéta en martelant le matelas de coups de poing. Ses mouvements brusques firent glisser sur sa poitrine la petite fiole qu'elle avait cachée dans son soutien-gorge. *Oh merde !* Elle se rassit et replaça le sérum contre son cœur.

Elle était là à cause de ce virus, elle en était persuadée. Les femmes du harem lui avaient expliqué où elle se trouvait, et elle avait refusé de les croire jusqu'à ce qu'elles lui montrent des démons qui flottaient par là et les petits tours de magie qu'ils étaient capables de faire. Bordel de merde ! de quoi rendre folle une personne à peu près saine d'esprit. Elle ne pouvait plus se mentir : les démons existaient même si toutes les preuves scientifiques tendaient à prouver le contraire. Et elle se trouvait dans une autre dimension.

Elle avait dit aux femmes qu'elle reviendrait les sauver quand elle parviendrait à s'enfuir, mais elles ne souhaitaient pas s'en aller. Elles voulaient rester au pays des démons. Elles menaient une vie de patachons. Elles ne faisaient rien d'autre que se prélasser et se laisser servir à boire et à manger. Elles étaient libres de circuler mais, entourées de désert sur des kilomètres, ne voyaient pas l'intérêt de sortir du palais.

Et quand elles étaient en manque de sexe elles n'avaient qu'à participer à une orgie avec les succubes. C'était même fortement recommandé.

Melinda soupira. Tout ce qu'elle désirait, c'était retrouver son lit et bouder. Puis elle retournerait au laboratoire le lundi et elle oublierait cette histoire de virus, Hamel et tout le reste.

Ce fut alors qu'elle entendit quelqu'un secouer les portes de la chambre.

— Melinda ! c'est moi, Hamel.

La jeune femme se leva précipitamment pour s'éloigner de la porte et lui tourner le dos.

— Qu'est-ce que tu veux ? Va-t'en !

— Melinda ? répéta-t-il sur un ton inquisiteur.

— Oui, tu m'as très bien entendue. Va-t'en, dit-elle en détachant les syllabes, les poings serrés. Ne t'en fais pas pour moi. Je ne suis rien pour toi après tout. Tu n'es même pas capable d'imaginer de baiser avec moi, dit-elle en sanglotant.

Elle plaqua une main sur sa bouche pour étouffer ses gémissements. Elle s'appuya contre le mur, jeta un œil par une fenêtre sans vitre et remarqua que le paysage était aussi sec que son cœur.

— Mais non, Melinda, la supplia-t-il. Tu ne comprends pas : j'étais obligé de lui dire ça.

La jeune femme se remit à sangloter, fatiguée de tous ces mensonges. Elle ne se contrôlait plus. Elle se trouvait pathétique. Elle était en colère contre Hamel, mais elle s'en voulait aussi terriblement.

— Melinda ! laisse-moi entrer et on discutera de tout ça dès qu'on sera partis d'ici. On commence à manquer un peu de temps.

— De temps pour quoi ? demanda-t-elle, Hamel ayant éveillé sa curiosité.

— Le sorcier, Sefu, il m'a envoyé te chercher. C'est lui qui avait le premier sérum. Si on ne retourne pas sur Terre avant le coucher du soleil, on ne pourra plus jamais quitter le royaume des démons.

Melinda ne comprit qu'une partie de ce qu'il lui avait dit.

— Sefu ? Qu'a-t-il à voir avec le sérum ? C'est un prêtre vaudou. Pourquoi dis-tu qu'on ne pourra jamais repartir ?

— Melinda ! ouvre ces portes ! insista-t-il en martelant le battant des poings. On doit absolument y aller.

La scientifique se sentit envahie par une foule de sentiments : la colère, la frustration et le chagrin. Elle avait envie de crier, de pleurer et de trépigner de rage comme une gamine de trois ans. Mais, plus que tout, elle désirait que Hamel la prenne dans ses bras. Or il ne voulait pas d'elle.

— Qu'est-ce que tu fais là, Hamel ? Ils t'ont bien payé ?

— Melinda, soupira-t-il en cessant de marteler la porte. Ouvre-moi, s'il te plaît. Il faut qu'on y aille.

On doit à tout prix être à un endroit précis du désert avant le coucher du soleil.

— Peut-être que je préfère rester ici, tu sais, dit Melinda, qui se sentait blessée dans son orgueil. Les femmes du harem sont très heureuses. Elles disent qu'elles ont une vie de rêve. Elles n'ont rien d'autre à faire que se prélasser et manger.

— Comme du bétail qu'on engraisse avant de le mener à l'abattoir, oui.

Melinda tressaillit. Bon Dieu de bon sang ! et si c'était vrai ? Elle avait besoin d'aide. Elle balaya la pièce du regard à la recherche d'un moyen d'évasion. Sa chambre était à dix mètres du sol. Elle s'écraserait si elle sautait. Puis elle pensa au lit.

Elle se rua dessus, retira la couette, attrapa les draps et les noua ensemble comme elle l'avait vu faire dans des films où des prisonniers s'évadaient de prison. Sa corde improvisée mesurait bien six mètres. En ajoutant les taies d'oreillers, elle gagnerait encore un mètre. En calculant sa taille, elle chuterait d'un peu moins de deux mètres. C'était jouable. Quand elle était en primaire, elle était tombée d'un toboggan plus haut que ça dans la cour de récréation. Mais sur un sol recouvert de copeaux de bois. Et puis elle était beaucoup plus jeune.

— Melinda ! je te préviens, je vais arracher ces portes dans un instant et tu vas avoir très peur.

— Aucun humain n'est capable d'ouvrir ces portes, Hamel, dit-elle en nouant l'extrémité de sa corde au pied du lit. Allez, va-t'en. Je vais m'enfuir.

Elle enjamba le bord de la fenêtre.

— Quoi ? Melinda, ne prends pas le risque de te blesser. Je vais m'occuper de toi. Je… je t'aime, Melinda.

Assise sur le bord de la fenêtre, elle se retourna vers la porte, puis elle secoua la tête et attrapa le premier drap.

— Non, Hamel, tu n'as pas le droit de me faire ça, murmura-t-elle, émotionnellement vidée.

Chapitre 39

Hamel posa le front contre les lourdes portes qui le séparaient de l'amour de sa vie. Les derniers mots qu'elles lui avaient dits lui avaient brisé le cœur. Oui, il aimait Melinda. Son boulot, son passé n'avaient plus aucune importance pour lui. Seul comptait l'avenir avec la femme qu'il aimait plus que tout.

Il agrippa les anneaux d'acier fixés aux battants, tira de toutes ses forces, et ils finirent par céder dans un grand crissement de métal et une explosion d'éclats de bois. Il balaya la chambre des yeux et aperçut les draps noués qui sortaient par la fenêtre. Il se précipita et vit Melinda suspendue dangereusement à plusieurs mètres du sol.

Un grognement sourd lui échappa. Son jaguar intérieur lui dit que c'était beaucoup trop haut pour sauter sans se blesser. Il leur fallait sortir au plus vite.

Hamel se précipita dans le couloir. Pourquoi n'y avait-il jamais de porte quand il en fallait une ? Putain ! il aurait tellement souhaité en trouver une, là tout de suite ! Ce fut alors qu'il vit un pan de mur se flouter un peu plus loin et, quand il l'atteignit, il aperçut une porte entrouverte.

Il la repoussa et se demanda ce qui avait bien pu se passer. Cette porte avait l'air parfaitement normale. Il sortit et, une fois à l'extérieur, il revint sur ses pas dans la direction de la chambre de Melinda. Il contourna un des angles du palais et vit la scientifique suspendue dans le vide à trois mètres du sol au moins.

Elle portait une sorte de toge blanche taillée dans un tissu diaphane. Jusque-là, il l'avait presque toujours vue en blouse et il en eut le souffle coupé de l'apercevoir ainsi presque nue. Elle ne portait presque rien en dessous. Pendant qu'il fixait le regard sur elle, Melinda descendit rapidement le long de sa corde improvisée en s'aidant des nœuds dans les draps. Puis il l'entendit pousser une exclamation de surprise.

Le jaguar de Hamel émergea subitement et se précipita vers elle. Il avait l'intention de se retransformer en la rejoignant car il aurait besoin de ses bras humains pour la rattraper. Sauf qu'elle risquait alors de s'enfuir si elle n'avait vraiment pas envie de le voir.

Il conserva donc sa forme animale et se rua vers elle. Parvenue au dernier nœud, Melinda hurla en se laissant glisser vers l'extrémité de la corde. Le jaguar se précipita sous elle et se retourna pour l'accueillir sur son ventre pour mieux amortir sa chute.

Elle tomba à genoux sur son torse. Pas la meilleure des sensations pour Hamel. Et il trouva particulièrement désagréable d'avoir le souffle coupé et du mal à se remettre à respirer. Mais bon, il se rétablit rapidement et se remit sur ses pattes en rugissant pour éloigner les démons qui auraient voulu s'approcher. Mais il n'y en avait aucun. Cuzork n'était pas revenu sur sa parole de faire semblant de la laisser s'enfuir.

— Ah, mon beau jaguar ! entendit-il Melinda s'exclamer. Tu es vraiment mon ange gardien, je le savais ! dit-elle en se tournant vers lui et en passant les bras autour de son cou. Tu as été envoyé pour me protéger. Les animaux sont tellement plus sincères que les hommes !

De la langue, le jaguar lécha les larmes de la jeune femme puis s'écarta. Ils devaient y aller. Et, puisqu'ils n'avaient pas besoin de traverser le palais, ils auraient peut-être une longueur d'avance sur Cuzork et une chance d'atteindre le cercle dans le désert avant que le roi ne remarque leur absence.

Conservant sa forme animale, Hamel se dirigea vers le sentier qu'il avait marqué en venant pour retrouver le point de rendez-vous et Melinda le suivit. Il se mit à courir non seulement pour arriver à l'heure, mais aussi pour ne pas se laisser envahir par une immense tristesse de ne pas avoir réussi à empêcher Melinda de lui briser le cœur.

Il semblait incapable de la préserver des dangers et de se faire aimer d'elle. Il ne la méritait pas. C'était consternant. Il avait exécuté énormément de missions de sauvetage au fil des ans et, là, il n'était même pas capable de sauver son âme sœur. Il la ramènerait à leur dimension, et collaborerait avec Sefu pour détruire le sérum et le virus, puis il rentrerait aux États-Unis.

Le moment était peut-être venu pour lui de partir à la retraite. L'agence avait besoin de sang neuf. Il se sentait vieux, usé. Chez lui, dans sa ville d'origine, tous les résidents étaient des métamorphes et tout le monde se connaissait. Mais il y avait aussi d'autres villes de métamorphes sur le continent américain qui n'avaient pas encore été découvertes et, du coup, leurs habitants ne collaboraient pas avec le gouvernement.

Ils pourraient les visiter, s'installer près d'une de ces communautés et, qui sait ? il trouverait peut-être une compagne avec qui il aurait des enfants qu'il aimerait et protégerait. Mais dans le fond de son cœur il ne serait jamais complètement heureux. Il ne méritait probablement pas de l'être.

Le jaguar aperçut le cairn au loin. Heureusement, car le soleil déclinait sérieusement à l'horizon. Melinda haletait derrière lui mais ne se laissait pas distancer. Elle avait beau lui avoir dit qu'elle préférait rester au harem, ça ne semblait pas être vraiment le cas. Il avait dû la mettre sérieusement en colère pour qu'elle le pense et aille jusqu'à le lui dire. Au point où il en était, il fallait qu'il parte.

Il pensa alors à un autre problème : comment allaient-ils traverser le voile qui les séparait de leur dimension ? Est-ce qu'il suffisait de se tenir au milieu du cercle de pierres pour que Sefu les ramène ? Comment saurait-il qu'ils étaient là ? Il cligna des yeux puis sentit son cœur battre à tout rompre : il venait d'apercevoir cet enfoiré de Cuzork.

Le trouduc était installé dans un fauteuil en or dans un décor style oasis qui rappelait *Cléopâtre*, la version avec Elizabeth Taylor. Des femmes à moitié nues l'éventaient avec des feuilles de palmier tandis qu'une autre lui tendait des grains de raisin.

Si Hamel n'avait pas su ce qui se passait, il aurait juré se trouver dans un film, passant d'un décor à un autre. Ou bien dans une reconstitution historique faites d'images tirées de livres d'histoire sur les mœurs des anciens Égyptiens et de diverses monarchies. Puis il se rendit compte que tout ce qu'il voyait existait sur Terre. Il avait beau être dans le royaume des démons, des créatures avec des pouvoirs magiques, il ne voyait rien de nouveau ou d'original. Il ne savait pas ce que cela signifiait ou même si c'était important. Pour l'heure, il devait affronter le roi des trouducs.

Melinda passa à côté de lui, haletante, les mains sur les hanches.

— Que faites-vous là ? s'exclama-t-elle. Vous n'étiez pas là, puis, tout d'un coup, vous voilà.

Cuzork se tourna vers Hamel, qui reprit sa forme humaine.

— Alors, Clint, avez-vous trouvé le sérum ?

— Qu'est-ce qui se passe, putain !? s'écria Melinda en redressant la tête. Mais qui est Clint ?

Hamel posa une main dans le creux de sa taille en se plaçant à côté d'elle. Elle sursauta, poussa un cri, braqua les yeux sur lui et remarqua son torse nu et son pantalon de daim.

— Je pense savoir où il se trouve, dit Hamel au roi des démons tout en gardant les yeux posés sur Melinda, mais je ne sais pas où exactement. Je vais devoir fouiller l'endroit et je vous le rapporterai. Vous me paierez à mon retour. Si vous avez toujours l'intention de maintenir notre accord, il va sans dire.

Le démon grinça des dents et se lécha les lèvres en matant le corps de Melinda, humide de transpiration qui, là où il épousait les formes de son corps, rendait transparent le fin tissu blanc de sa toge.

— Bien sûr, change-forme. Je n'ai pas l'intention de revenir sur notre accord. Vous n'avez qu'à récupérer ce que je vous ai demandé et, la femme et moi, on vous attendra dans mes appartements. L'heure est venue, je pense, de mettre mon plan à exécution. Et je vais commencer par elle.

La grosse bosse dans le pantalon du roi était tout sauf discrète.

Chapitre 40

Melinda n'avait jamais couru aussi vite ni aussi longtemps de toute sa vie. Mais, si elle se laissait distancer par le jaguar qu'elle suivait, elle n'aurait sans doute plus jamais l'occasion de courir ou de respirer ! Son instinct la prévenait qu'elle était en danger. En dépit des magnifiques appartements et jardins du palais, quelque chose clochait dans ses étranges conversations avec les femmes du harem. Tout était beaucoup trop parfait.

Comment oublier qu'elle avait été enlevée ? Les démons tentaient peut-être d'effacer cet événement de sa mémoire. Ils voulaient qu'elle se sente bien chez eux et qu'elle décide d'y rester. Or, si elle faisait ce choix, elle ne ferait qu'échanger une solitude pour une autre. Elle n'était vraiment heureuse qu'avec Hamel.

Mais elle ne risquait pas de le retrouver, apparemment. Bon Dieu de bon sang ! heureusement qu'elle ne lui avait pas dit qu'elle l'aimait. Elle se serait sentie tellement humiliée par la suite. Il lui avait bien dit qu'il l'aimait, là-bas au palais.

Mais le pensait-il vraiment ? Auquel cas il mentait obligatoirement à quelqu'un, soit à elle, soit au roi des démons.

Elle souffrait de l'avoir laissé là-bas. Elle se demanda si les propos de Sefu qu'il lui avait rapportés étaient vrais : qu'elle risquait de devenir une résidente permanente du royaume des démons si elle était encore là au coucher du soleil. Parce que celui-ci baissait rapidement. Elle pria pour que le jaguar son protecteur sache ce qu'il faisait et elle le suivit aveuglément.

C'était étrange cette impression qu'elle avait que le grand félin l'aimait beaucoup. Comme s'il était déterminé à veiller sur elle, à la protéger. Comme s'il voulait la garder pour lui, en fait. Elle aurait aimé être un félin aussi, mais elle se contentait d'éprouver pour le bel animal un amour tout ce qu'il y avait de plus humain.

Elle plissa les yeux pour essayer de mieux distinguer quelque chose qu'elle avait aperçu non loin devant elle. Elle avait l'impression que c'était là où se dirigeait le jaguar. S'agissait-il du portail qui permettait de passer d'une dimension à l'autre ? Le félin avait dû passer par là pour la retrouver. Ils s'approchèrent un peu plus et elle vit un cairn au centre d'un cercle.

Un brusque coup de vent lui souffla de la poussière dans les yeux et ils s'emplirent de larmes. Le temps de les frotter, elle aperçut Cuzork devant elle, dans une sorte de mirage. Il était allongé sur une sorte de trône comme dans les vieux films sur l'Égypte. Elle se rapprocha, se demandant bien ce qu'il faisait là.

— Alors, Clint, dit le roi des démons en s'adressant au jaguar derrière elle, avez-vous trouvé le sérum ?

Melinda inclina la tête et ne put que le dévisager, avec une expression de grande perplexité sur ses traits.

— Qu'est-ce qui se passe, putain !? s'écria Melinda. Mais qui est Clint ?

Elle sentit une main se poser dans le creux de son dos ; elle sursauta, poussa un cri et tenta de s'éloigner. Bon Dieu de bon sang ! mais qui…

Hamel était à côté d'elle. Que faisait-il là, torse nu et revêtu d'un pantalon de daim bien ajusté qui mettait tous ses attributs en valeur ? Bordel de merde ! il était tellement canon qu'elle ne put s'empêcher de saliver. Elle l'aimait et puis merde ! elle le trouvait agréable à regarder à moitié habillé.

— Je pense savoir où il se trouve, dit-il au roi des démons tout en gardant les yeux posés sur Melinda, mais je ne sais pas où exactement. Je vais devoir fouiller l'endroit et je vous le rapporterai. Vous me paierez à mon retour. Si vous avez toujours l'intention de maintenir notre accord, il va sans dire.

De quoi parlaient-ils ? Qu'est-ce qu'il devait lui rapporter ? Minute papillon ! quelqu'un avait mentionné le sérum. C'était cela qu'il voulait ? Tout cela pour la petite fiole qu'elle avait cachée entre ses seins ? Elle fut prise d'une si grande colère qu'elle en aurait crié ! Elle tourna la tête pour regarder le jaguar. L'heure était venue de s'en aller. Mais où était-il passé ?

— Bien sûr, change-forme…

Voilà qu'il utilisait de nouveau ce mot. Il devait faire allusion à quelque chose, mais quoi ? Elle se tourna vers Cuzork, qui n'avait pas fini de parler.

— L'heure est venue, je pense, dit-il, de mettre mon projet à exécution. Et je vais commencer par elle.

Melinda sursauta encore une fois.

— Moi ? Mais quel projet ?

Les pièces du puzzle commencèrent enfin à se mettre en place : il désirait la garder, mais pas uniquement pour le sérum. Elle voyait bien son sexe au garde-à-vous dans son pantalon. Il voulait beaucoup plus que la fiole. Merde ! elle avait envie de vomir. Se sentant prise de violents frémissements, elle couvrit vite sa bouche de sa main.

— Ne t'inquiète pas, bébé. Je ne vais pas le laisser te toucher, la rassura Hamel en lui caressant les bras de ses mains.

Une brise souffla alors sur le mirage, lui déclenchant un nouveau frisson. Hamel l'étreignit davantage, surtout pour la protéger du regard concupiscent de Cuzork.

— As-tu froid ? lui demanda-t-il. J'aimerais bien avoir une cape pour te recouvrir et te réchauffer le temps que je bute le connard devant nous.

Leur attention fut attirée par quelque chose qui se passait au sol : un vêtement apparut devant leurs yeux ébahis et Melinda se pencha pour le ramasser.

— Putain ! s'exclama Hamel. Cette cape est exactement ce que je visualisais. Mais d'où vient-elle ?

C'était là la grande question du jour. Melinda passa en revue dans sa tête le rêve qu'elle avait fait dans le luxueux hangar du sorcier. Elle n'y avait rien compris. Le vieil homme avait parlé de réalité et de concepts plus bizarres les uns que les autres. Elle se demanda…

— Hamel, est-ce que Sefu t'a parlé des rêves et de la réalité ?

— Oh ouais ! Il m'a dit qu'il était important que tu identifies bien la réalité dans laquelle tu te trouvais. Mais je ne sais pas trop ce que cela voulait dire.

Cela devait bien signifier quelque chose. Mais quoi ? Elle se remémora encore une fois son rêve.

— Qu'est-ce que vous faites ? s'enquit Cuzork en se redressant. Il se passe quelque chose, je le vois bien.

Melinda ne fit aucun cas du roi des démons tandis qu'elle rassemblait les dernières pièces du puzzle et que l'image se formait dans sa tête. Oh merde ! Elle jeta un autre coup d'œil à Hamel.

— Fais un autre souhait.

— Un souhait ? répéta-t-il, l'air perplexe. J'aimerais bien avoir un hamburger, dit-il en arquant un sourcil.

Ah les mecs ! pensa Melinda en levant les yeux au ciel.

Quand ils ne pensaient pas au sexe, ils pensaient à la bouffe. Et, pile à l'endroit où était apparue la cape, ils virent un hamburger sur le sable. Melinda posa la tête contre le torse chaud et musculeux de Hamel. Sefu avait raison : elle devait identifier clairement dans quelle réalité elle se trouvait. Bordel de merde ! tout cela était drôlement déstabilisant. En fait, elle se trouvait dans une dimension parallèle.

— Hé !

Avant de se lever et de s'approcher d'eux, Cuzork envoya de la main un éclair qui frappa le sol à leurs pieds.

— Mmm, on dirait que vous vous connaissez bien tous les deux. Ou alors vous êtes très rapide à la détente, Clint.

— Clint ? Vraiment ? réagit Melinda en tournant la tête pour regarder Hamel dans les yeux sans se dégager de son étreinte.

— Je n'ai pas eu le temps de réfléchir, répondit-il en rougissant un peu et en haussant les épaules. Alors pourquoi pas le nom de mon idole ?

— Parce que ton idole est une star de cinéma ? demanda Melinda en fronçant les sourcils.

Hamel lui fit signe de se taire et se mit devant elle pour la protéger.

— Écoutez, Cuzork, vous ne pouvez pas avoir Melinda. Elle est mienne. Relâchez-la et je vous donnerai le sérum.

Il allait faire quoi ? Melinda se sentit prise d'une colère plus grande encore que sa peur. Elle en avait franchement marre de ce virus et de ce sérum de merde. Elle avança d'un pas pour se placer à côté de Hamel, luttant pour ne pas le laisser la repousser derrière lui.

— Clint ne sait pas où est le sérum. Je suis la seule à le savoir. Dites-moi pourquoi vous les voulez tellement ? Ce sérum n'est pas mortel. Que voulez-vous en faire ?

— Humble Terrienne, répondit le démon en souriant largement, vous ne pouvez même pas imaginer ce que c'est de vivre ici…

— Votre monde me semble plutôt agréable et confortable, enfin d'après ce que j'en ai vu, lança Hamel.

— C'est faux ! hurla Cuzork. C'est un véritable enfer ! Vous allez me dire où se trouve ce sérum ! gronda-t-il en s'approchant un peu plus près d'eux.

— Dites-moi ce que vous voulez en faire ! réitéra Melinda sans se laisser intimider.

— Je vais régner sur vous tous autant que vous êtes, misérables créatures dégoûtantes et veules !

Un vent frais souffla sur le silence qui s'était installé entre eux. Le soleil commença à glisser sous l'horizon. Hamel étreignit Melinda dans ses bras pour l'éloigner de Cuzork.

— Vous m'avez dit que c'était impossible, que le cerveau des humains n'était pas assez costaud.

— J'ai dit que celui des bébés n'était pas assez costaud, répondit Cuzork en mettant les mains dans son dos. (Horrifiée, Melinda tressaillit.) Reconnaîtrez-vous enfin mon génie ? voulut savoir le roi des démons en esquissant un très large sourire.

— Aide-moi, chuchota Hamel à Melinda. Je ne suis pas médecin, comme tu le sais.

La scientifique n'était pas sûre de pouvoir verbaliser de telles horreurs.

— L'enfoiré va donner le sérum aux femmes, les féconder et posséder les bébés à la naissance.

— Putain ! des humains possédés avec des pouvoirs surnaturels ! Si de tels bébés naissent et grandissent, ce sera un véritable désastre pour l'humanité !

— C'est peu dire, change-forme ! gloussa Cuzork. Maintenant, dites-moi où est le sérum, exigea-t-il en dévisageant Melinda, ou je tue votre amant.

Chapitre 41

Hamel appuya son front contre celui de Melinda. Les propos de Cuzork l'avaient anéanti. Non pas qu'il craigne pour sa propre vie, mais à cause de ce que ce trouduc faisait subir à son âme sœur. Elle ne l'aimait peut-être pas, mais elle ne souhaitait pas sa mort, peu importait qui il était. Il allait veiller à ce que les choses se passent au mieux et, surtout, à ce que Melinda soit protégée.

— Je souhaite que Melinda retourne tout de suite sur Terre et en toute sécurité, lâcha-t-il en relevant la tête.

— Non ! hurla Melinda en s'agrippant à lui de toutes ses forces, des éclairs de peur et de… désespoir dans les yeux. Tu n'as pas le droit de faire ça !

— Oui, je le peux, affirma-t-il en détachant ses mains de sa taille et en les portant à sa bouche pour les embrasser. Je t'aime, Melinda, et je veux que tu sois en sécurité. Je ne comprends pas trop comment fonctionne cette histoire de souhaits, mais…

— Annule ton souhait, Hamel. Ça marche parce qu'on est dans ton rêve. Sefu a envoyé ton esprit dans le royaume des démons. Pas ton corps, contrairement à moi. On est dans ma réalité, pas la tienne. Dans les rêves, on peut avoir tout ce que l'on désire. Tu dois faire le souhait que je reste avec toi.

— Non, mon amour, répondit-il en lui embrassant les doigts. Détruis le sérum. Demande à Sefu de t'aider, ajouta-t-il en voyant Cuzork s'approcher d'eux, l'air plus que menaçant. Et trouve un homme qui saura te rendre heureuse.

Ce serait sans doute là les dernières paroles qu'il lui adresserait.

Cuzork agrippa Melinda par le bras mais, sans qu'il comprenne ce qui se passait, il fut projeté loin d'elle et atterrit par terre sur le dos. Hamel ne la retenant plus, Melinda fut attirée vers le centre du portail par une force invisible et entourée d'une sorte de paroi transparente faite de lumière jaune. Elle martela de coups de poing cette cloison, qui ne laissait pas passer ses cris.

Hamel n'était pas persuadé que son souhait qu'elle soit en sécurité se réaliserait. Il n'avait pas tout à fait compris ce qu'elle avait voulu dire quand elle lui avait déclaré qu'ils étaient dans son rêve à lui. Il détourna son regard d'elle et le dirigea vers le roi des démons, qui levait les mains en direction de la jeune femme. Même si son âme sœur ne l'aimait pas, il était prêt à mourir pour elle. Il cria pour attirer l'attention de

Cuzork et se précipita sur lui, l'épée à la main, prêt à frapper.

Le roi des démons rajusta le tir et d'énormes éclairs atteignirent Hamel en plein corps. Toutes les cellules de son corps n'étaient plus que douleur. Heureusement, la mort fut rapide.

Melinda continua à donner des coups de poing dans la paroi de lumière jaune qui l'emprisonnait dans le portail.

— Non, Hamel ! tu n'as pas le droit de faire ça ! hurla-t-elle.

Mais Hamel lui tourna le dos, soit parce qu'il ne l'entendait pas ou parce qu'il souhaitait ne pas l'entendre. Il lui avait dit qu'il l'aimait et elle le croyait. Elle l'avait lu dans ses yeux.

Elle aurait dû le lui dire aussi, mais, encore une fois, la peur qui étreignait son cœur l'en avait empêchée. Elle désirait ardemment maîtriser cette peur. Cesser de passer à côté du bonheur parce qu'un type l'avait fait souffrir par le passé. Elle devait absolument trouver le moyen de se libérer de ce putain de faisceau lumineux. Serait-elle capable de remettre le sérum au roi des démons pour sauver Hamel ?

Oui, absolument.

Hamel se rua sur Cuzork encore allongé par terre. Et elle le vit mourir.

Tout s'arrêta en elle.

Le corps de Hamel s'immobilisa dans la poussière, son épée qui n'avait pas pu le défendre rebondissant à côté de lui. Un minuscule point de lumière blanche s'éleva de son torse et flotta de l'autre côté du faisceau lumineux qui l'emprisonnait. Melinda sentit une vague d'amour inconditionnel et de paix monter en elle. Le même sentiment d'euphorie qu'elle avait éprouvé quand elle avait imaginé qu'un lien s'était créé entre elle et le jaguar un peu plus tôt chez elle.

Elle eut la certitude que l'esprit de Hamel lui faisait part de ses sentiments. Parce que ce qu'elle éprouvait était extrêmement fort et rassurant. Comprenant enfin la force de son amour pour elle, Melinda n'eut plus peur d'être rejetée. Avec Hamel, finit-elle par comprendre et accepter, ils seraient capables de surmonter tous les obstacles que la vie mettrait sur leur route

Elle se remémora ses dernières paroles : *« Et trouve un homme qui saura te rendre heureuse. »* Mais elle avait déjà trouvé cet homme.

C'était lui.

La lumière disparut alors. Elle venait de perdre son plus grand amour. Elle fut prise d'un sentiment de culpabilité, de tristesse et de colère qui lui ôta ses dernières forces. Épuisée, elle sombra dans l'inconscience.

Dans l'obscurité, elle reconnut l'âcre odeur de fumée d'un feu de bois même si elle n'avait plus fait de camping depuis la colonie de vacances religieuse qu'elle fréquentait dans l'enfance. Le doux parfum des fleurs, l'odeur de la terre et de la boue, et celle, métallique, du sang lui parvinrent ensuite. Une voix pénétra également dans les brumes de son cerveau. Le sorcier, Sefu. Peut-être pourrait-il sauver Hamel. Elle se força à ouvrir les yeux.

— Sefu ? dit-elle après avoir longuement inspiré.

Elle ne voyait pas très bien dans la faible lumière ambiante. Le sorcier cessa de psalmodier sa mélopée. Melinda alla se jeter sur le vieil homme assis près du feu.

— Je vous en prie, sauvez-le, Sefu. J'avais tort. Je l'aime et je n'ai plus peur. Je comprends maintenant la grande force de l'amour vrai. On va y arriver.

Le vieil homme la repoussa mais la maintint à bout de bras. Il la dévisagea un instant puis tourna la tête et dirigea son regard vers un angle de la pièce. Melinda l'imita et aperçut Hamel allongé par terre dans l'obscurité. Elle s'approcha rapidement de lui et laissa couler des larmes de regret pour toutes les erreurs stupides qu'elle avait commises à propos de cet homme et de ses sentiments pour lui.

Elle mit les bras autour de son cou, posa la tête sur son torse et perçut les forts battements de son cœur. Mais… Il était mort ! Elle l'avait vu mourir.

— Non, mon enfant, dit Sefu en poussant un soupir de frustration. Il est vivant. Rien dans cette autre dimension ne peut atteindre le corps. Alors il n'est pas mort. Pourquoi es-tu revenue sans lui ?

Melinda rejoignit rapidement le sorcier.

— Le roi des démons l'a tué pendant que j'étais prisonnière du rayon tracteur du portail.

— Quel rayon ? demanda le vieil homme, l'air perplexe.

— C'est sans importance, répondit Melinda, qui avait oublié que Sefu avait grandi sans télévision ni cinéma. J'ai vu l'esprit de Hamel quitter son corps après que Cuzork lui a envoyé des éclairs.

— C'est ce connard de mes deux qui est responsable de tout ça ? gronda Sefu en entendant le nom du roi des démons.

— Oui, dit Melinda. Est-ce qu'on peut sauver Hamel ?

— Il est vivant. Il était dans un rêve, pas dans la réalité. Mais son esprit est resté dans le royaume des démons, expliqua-t-il. Le soleil était-il couché quand tu es partie ? lui demanda-t-il en la secouant par les épaules pour attirer son attention.

Melinda repensa à la dernière chose dont elle se souvenait.

— Non, répondit-elle enfin. Il n'était pas encore entièrement passé sous l'horizon.

— Très bien, dit Sefu, qui approcha trois bols et trempa les doigts dans chacun d'entre eux. Tu as jusqu'au dernier rayon du soleil pour le convaincre de revenir dans ce monde. Si tu échoues, son corps demeurera dans cet état végétatif, précisa-t-il en lui effleurant les bras et les joues. Dis-lui ce que tu éprouves, mon enfant. Ne laisse pas le passé contrôler ton avenir.

Puis il se mit à psalmodier une lente mélopée.

C'était réconfortant, mélodieux, intoxicant. Dans la chaleur de la pièce, Melinda sentit tous ses muscles se détendre et laissa son esprit libre d'errer où il voulait.

Chapitre 42

Hamel flottait au-dessus du désert. Il ne remarquait aucune différence à part le fait qu'il était libéré de son enveloppe charnelle. Cela devait signifier qu'il était mort. Il décida de se transformer en un petit point lumineux pour aller quelque part, mais où ? Il n'en avait aucune idée. La plupart des êtres humains croyaient au paradis et à l'enfer. Mais ses parents étaient athées et il les avait suivis en cela.

Depuis combien de temps était-il mort ? Le temps n'avait plus aucune importance pour lui. Ou alors il était devenu incapable de le mesurer à l'échelle humaine. De toute manière, il en avait marre de regarder le même bout de désert avec ses nuages de poussière et de sable charriés par le vent. Il repensa à l'endroit où il avait vécu avec sa famille quand il était enfant. La terre était fertile là-bas, avec beaucoup d'arbres, des vastes champs d'herbe grasse et un petit ruisseau glougloutant non loin de la maison. Il souhaita ardemment s'y retrouver.

Le chant d'un oiseau vint interrompre le fil de ses pensées. C'était la première fois qu'il entendait un animal depuis qu'il était arrivé dans ce lieu maudit. Un oiseau ? Mais il n'y avait aucun arbre pour l'abriter. Il parvint à se retourner même s'il n'avait plus de corps et il vit alors le plus beau paysage du monde. Il était rentré chez lui ! Exactement comme dans les souvenirs qui survivaient dans son cerveau immatériel.

Mais, un instant, comment était-ce possible ? Il se souvint du flingue et des munitions apparus de nulle part. Puis il y avait cette porte qui s'était matérialisée pile au moment où il voulait sortir pour rattraper Melinda qui descendait le long d'une corde de draps noués. Sans oublier la cape et le hamburger qu'il avait souhaités. Tout ce qu'il avait désiré ou souhaité était apparu comme par magie.

Mais Hamel n'était pas un démon. Alors comment cela avait-il pu se produire ? L'explication de Melinda lui revint en mémoire : « *Ça marche parce qu'on est dans ton rêve. Dans les rêves, on peut avoir tout ce que l'on désire.* »

Est-ce qu'il rêvait alors ? Il avait besoin de faire appel à sa logique et de réfléchir calmement à tout cela. Il était mort, donc désincarné, et incapable par conséquent de se transformer en jaguar.

— Je souhaite me transformer en jaguar, dit-il.

Et, instantanément, ses yeux se dirigèrent vers le sol. Puis il baissa légèrement la tête et aperçut ses pattes et sa fourrure noire. Dans ses rêves, tous ses désirs se réalisaient.

Ses oreilles de grand félin se dressèrent alors. Il entendit la voix de Melinda, transportée par le vent. Il se concentra pour en déterminer la provenance et courut rejoindre son âme sœur. Était-elle vraiment revenue ? Mais pourquoi ? Comment ? Puis il devina ce qui avait dû se passer : Sefu l'avait renvoyée au royaume des démons dans un dessein précis. Hamel souhaita la retrouver. Il eut à peine le temps de cligner des yeux qu'elle était là devant lui. Il trouva cela vraiment très agréable.

— Mon beau jaguar ! s'exclama la jeune femme en faisant volte-face. Te voilà !

Elle s'agenouilla à côté du grand félin et passa les bras autour de son cou.

Il inspira longuement pour humer son merveilleux parfum qu'il retrouva avec délice. Mais, un instant… était-il dans le rêve ou dans la réalité ?

Melinda se frotta la joue contre lui.

— Oh mon Dieu ! je craignais de t'avoir perdu aussi !

Hamel se mit à ronronner par réflexe. Elle était là, à son côté. Il ne désirait rien d'autre.

— Mon beau jaguar, dit-elle en s'asseyant sur les talons et en posant les mains sur sa gueule. J'ai besoin que tu m'écoutes et que tu me comprennes, ajouta-t-elle en le regardant dans les yeux.

Incapable de parler, le félin hocha la tête. Elle écarquilla les yeux. Oh putain ! il venait de se trahir.

— Mon beau jaguar, poursuivit-elle, les yeux prêts à lui sortir des orbites tellement elle était abasourdie, tu me fais flipper. Mais je m'occuperai de ça plus tard parce que je suis dans le rêve, enfin je l'espère.

Intéressant. Mais qu'est-ce que ça voulait dire ?

— Mon beau jaguar, recommença-t-elle après avoir dégluti, je dois retrouver Parish Hamel. Il… il est l'amour de ma vie, poursuivit-elle après une courte pause. Je ne veux pas vivre sans lui. J'avais si peur de ce qui allait m'arriver si je me montrais faible avec lui. La dernière fois que je l'ai fait, j'ai été tellement blessée que je ne m'en suis jamais remise. Enfin, je le croyais.

» Mais Hamel m'a guérie. Il m'a montré par ses actions ce qu'était le véritable amour. Et que s'ouvrir à l'autre n'est pas une marque de faiblesse, mais plutôt la preuve qu'on est assez fort pour le faire. J'ai été si bête, mon beau jaguar. Mais je ne savais pas. (Elle retint un sanglot.) Tu n'aurais pas vu par hasard un petit point de lumière blanche flotter par là ?

— Je savais que vous reviendriez, femme, tonna alors la voix de Cuzork avant que le félin puisse répondre.

Le roi des démons était là devant elle, entouré de gardes qui ressemblaient en tout point à l'imposante armée de milliers de soldats en terre cuite découverte dans le mausolée du premier empereur de Chine.

Putain ! Hamel comprit enfin pourquoi tout dans ce royaume lui semblait si familier : la vallée de la Mort, les gardes, la nourriture, l'apparence humaine des démons… Toutes choses qu'il avait déjà vues soit en vrai, soit en photo ou au cinéma. C'était lui qui avait créé ce monde à partir d'images provenant de son cerveau, de ses souvenirs.

Il avait mis du temps mais il avait fini par comprendre. Et, comme il n'avait jamais vu de démon, il se les représentait uniquement comme des masses informes et sombres. Il n'avait vu le palais qu'après que Wilson lui avait affirmé qu'il était là et qu'il devait le croire pour le voir. Tous ses désirs avaient été satisfaits mais à partir d'images qu'il avait en tête.

Cuzork leva la main et un vent frais les repoussa, lui et Melinda, à l'extérieur du cercle du portail.

— J'en ai assez, dit-il en regardant le jaguar, les yeux plissés. Je vois que vous avez découvert la vraie magie de cet endroit. J'ai donc changé de stratégie pour obtenir le sérum.

Le jaguar sentit à son odeur que son âme sœur était en colère. Elle avait serré les poings.

— J'en ai tellement marre de vous et de ce sérum, gronda-t-elle en glissant la main dans son soutien-gorge pour en retirer une petite fiole de plastique. C'est ça que vous voulez, Cuzork ? demanda-t-elle en la lui montrant tout en la débouchant du pouce.

— Et, tout ce temps, vous aviez le sérum sur vous ! lâcha le démon, ses yeux se transformant en deux petits points rouges. Vous êtes très habile, madame. Je vous ai sous-estimée. Je constate que je ne sais pas tout sur les femmes de votre royaume. Dans vos films, les femmes sont toujours faibles, idiotes, bavardes. Je vais avoir besoin de passer un peu plus de temps dans votre dimension pour voir comment la femme moderne a évolué.

— Ouais, vous avez bien besoin de vous mettre au parfum, monsieur le démon. Et pas seulement en ce qui concerne les femmes. Vous constaterez que les humains n'ont plus peur des bruits étranges dans la nuit. On refuse de rester là sans réagir, à regarder des nazes s'en prendre à d'honnêtes citoyens.

— Taisez-vous ! Et donnez-moi le sérum.

Un éclair de peur traversa le regard de Melinda, qui pencha la tête.

— Oh non, je ne vous laisserai pas faire, salope !

Le sol fut immédiatement recouvert d'un revêtement lisse.

— Je récupérerai chaque petite goutte qui tombera de cette fiole, reprit Cuzork. Alors remettez-la-moi !

Hamel vit le visage de Melinda prendre une expression paniquée tandis que, ne sachant plus que faire, elle optait pour l'impensable.

Chapitre 43

Melinda allait péter un câble. Elle avait décidé de répandre le sérum dans la poussière du sol aride, qui absorberait rapidement le liquide. Mais le roi des démons avait fait apparaître un revêtement imperméable qui contrecarrait son plan.

Elle se rappela alors qu'elle était dans un rêve et qu'elle pouvait faire autre chose si elle le voulait. Elle approcha la fiole de ses lèvres et la vida d'un coup, comme un grog un soir de grand froid. Cuzork s'immobilisa.

— Voilà, monsieur le démon, dit la jeune femme en laissant tomber la petite fiole vide. Il n'y a plus de sérum. Dites adieu à votre projet.

— Au pied, Lamo, ordonna Cuzork en se tournant vers son serviteur.

— À vos ordres, Votre Majesté, répondit Wilson en sortant des rangs et, tête baissée, il s'écrasa au sol à côté du roi.

— Lamo, mon bon petit diable, tue ce félin, ordonna-t-il. Mes hommes vont amener la femme au palais. Et jusqu'à sa mort elle portera pour nous des enfants que nous posséderons. Mon stratagème sera mis en place avec un léger retard.

— Pourquoi moi, Votre Majesté ? demanda Wilson, qui flottait sur place et tremblait de peur, les yeux braqués sur le grand félin.

— Parce que j'espère que le jaguar va te bouffer tout cru, répondit le roi des démons en se tournant vers le troufion. Une bonne manière pour moi de me débarrasser d'un emmerdeur sans avoir à lever le petit doigt.

Le roi se dirigea vers son armée qui se sépara en deux pour le laisser passer, et plusieurs soldats s'approchèrent de Melinda.

— Je vous interdis de toucher à un seul de ses poils ! cracha Melinda à voix basse en se raidissant. Je souhaite avoir une épée dans chaque main et être la meilleure guerrière de ce royaume !

L'instant d'après, armée de deux longues lames fines, elle se ruait sur l'ennemi en poussant un grand cri de guerre. Elle bougeait si vite les pieds, les mains et le corps tout entier que c'était à peine si ses gestes étaient perceptibles. Elle décima rapidement les rangs de soldats qui s'avançaient vers elle. Chaque fois qu'elle touchait un démon de la pointe d'une de ses lames, il disparaissait, un peu comme si elle crevait des ballons de baudruche avec une aiguille à la vitesse de l'éclair.

Interdits, d'autres soldats la regardaient sans savoir que faire. Ils restaient immobiles dans l'attente d'un ordre de Cuzork, leur créateur. Ils n'étaient au fond que de pauvres pantins qui s'activaient seulement lorsque le marionnettiste leur bottait le cul.

Les hordes de soldats avançaient en rangs serrés et Melinda remarqua que le jaguar avait sorti les griffes et participait au combat. Merde ! elle aurait dû y penser pourtant, mais elle n'avait pas prévu cela.

— Mon beau jaguar, cria-t-elle, je souhaite que ta fourrure devienne impénétrable comme une armure, que rien ne puisse te blesser.

Elle traversa ensuite trois soldats d'un coup avec ses lames : « Pouf ! Pouf ! Pouf ! » Elle déchirait !

Elle jeta un œil vers le grand félin pour s'assurer qu'il allait bien. Elle n'en était pas sûre mais elle croyait avoir vu un groupe de six soldats s'acharner sur lui et elle avait l'impression qu'ils n'avaient pas réussi à faire plus que le repousser légèrement. En revanche, les griffes du jaguar atteignirent les sbires de Cuzork au ventre et ils disparurent l'un après l'autre avec un « pouf » !

Melinda pivota en entendant des bruits de pas derrière elle. Elle attaqua à grands coups de pied et de poing, et fit disparaître de nombreux soldats. Derrière les démons, le soleil avait plus qu'à moitié disparu sous l'horizon. Il était grand temps que cette histoire se termine et qu'elle retrouve Hamel.

Elle sauta, découpa un soldat en deux pendant qu'elle était encore en l'air et retomba sur ses pieds dans une posture de guerrière, tenant bien haut ses deux lames. Son regard croisa alors celui de Cuzork. Dans son champ de vision périphérique, elle aperçut le jaguar creuser le sol de ses griffes et prendre son élan pour se jeter sur le roi des démons. Elle garda le regard braqué sur Cuzork pour ne pas l'alerter de ce danger. Puis le grand félin sauta sur le roi des démons et le fit chuter lourdement au sol.

Melinda vit alors le jaguar se transformer et ce fut Hamel qui enroula un bras autour du cou de Cuzork et le maintint dans une prise de soumission avant de la chercher du regard. Elle en demeura pantoise et resta plantée là, les bras ballants, les épées traînant dans la poussière.

Une fois le roi des démons capturé, ses troupes disparurent.

— Change-f…, commença Cuzork, mais Hamel contracta son impressionnant biceps et l'empêcha de parler.

Le roi des démons avait-il voulu traiter Hamel de change-forme ? Quand enfin Melinda comprit le sens de ce mot, elle sentit tout le sang refluer de son visage. Hamel et le jaguar, son ange gardien, ne faisaient qu'un ? Mais… comment… il…

— Melinda, ma chérie, dit Hamel, l'air inquiet, on reparlera de tout ça quand on rentrera. On n'a pas beaucoup de temps. Wilson ? dit-il alors en balayant les environs du regard. Où es-tu ? Viens par là.

L'instant d'après, une masse sombre ressemblant à un gros raisin sec avec des yeux, un nez et une bouche apparut à côté de Hamel. Melinda leva ses épées.

— Non, Melinda, il est avec moi. C'est un type bien, expliqua Hamel en lui adressant un clin d'œil. Regarde ce que j'ai fini par comprendre tout seul, dit-il en se tournant vers le démon. Wilson, ferme les yeux et imagine quelque chose dans ta… J'allais dire dans ta tête, mais je ne suis pas sûr que cela s'applique à toi, continua-t-il après s'être raclé la gorge. Pense à l'aspect qu'il te plairait d'avoir et souhaite apparaître dans cette forme-là.

— Je ne comprends pas, Clint, dit la masse flottante à Hamel.

Melinda ne put s'empêcher de glousser en entendant une nouvelle fois ce nom. Hamel lui fit des gros yeux mais sans interrompre sa conversation avec le démon.

— Wilson, as-tu déjà désiré quelque chose que tu n'avais pas ?

— Non, Clint. J'ai tout ce que je désire grâce à mon bon roi. Il nous donne tout ce dont on a besoin pour survivre.

La vie de ce démon était très simple au fond, comprit Melinda. Manifestement très humble, Wilson n'avait pas l'air d'un mauvais bougre.

— Bon, je vais essayer une autre approche, dit Hamel en levant les yeux au ciel tout en maintenant le roi au sol. Si tu pouvais avoir tout ce que tu désires, qu'est-ce que tu choisirais ? Ferme les yeux et dis : je souhaite… et complète la phrase.

— Je ne sais pas

Wilson regarda le roi avant de baisser les yeux…

— Wilson ! insista Hamel.

— D'accord. Je souhaite avoir un corps humain.

Et l'instant d'après le portrait craché de Zac Efron se matérialisa devant eux.

Intéressant. L'homme sembla étonné.

— On m'a toujours dit que je ne pouvais pas prendre une apparence humaine parce que j'étais trop nul, trop bête. Cette forme est-elle satisfaisante, Clint ? demanda-t-il ensuite en examinant son corps, les yeux pétillants et un large sourire fendant son visage. J'ai vu une photo de cet homme quand les enfants apprenaient le verlan.

« Le verlan » ? s'étonna Melinda en se tournant vers Clint, ou plutôt Hamel.

— Oui, Wilson, confirma Hamel en hochant la tête. Pour autant que je sache, l'apparence de cet homme est très appréciée. Et qu'aimerais-tu avoir d'autre ?

Un piano apparut alors subitement comme par magie. Hamel et Melinda se tournèrent tous deux vers Wilson.

— J'en ai entendu un une fois et j'ai été séduit par le son magnifique de cet instrument.

Puis quelques poules apparurent à leur tour.

— J'aime regarder ces petites bêtes, expliqua-t-il, elles me rendent heureux. Elles sont drôles et mystérieuses à la fois, surtout quand on voit les petites sphères blanches qui émergent de leur...

— C'est bon, Wilson, j'ai compris, lâcha Hamel. Est-ce que tu vois maintenant comment fonctionne la magie du roi ? Elle n'appartenait pas qu'à lui, mais à tout le monde. Simplement, il refusait de vous expliquer comment l'utiliser parce qu'il voulait garder tout le pouvoir pour lui.

— Nous sommes quatre à le savoir maintenant, Wilson. Et bientôt il ne restera plus que Cuzork et toi ici. Est-ce que tu veux que je tue cet enfoiré ?

— Non, répondit Wilson, qui avait cessé de trembler, n'ayant manifestement plus peur du roi. Je souhaite qu'il erre d'un univers à l'autre sans jamais pouvoir s'arrêter nulle part, qu'il ne revienne jamais ici, et qu'il ne soit plus jamais capable d'utiliser la magie de ce royaume.

Paniqué, Cuzork écarquilla les yeux avant de disparaître subitement. Hamel se releva et posa une main sur l'épaule de Wilson.

— Wilson, ton roi a été banni, et tu es maintenant le seul parmi les démons à savoir utiliser la magie.

Il t'appartient désormais de créer ton propre monde comme tu le désires.

— Cuzork semble avoir passé beaucoup de temps sur Terre à se familiariser avec notre mode de vie et il est venu ici pour recréer tout cela. Il a vu les mêmes films et les mêmes images que moi quand j'étais enfant. Tu es libre de conserver ce royaume en l'état ou de le transformer à ta guise.

— Je vais convoquer les savants et nous déciderons tous ensemble.

— Wilson, intervint Melinda en souriant, je pense que tu seras un très grand chef. Heureux les doux, car ils recevront la terre en héritage ! Hamel, dit-elle en se tournant vers lui, les derniers rayons du soleil illuminant son regard, on doit y aller maintenant.

Hamel lui attrapa la main et ils se hâtèrent vers le cercle. Wilson les salua de la main et ils l'imitèrent.

— Je souhaite que nous rentrions chez nous, dit Hamel

Il ne se passa rien. Il échangea un regard avec Melinda.

— Je souhaite que nous retournions au hangar de Sefu, ajouta-t-il.

Toujours rien. Wilson continuait à les saluer de la main en leur adressant un grand sourire cocasse.

— Hamel ! pourquoi est-ce que ça ne marche pas ? lança Melinda en regardant le soleil disparaître sous l'horizon.

— Je l'ignore !

— Qu'est-ce qu'on peut faire ?

Le soleil allait disparaître d'un instant à l'autre. Percevant comme une brûlure sous son poignet, Melinda siffla et leva le bras pour voir ce qui lui faisait mal. Elle vit apparaître une image sur sa peau. Le même tatouage que celui qui s'y était formé dans un rêve encore assez récent. Il lui sembla entendre la mélopée de Sefu : « *Huenda sisi kujiunga ukweli wetu kweli. Kuziba ulimwengu huu milele kwa yake mwenyewe.* »

Elle ferma alors les yeux et ces paroles étranges envahirent son esprit. Elle les redit encore et encore et leva la main pour faire briller le sceau sur le royaume. Et, quand le dernier rayon du soleil disparut, elle fut prise une nouvelle fois d'une grande fatigue et elle sombra dans l'inconscience.

Chapitre 44

Melinda ouvrit les yeux, les posa sur le plus bel homme qu'elle ait vu de sa vie, qui la regardait. Allongé à côté d'elle, il lui effleurait la joue des doigts. Elle s'approcha de lui et l'embrassa. C'était encore mieux qu'en rêve. Même si l'homme de la plage dans son rêve érotique était vraiment très canon !

— Ah ! lança la voix chevrotante du vieux sorcier, vous êtes revenus tous les deux cette fois. C'est bien. Le voile s'est refermé. Je peux rentrer chez moi, conclut-il en se levant et en se dirigeant vers la porte.

Melinda et Hamel échangèrent un regard avant de se tourner vers le sorcier.

— Attendez ! lancèrent-ils en même temps.

— Quoi ? soupira Sefu.

— Que s'est-il passé ? s'enquit Melinda, qui ne savait pas trop par quelle question commencer tellement elle en avait à poser.

— Tu n'as pas compris, mon enfant ? s'enquit le sorcier.

— Et si les démons revenaient ? demanda Melinda.

— Ça ne risque pas, répondit le sorcier en secouant la tête. Tu as refermé le portail.

— Ah bon ? Quand ça ?

— Tu as prononcé l'incantation, soupira encore une fois le vieil homme.

— Oui, confirma Hamel, les paroles que tu as dites pour nous ramener ici quand mon souhait n'a pas marché. Pourquoi d'ailleurs est-ce qu'il n'a pas suffi que je souhaite notre retour ici ? demanda-t-il en se tournant vers Sefu.

— C'est la magie qui a décidé de ne pas t'obéir. Du moins je le pense, expliqua Sefu après avoir longuement réfléchi, le dos appuyé au chambranle de la porte.

— Parce que la magie est dotée de conscience ? s'étonna la jeune femme.

— Bien sûr, gloussa Sefu. La magie est vivante, autant que vous et moi. Elle décide à qui obéir, mais elle peut aussi choisir une autre voie. Un bon sorcier doit savoir comment la garder heureuse. Tout le temps.

— Alors la magie a décidé de ne pas satisfaire le désir de Hamel ? Il fallait que je récite cette incantation ? demanda Melinda en se tournant vers le jeune homme à son côté au coin du feu. Qu'est-ce que cela a accompli ?

— Je vais te la traduire, écoute bien et tu comprendras : « Que nous retournions à notre réalité et que ce royaume se referme à jamais. »

— C'est tout ? Toutes ces paroles juste pour nous ramener ici et sceller le portail à tout jamais ? insista-t-elle. Encore une chose, Sefu, poursuivit-elle après que le vieil homme eut acquiescé d'un signe de tête. Il faut qu'on détruise ceci tout de suite, dit-elle en prenant la fiole de plastique contenant le sérum dans sa main et en la lui montrant. Je voulais attendre lundi, mais j'ai changé d'avis.

— Mais je t'ai vu avaler le sérum ! s'exclama Hamel. Comment se fait-il que tu l'aies ici ?

— Hamel, mon corps se trouvait ici, à côté du tien, expliqua Melinda en levant les yeux au ciel. Quand je suis retournée dans le monde des démons, c'était en rêve. Tu n'as donc vu que ce que je souhaitais que tu voies. Je voulais que le démon croie qu'il n'y avait plus de sérum. J'espérais qu'il laisse tomber son projet de posséder des bébés humains et qu'il décide de s'en aller. Mais bon, les choses ne se sont pas exactement passées comme prévu. En revanche, Cuzork croit que le sérum a été détruit et c'est tout ce qui compte.

Sefu s'approcha de Melinda près du feu et lui prit la fiole. Il la déboucha, prononça une incantation puis en versa le contenu dans le feu.

— Voilà, dit-il, c'est fait. Je suis vieux et bien fatigué, dit-il alors en laissant retomber son menton.

Ramène-la à la maison, jaguar, dit-il en retournant à la porte à pas lents. Unis-toi à elle. Elle est vraiment ton âme sœur, elle est tienne.

Une fois passée la porte, il s'éloigna sans se retourner.

— T'ai-je déjà dit que je t'aimais ? demanda Melinda à Hamel en souriant et en lui prenant la main dès qu'ils se retrouvèrent seuls.

— J'ai longtemps prié pour t'entendre me dire cela, mon amour, déclara Hamel en approchant la main de Melinda de sa bouche pour lui embrasser les doigts. Je t'aime plus que tu peux l'imaginer. Qu'est-ce que tu manigances dans ton esprit tordu ? ajouta-t-il, l'air inquisiteur, en la voyant se fendre d'un grand sourire.

— Transforme-toi pour moi, s'il te plaît.

— Je ne peux pas, gloussa-t-il. Je dois d'abord me déshabiller pour ne pas déchirer mes vêtements.

— Mais tu avais des vêtements dans le royaume des démons, remarqua-t-elle.

— C'était de la magie, mon amour. Tu comprends, je n'avais pas envie d'exposer mes bijoux de famille à la vue de tous.

— Je vois, dit-elle en hochant la tête. Mais, allez, transforme-toi.

— Il faut que je me déshabille pour ça, ma chérie.

— Ouais, mais c'est un peu ça l'idée aussi.

— Si c'est ce que tu souhaites, alors je connais une jolie maison avec un excellent lit, dit-il en se levant et en lui tendant la main.

Puis il la prit dans ses bras tandis qu'elle était encore assise. Elle adorait qu'il l'étreigne ainsi. Elle se sentait tellement en sécurité avec lui, et aimée aussi. Elle releva le menton et il plaqua ses lèvres chaudes et mouillées sur les siennes. Dieu du ciel ! elle aimait ses baisers plus que tout.

Elle avait beaucoup de questions à lui poser sur les métamorphes, mais elles attendraient. C'était comme le lui avait dit Sefu : elle désirait s'unir à Hamel. Il ne pourrait rien lui arriver de mieux.

Et rien ne saurait l'en empêcher.

Chapitre 45

Dans son petit nid d'amour, il faisait plus chaud qu'en plein été. Après toutes ces heures de folie, Melinda savourait le bonheur de se retrouver dans les bras de Hamel. C'était la meilleure des sensations.

— Je t'aime, dit-elle après avoir pris une longue inspiration pour se donner du courage, déterminée à lui révéler ses sentiments.

Enfin. Elle parvenait à lui dire ce qu'elle éprouvait. Si seulement il avait pu lire en elle. Ses paroles eurent eu un impact incroyable. Il se jeta sur elle, l'embrassa goulûment, la marqua. Il la poussa sur le lit et caressa chaque petit centimètre de sa peau. Il posa les mains sur ses joues et lui montra dans ses yeux les mêmes sentiments qu'elle venait de lui exprimer.

— Je t'aime aussi.

En entendant ces paroles, Melinda sentit son cœur se serrer et sa gorge se nouer d'émotion. Elle étreignit fermement le beau métamorphe et l'embrassa dans le cou. Elle inhala le parfum de son homme et celui de leur passion brûlante.

— Mords-moi, Hamel. Mords-moi, mon amour, chuchota-t-elle.

Il poussa un grognement et plaqua sa bouche sur la sienne. Elle écarta les cuisses pour l'inviter à s'enfouir en elle.

Il ne le fit pas cependant et elle en fut très déçue. Il l'embrassa dans le cou. Puis la lécha lentement jusqu'aux seins. Il lui effleura d'abord un téton de la langue, puis l'autre avant de le mordiller des dents et de le sucer si fort que son intimité se contracta. Puis il recommença de l'autre côté. Elle se tortilla sous lui, le suppliant de lui donner plus, beaucoup plus.

Elle l'agrippa par les cheveux, puis resserra et relâcha son étreinte au rythme de ses caresses.

La bouche plaquée sur son ventre, il poussa un grognement tout en léchant la zone autour de son nombril. Sa féminité l'appelait de toutes ses forces, souffrant du vide en elle. Elle avait besoin de le sentir en elle. Elle deviendrait folle s'il tardait trop.

Installé entre ses jambes, il leva la tête pour la regarder. Elle en eut le souffle coupé. Elle avait la gorge sèche comme si elle avait avalé du sable. Il prit une inspiration et se lécha les lèvres. La jeune femme faillit jouir sur-le-champ.

— Melinda ?

— Mmm ?

Elle était incapable de parler avec ce nœud dans la gorge. Son regard de braise brillant de possessivité la faisait littéralement fondre.

— J'adore ton odeur, déclara-t-il en léchant sa zone sensible ainsi que les doux replis de son intimité.

Toutes ces caresses faisaient monter en elle une boule de tension. Puis il passa un doigt de chaque côté de son clitoris. Dieu du ciel ! cet homme était doué.

Il inséra ensuite ses doigts en elle, la caressa et massa son point G. Ses genoux se mirent à trembler. Sa respiration se fit saccadée et elle gémit. Il lui prodigua de petites caresses rapides de la langue et c'était si bon qu'elle était prête à lui donner tout ce qu'il voulait. Il la suça lentement et elle explosa littéralement.

Elle se releva à moitié avant de se laisser retomber lourdement sur le matelas. Elle avait l'impression qu'un courant électrique lui traversait le corps. Elle fut assaillie de vagues de plaisir qu'elle ressentit dans tous ses neurones, et prise de tremblements qui durèrent un bon moment.

Une seule pensée l'obnubilait : lui faire plaisir. Elle s'agenouilla et empoigna son sexe. Elle y arriverait. Cet homme était sien. Son amour. Elle allait lui procurer autant de plaisir qu'il lui en avait donné.

— Non, ma chérie, dit-il. Non pas que je n'en aie pas envie, mais cela peut attendre, gémit-il.

Elle ne tint aucun compte de ses protestations et s'installa, calant son épaule contre sa cuisse. Puis elle baissa la tête et suça les gouttes de semence qui perlaient sur son gland. Elle aspira ensuite son sexe dans sa bouche et le caressa de la langue. Elle n'avait pas beaucoup d'expérience dans ce domaine mais elle voulait lui faire plaisir. Mais pas que, merde ! Elle voulait que ce soit extraordinaire pour lui.

Elle le suça lentement tout en le caressant de la main. Entre sa salive et les premières gouttes de semence, il était bien lubrifié. Sa peau était douce et… brûlante.

— C'est… fabuleux !

Melinda ne put retenir un sourire et aspira son sexe dans sa bouche, détendant son arrière-gorge pour le prendre tout entier.

— Bordel de merde !

Elle gémit, augmenta la cadence et creusa les joues pour le masser encore plus fermement.

Elle sentait comme une brûlure dans son intimité. Elle était tellement excitée qu'elle se sentait presque désespérée. Elle le suça de plus en plus vite jusqu'à ce que son sexe devienne brûlant comme du métal en fusion. Elle gémit et le relâcha.

— Hamel, chuchota-t-elle, haletante, s'il te plaît, fais-moi jouir !

— Oui, bébé, répondit-il, je vais te baiser à te rendre folle. Mais après que nous serons unis, dit-il d'une voix tellement profonde, tellement rauque qu'elle en frémit. Mets-toi à genoux et penche-toi vers l'avant.

Melinda ne se serait jamais crue capable de réagir aussi vite. Il n'avait qu'à lui promettre de la faire jouir pour obtenir tout d'elle. Elle se mit donc sur le ventre, souleva les hanches et attendit.

Elle sentit son large gland pénétrer en elle. Elle avait les nerfs tellement en boule qu'elle craignait d'exploser d'un instant à l'autre. Il recula et donna un grand coup de reins en poussant un grognement. Elle gémit et s'agrippa aux draps à pleines mains. Dieu du ciel ! elle était au Paradis !

— Oh mon Dieu ! oui !

Une onde de chaleur partie de son intimité se propagea dans ses veines et se répandit dans tout son corps. Les claquements répétés de la peau de Hamel contre la sienne lui procurèrent un plaisir insoutenable.

Il se laissa retomber sur les genoux et les mains, et l'emprisonna de son corps. Ils s'unirent avec une passion si violente qu'elle les enveloppait telle une chape de désir. À chaque coup de boutoir, Melinda se rapprochait du point de non-retour qu'elle connaissait si bien, là où elle savait trouver une jouissance indescriptible. Elle y était presque. Presque.

Le souffle de Hamel contre son oreille ressemblait à un léger grognement rauque qui la faisait fondre. Ses tétons frottaient les draps chaque fois qu'il s'enfouissait en elle.

— Melinda, rugit Hamel, tu es mienne, ma chérie.

Il joua des hanches pour qu'à chacun de ses coups de reins son sexe l'atteigne à un endroit différent.

— Tu es à moi, et rien qu'à moi, ajouta-t-il.

— Hamel…

— Non, bébé, jamais je ne te quitterai.

Melinda fut surprise par son explosion. Elle sentit une sorte de nœud se défaire en elle. Elle en perdit le souffle. Elle fut envahie par une énergie nouvelle qui monta en elle. Hamel se pencha et la mordit profondément à l'épaule. L'intense douleur ne fit qu'exacerber son plaisir et elle cria. Un dernier coup de reins et elle se retrouva au sommet de la vague. Un souffle plus tard et Hamel déversait sa semence en elle, les griffes plantées dans ses hanches, lui lacérant la peau tandis qu'il la retenait contre lui.

Melinda sentit ses poumons se comprimer. *Dieu du ciel!* Elle se mit à trembler de tout son corps, prise de soubresauts. Il l'embrassa et lécha la marque de sa morsure. Chacun de ses coups de langue créait de nouveaux liens entre eux. Comme jamais elle n'avait imaginé connaître avec une autre personne.

— Oh mon Dieu !

Hamel se laissa tomber et s'allongea à côté d'elle, l'étreignant contre son corps moite de transpiration.

— Ça va ?

— Oui, marmonna-t-elle.

— Melinda, il faut que tu écoutes ce que je vais te dire. Je sais que tout cela est nouveau pour toi et tu auras sans doute des doutes quant à ce qu'on va vivre tous les deux.

La jeune femme fronça les sourcils. Oui, bien sûr, elle aurait parfois des doutes. Mais bon, qui n'en avait pas ? Cependant, elle avait bien l'intention de donner une chance à cet homme, contrairement à ce qui s'était passé dans ses relations précédentes. Il avait traversé le feu de l'enfer pour elle et elle était prête à attendre de voir comment les choses allaient évoluer.

— Ce sera un peu dur pour la scientifique en moi de croire en l'existence de choses que j'ai passé ma vie à nier. Mais, tu sais quoi ? cela ne me pose pas de problème. Je peux vivre avec ça.

— Es-tu sûre ? demanda-t-il d'une voix rauque, un peu rude.

Elle glissa le long de son corps, approcha son visage du sien et l'embrassa.

— Oui, je suis sûre. Il y aura sans doute parfois entre nous des moments d'étrangeté, des différences d'opinions, mais notre relation est loin d'être ordinaire. Je crois en nous. Cela te paraîtra probablement bizarre, mais c'est vrai. Quelque chose en moi me pousse à te faire confiance. Je ne vais pas lutter contre mon instinct.

— Dieu soit loué ! soupira Hamel en l'étreignant fermement. Je n'arrivais pas à imaginer comment je pourrais vivre dans deux endroits différents.

— On va s'adapter, gloussa-t-elle. Parce qu'on s'aime. On fera en sorte que ça marche entre nous.

— Je ferai tout pour toi. Tout.

Il l'aimait. Elle le savait. Mais de l'entendre le dire calmait la petite inquiétude qui persistait dans son esprit. Elle n'avait pas besoin d'en savoir plus. Son cœur était bombardé d'émotions qui lui parvenaient par leur tout nouveau lien d'union. Elle aurait besoin de temps pour comprendre tout cela. Mais le fait de savoir que Hamel l'aimait autant qu'elle avait appris à l'aimer faisait passer tous les éventuels problèmes au second plan. Tout allait bien se passer.

— Je t'aime, ma Melinda, ma merveilleuse âme sœur.

— Je t'aime, mon beau change-forme.

En avant-première
Découvrez sans attendre un extrait du prochain tome :

Frank

A.L.F.A. – 2

Traduit de l'anglais (États-Unis) par Tristan Lathière

Bientôt disponible chez Milady

Chapitre premier

— Savez-vous qui je suis ? gronda Amarella Capone en trépignant de colère dans la succursale de la First National Bank de Las Vegas.

Les nombreux clients qui faisaient la queue devant les caisses se retournèrent pour la dévisager. Certains rirent même en la pointant du doigt. Elle releva le menton et ne fit pas attention à eux.

L'employé de banque, qui ne devait pas avoir vingt ans, pâlit. Amarella ne souhaitait manifestement pas attendre plus longtemps pour accéder à son coffre-fort.

— Je suis l'arrière-petite-nièce d'Alphonse Capone, cracha-t-elle. Vous le connaissez, non ? Al Capone.

Le grand bandit n'avait jamais accordé beaucoup d'intérêt à Las Vegas, contrairement à d'autres membres de sa famille qui s'y étaient installés à l'époque où la mafia découvrait la capitale du jeu.

— O-oui, mademoiselle Capone, bégaya le caissier, visiblement terrorisé. Le sénateur devrait bientôt sortir de son rendez-vous avec le directeur, qui se fera un plaisir de vous accompagner à la salle des coffres. Je vais me renseigner et je reviens tout de suite.

L'employé partit alors aussi vite que possible en essayant d'éviter d'attirer l'attention sur lui.

Amarella se laissa retomber sur la chaise de bois dur devant le bureau situé près de la porte latérale qui menait à la salle des coffres. Il était déjà 18 heures et elle n'avait pas encore fait les courses. Elle détestait devoir se rendre à la banque chaque fois qu'elle avait besoin de piocher dans ses économies. Ce n'était pas tous les jours facile d'être une gosse de riches. Elle se sentait parfois comme étranglée par une grosse chaîne que contrôlait l'oncle Giuseppe, son tuteur. Mais bon, elle aurait vingt-six ans dans un mois et elle toucherait enfin son héritage. Elle serait alors libre d'agir à sa guise.

Elle pourrait même s'acheter une île tropicale et disparaître de la circulation.

Les portes vitrées du hall d'entrée s'ouvrirent alors et plusieurs hommes au visage recouvert d'une cagoule firent irruption dans la banque. Le premier d'entre eux tira une rafale de mitraillette dans le plafond.

— Tout le monde par terre ! hurla-t-il. Tout de suite !

« Par terre » ? Il plaisantait ! Amarella jeta un œil à sa tenue : une jupe courte très ajustée et des talons aiguilles. Avec sa forte poitrine, ses hanches et ses cuisses bien en chair, elle serait incapable de se relever. Heureusement, elle était assez loin des caisses centrales et n'était pas très visible depuis l'entrée. Elle pourrait peut-être s'éloigner encore un peu pour se mettre à l'abri sur le côté.

Elle se leva lentement de sa chaise et se dirigea vers la porte.

— Il a dit « tout le monde par terre », madame, fit une petite voix haut perchée.

Qu'elle connaissait fort bien. Elle pivota sur elle-même et plissa les yeux en rencontrant le regard du braqueur.

— Joseph Albert Lanzia ! lança-t-elle au jeune voyou qui écarquillait les yeux. Je vais le dire à ta mère !

— Non, s'il te plaît, tata Amarella, la supplia le petit voleur en baissant son arme. Elle va être trop vénère contre moi !

— Et elle aura raison, déclara Amarella en mettant les mains sur ses hanches tout en faisant attention à la manucure qu'elle s'était fait faire juste avant.

Même si aucun lien du sang ne l'unissait à ce garçon, il l'avait toujours considérée comme sa tante.

— D'où t'est venue l'idée de braquer une banque, Joey ? chuchota-t-elle. Sais-tu tous les ennuis que cela risque de t'attirer ?

— Je sais, tata Amarella, répondit-il en regardant d'abord derrière lui avant de se retourner vers elle. Mais je n'ai pas eu le choix.

— Comment ça ?

Le chef des voleurs hurla des ordres et remit des sacs aux caissiers derrière le comptoir. Joey se plaça devant elle soit pour l'empêcher de voir ce qui se passait, soit pour la soustraire aux regards des braqueurs.

— Rien, tata Amarella. Reste cachée.

Joey était plus jeune que l'employé qui avait tenté de la calmer quelques instants plus tôt. *Oy vaï!* Les jeunes de nos jours… Ouais, regardez-la réagir comme une vieille dame, elle qui était à peine sortie de l'adolescence.

— Non ! s'exclama Amarella, abasourdie, en reconnaissant la voix du chef des braqueurs, qui résonnait dans la salle. Mais c'est le cousin Tony !

— Ne le dis à personne, soupira Joey en laissant retomber ses épaules de découragement. Il va te tuer s'il te voit.

— On va voir ce qu'on va voir, oui, quand je raconterai ça à son père. Ça ne va pas plaire à l'oncle Giuseppe. Mais pas du tout, si tu veux mon avis.

Le roi de la mafia de Las Vegas s'intéressait de près à tout ce que faisaient les membres de sa famille. Et ce n'était pas une bonne idée de le contrarier. Il verrait un petit coup comme le braquage d'une banque comme une honte. Pas comme le vol de bijoux qui avait rapporté trois millions de dollars une année plus tôt… et dont il était très fier !

— Petit con, tonna la voix de Tony venant du hall d'entrée, est-ce que ça va de ton côté ?

— Il t'appelle « petit con » ? lâcha Amarella en écarquillant les yeux. Comment peut-il oser t'insulter de la sorte ? poursuivit-elle en s'approchant de Joey, mais il leva les mains.

— Non, tata Amarella, tu ne dois pas faire ça !

— Joey, il se comporte en gros couillon. Et je ne supporte pas ça !

— Petit con ? dit une nouvelle fois Tony.

— Oui, grand con… euh… je veux dire grand chef, bégaya Joey.

— « Grand chef » ? Vraiment ? intervint Amarella en levant les yeux au ciel.

— Tout va bien, répondit Joey en faisant signe à sa tante de se taire. Je surveille les clients de ce côté.

D'accord. Amarella resterait là jusqu'à ce qu'elle trouve une solution. Elle ne pouvait pas croire que son unique neveu ait rejoint des bandits. Sa mère l'avait pourtant bien élevé, Amarella était bien placée pour le savoir. Même si elle n'avait que six ans de plus que lui, elle s'était bien occupée aussi de son éducation. Elle avait fait du baby-sitting gratuitement pendant que sa mère se rendait à ses deux boulots sur le Strip de Las Vegas.

De l'autre côté des caisses, une porte s'était ouverte. Un homme à l'air distingué sortit avec le directeur de la banque et ils eurent tous deux l'air très surpris.

— Que se passe…

Deux coups de feu furent tirés et les hommes disparurent de la vue d'Amarella. Il y eut ensuite des salves de tirs à travers lesquelles elle distingua des cris de « Sénateur ! » et « Appelez une ambulance ! » Puis des sirènes se firent entendre au loin. Tony, son cousin, le chef des braqueurs, recula, une arme dans chaque main. Il ne prenait pas d'argent ? Quelle espèce d'idiot braquait une banque sans prendre de fric ? Joey alla le rejoindre.

— Non, Joey, cria Amarella, reste avec moi !

Il se retourna, la regarda, et elle aperçut ses yeux, la seule partie visible de son visage. Elle y vit l'âme d'un gamin déchiré entre son désir d'appartenir à un groupe et celui de vivre honnêtement. Il se tourna vers le cousin Tony, qui le regardait. Amarella fut certaine qu'il l'avait reconnue, et elle détecta un éclair de haine dans ses pupilles. Ses yeux virèrent au rouge, il braqua son arme sur elle et tira.

Profondément choquée par ce geste, Amarella n'avait pas réagi à temps. Joey pivota pour se placer entre elle et le tireur. Il tressaillit deux fois : une première fois quand il appuya sur la détente de son arme et une deuxième fois quand il prit une balle en pleine poitrine.

Le garçon disparut de son champ de vision. Amarella vit une tache rouge sur la vitrine. Le cousin Tony s'éloigna lentement en tenant un de ses bras contre son torse.

Amarella baissa les yeux vers le corps à ses pieds. Le sang se répandait sur le sol carrelé d'un blanc impeccable. Sans bien se rendre compte de ce qu'elle faisait, la jeune femme s'agenouilla et retira la cagoule de Joey. Il était beaucoup trop pâle.

— Oh mon Dieu ! Joey ! dit-elle en mettant sa tête sur ses genoux. Tiens bon, mon chéri, je suis là, ajouta-t-elle en repoussant les mèches de cheveux qui étaient tombées sur son front. Tata Amarella s'occupe de toi.

— Je voulais…, dit le garçon en croisant le regard triste de sa tante, bien faire…

Elle lui ordonna de se taire, de conserver son énergie, et ses larmes coulèrent sur le visage poupin du garçon.

— Promets-moi… de… l'arrêter, supplia-t-il.

— Je te promets, Joey, déclara Amarella en étreignant encore plus fortement le jeune homme et en le berçant dans ses bras, que je ferai tout ce qui est en mon pouvoir pour m'assurer qu'il obtienne ce qu'il mérite.

— Il est… démo…, hoqueta Joey avant de cesser de respirer.

Qu'avait-il voulu dire ? « Démocrate » ? Non, Amarella ne pensait pas que ce soit ça.

La jeune femme ne sut pas combien de temps elle passa à tenir ainsi dans ses bras le fils de sa voisine et amie. Les ambulanciers finirent par l'obliger à le relâcher et ils l'emportèrent. Puis le cousin Tony fut placé sur une civière à son tour et l'intensité du trouble émotionnel que venait d'éprouver Amarella la propulsa hors des portes vitrées de la banque.

Elle retira une de ses chaussures et se mit à courir en boitant vers la civière.

— Espèce d'enfoiré de connard de trouduc gangrené, fils de pute cocaïnomane ! cracha-t-elle en contournant les ambulanciers pour frapper le cousin Tony à la tête avec le talon de sa chaussure.

Cela ne suffisait pas pourtant. Non, Joey n'était plus là à cause de Tony et elle ne serait plus jamais heureuse tant que son cousin respirerait encore.

Le chef des braqueurs se protégea du mieux qu'il put avec un bras dans une attelle.

— Éloignez cette folle de moi ! hurla-t-il.

Un des ambulanciers tenta de l'attraper par le bras mais elle lui donna un grand coup de son sac à main.

— Même pas en rêve, mon pote ! Je fais partie de sa famille et je peux le frapper à mort si j'en ai envie.

Des témoins de la scène s'agglutinèrent derrière les voitures de patrouille et s'esclaffèrent en la voyant. Elle s'en fichait. Depuis trois ans, bientôt quatre, elle ne vivait que pour deux choses : montrer à quel point elle aimait son fils et combien elle haïssait sa famille.

Avec une énergie renouvelée, elle se remit à frapper l'homme sur la civière mais quelqu'un l'arrêta.

— Mademoiselle Capone, je vous en prie, dit la voix rude d'un homme d'âge mûr.

Amarella leva la tête pour voir qui voulait l'empêcher de taper sur l'enfoiré.

Elle avait l'impression d'avoir déjà vu cet homme quelque part. Il aurait eu besoin de se raser. La mode était aux barbes ces derniers temps. Or la jeune femme estimait que, si les mecs voulaient avoir les joues velues, alors ils devaient accepter que les femmes aient les jambes poilues. Elle n'avait rien contre les barbes de fin de journée, elle trouvait cela plutôt sexy même. Mais ces espèces de poils pubiens sur le menton ? Elle s'en passait volontiers.

L'homme lui prit sa chaussure et la laissa tomber à côté de son pied.

— Hé ! ces chaussures valent 600 dollars. Il ne faut pas les abîmer.

— Alors gardez-les aux pieds, mademoiselle Capone.

Amarella fronça les sourcils, remit sa chaussure et put ainsi se tenir droite. Les ambulanciers profitèrent de ce que son attention soit détournée pour emporter leur patient.

— J'espère que ton ambulance restera coincée dans un bouchon et que tu mourras, enfoiré ! gronda-t-elle.

Tony lui fit un doigt d'honneur. Elle lui en fit deux.

— Ha ! tu voudrais bien pouvoir faire ça, hein, connard ? hurla-t-elle.

— Mademoiselle Capone, je vous en prie, soupira l'homme à son côté.

— Qui êtes-vous, putain ? lâcha-t-elle, énervée, et pourquoi est-ce que vous m'enquiquinez ?

— Inspecteur Freeman de la police de Las Vegas, se présenta-t-il, l'air très malheureux.

— Oh ! dit-elle. Désolée.

— Mademoiselle Capone, avez-vous été témoin du braquage de la banque et des coups de feu tirés à l'intérieur ?

— J'étais aux premières loges, répondit-elle. Bon, un peu derrière et sur le côté, mais j'ai tout vu. Ou presque tout. Je sais que c'est Tony qui a tiré sur le sénateur.

— Le sénateur Sherman ? demanda-t-il, incrédule. Notre sénateur ?

— Bon Dieu de bon sang ! inspecteur, je ne connais pas d'autre sénateur. Il est sorti par une porte latérale et Tony lui a tiré dessus. Puis le connard a commencé à reculer et…

— Quel connard ?

— Tony, mon cousin. Il partait sans emporter de fric.

— Votre cousin était-il là pour braquer la banque ? ou bien pour descendre le sénateur ?

C'était une excellente question, mais à laquelle elle serait bien incapable de répondre. Les portes de la banque s'ouvrirent à cet instant et elle vit émerger une autre civière, celle-là transportant une housse mortuaire, fermée. Amarella avait passé de nombreuses années au sein d'une famille mafieuse, aussi c'était loin d'être la première fois qu'elle voyait un de ces grands sacs de plastique noir. En revanche, y avait-il d'autres familles qui en gardaient plusieurs en réserve dans un placard de la maison ?

— Mademoiselle Capone ? dit le détective.

— Oui, répondit-elle en se tournant vers lui.

— Accepterez-vous de témoigner ? demanda le détective Freeman.

Amarella décela un éclair de satisfaction au fond de ses yeux. Tout agent de police qui se respectait devait rêver d'appréhender le fils du baron local de la mafia. Ce détective avait beaucoup de chance.

La jeune femme se retourna vers la foule sans cesse croissante de policiers en uniforme marine et d'autres personnes, sans doute des journalistes, qui essayaient de s'approcher. Serait-elle capable de témoigner contre un membre de sa famille ? Elle se rappela l'époque quelques années plus tôt où elle allait bientôt terminer ses études et ce que son oncle l'avait obligée à faire. La décision était facile à prendre.

— Sans aucune hésitation, déclara-t-elle.

Remerciements

À mes enfants : Aiden « Pukibear », Alan « Platano King », et Angelina « Ballenita ». Grâce à vous, ma vie est plus riche et plus belle. Merci.

À Tina Winograd : tu es une amie merveilleuse, toujours prête à m'aider à perfectionner mon travail. Je ne pourrai jamais te remercier assez d'être une amie aussi extraordinaire !

À ma mère et ma sœur : merci pour votre soutien sans faille.

À mon équipe de terrain, mon groupe de lecture et mes lecteurs : vous me facilitez le travail d'écriture. Chaque fois que vous en redemandez, vous me donnez envie de continuer. Merci.

Achevé d'imprimer en mai 2019
Par CPI Brodard & Taupin à La Flèche
N° d'impression : 3033929
Dépôt légal : juin 2019
Imprimé en France
81123820-1